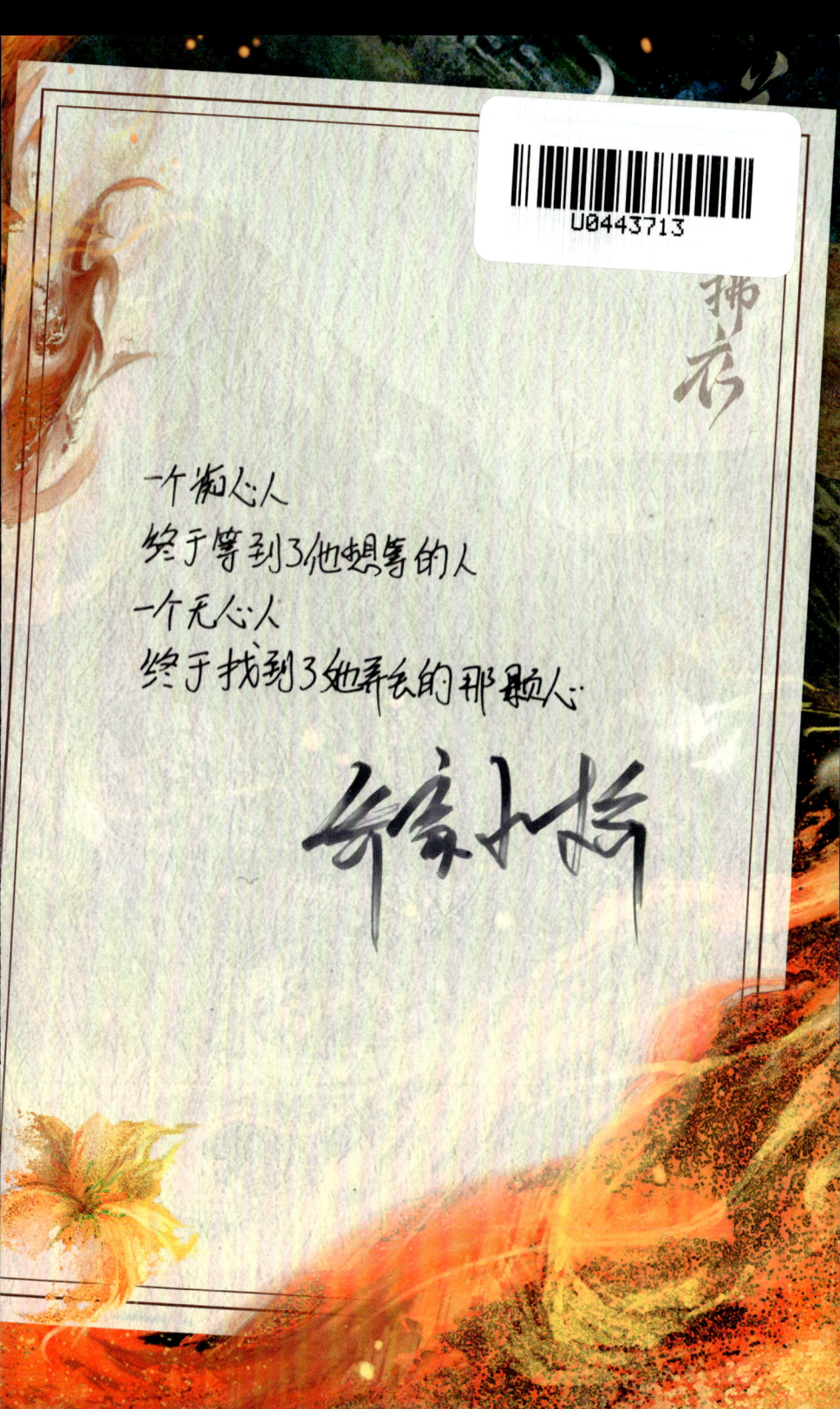

一个痴心人
终于等到了他想等的人
一个无心人
终于找到了她弄丢的那颗心。

——尹家小桥

大鱼

有爱的青春陪伴者

【上册】

姜拂衣
Jiang Fu Yi

完结篇

乔家小桥 著

江苏凤凰文艺出版社
JIANGSU PHOENIX LITERATURE AND ART PUBLISHING

图书在版编目（CIP）数据

姜拂衣. 完结篇：全2册 / 乔家小桥著. -- 南京：江苏凤凰文艺出版社，2025.8. -- ISBN 978-7-5594-9761-1

Ⅰ. I247.5

中国国家版本馆CIP数据核字第2025CJ3889号

姜拂衣. 完结篇：全2册

乔家小桥 著

责任编辑	王昕宁
责任印制	杨　丹
特约编辑	欧雅婷
出版发行	江苏凤凰文艺出版社
	南京市中央路165号，邮编：210009
网　　址	http://www.jswenyi.com
印　　刷	天津睿和印艺科技有限公司
开　　本	880mm×1230mm 1/32
印　　张	19
字　　数	600千字
版　　次	2025年8月第1版
印　　次	2025年8月第1次印刷
书　　号	ISBN 978-7-5594-9761-1
定　　价	65.80元（全2册）

江苏凤凰文艺版图书凡印刷、装订错误，可向出版社调换，联系电话025-83280257

上 册 目 录
CONTENTS

第一章 · 地龙兽　001

第二章 · 强攻　041

第三章 · 借力搬山　096

第四章 · 红眼睛的秘密　152

第五章 · 各怀心思的合作　227

下册目录
CONTENTS

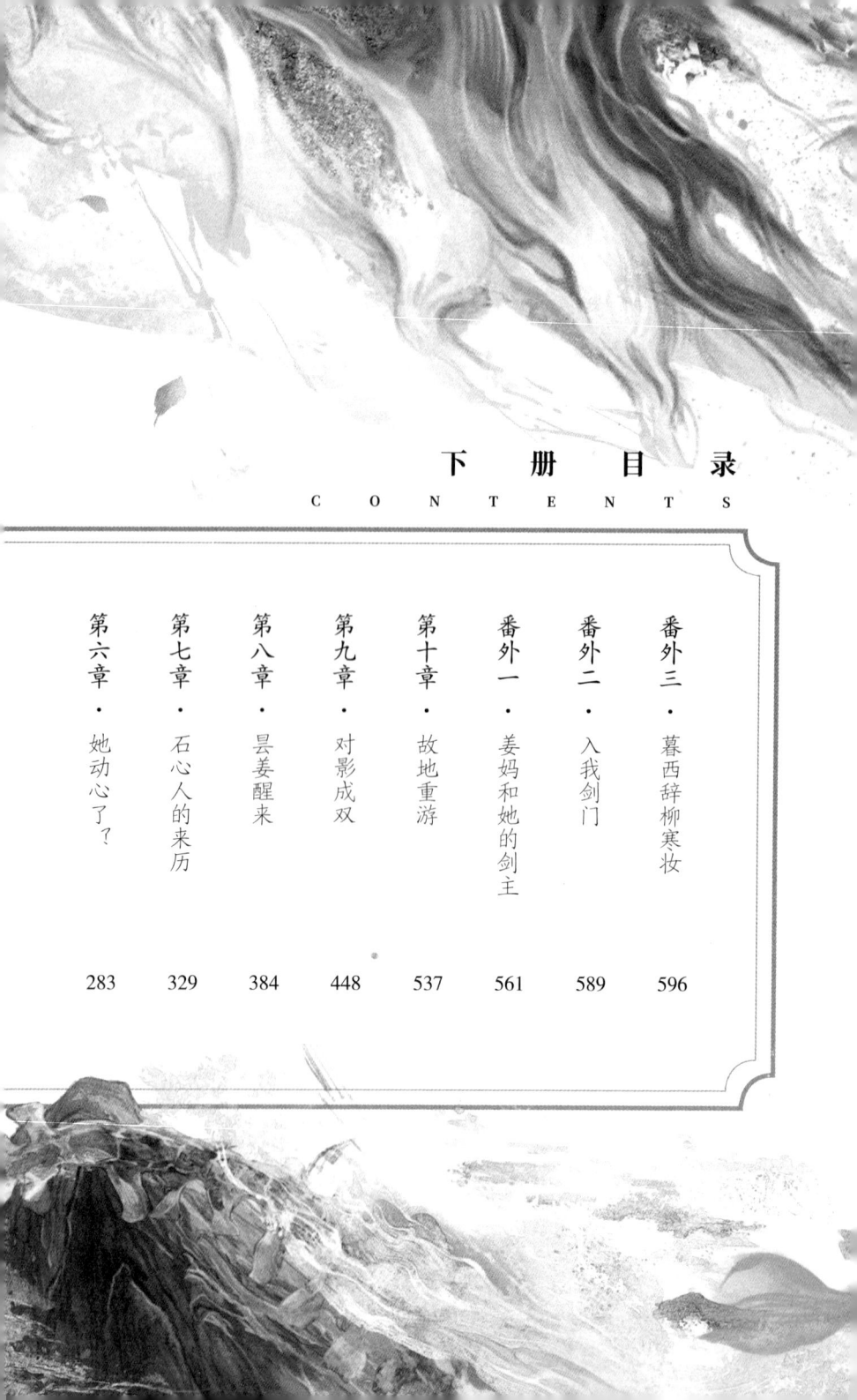

第六章 · 她动心了？ …… 283

第七章 · 石心人的来历 …… 329

第八章 · 昙姜醒来 …… 384

第九章 · 对影成双 …… 448

第十章 · 故地重游 …… 537

番外一 · 姜妈和她的剑主 …… 561

番外二 · 入我剑门 …… 589

番外三 · 暮西辞柳寒妆 …… 596

第一章
地龙兽

记忆能够篡改,但修为和功法是篡改不了的。闻人不弃确定自己没有剑道天赋,对剑术只粗通一点皮毛。姜拂衣的母亲,那位大铸剑师,究竟赠了什么剑给他?

家仆却摇头,说:"这不知道,您当年被老家主敲过真言尺,恢复记忆之后,小的就再也没见您拿出来过。之所以一直记得,还是老家主抱怨过好几次,说是那柄剑害了您。"

闻人不弃倒是能猜出一二,自己应是领悟出,失忆与结下的剑契有关系,担心再次中咒,所以选择与剑分离。

闻人不弃抬手摸了摸眉心,剑契应该还在,此剑也不会距离自己太远,便闭目凝神尝试感知。他不懂剑,剑契结得应是很浅,才会被父亲几尺子打醒。这几十年来,他又苦修家传的神魂术,以及神器真言尺,将识海修炼得坚不可摧,精神力之强悍,放眼当下,不说无人可及,能敌者也是寥寥。因此,剑契很难再影响到他,一时之间捕捉不到,无法召唤。

闻人不弃只能暂时放弃,慢慢走到竹简山堆后的书桌前,迟疑着在圈椅上坐下。桌面上册子凌乱,他信手翻了翻。那些册子不是书,上面密密麻麻都是他推演九天神族大封印术的笔记。看得出来,他当时的确走进了死胡同里,一笔一画都写满了急躁,在崩溃的边缘游走,才会不理智地去往巫族,毕竟还是年轻。

闻人不弃自嘲一笑："世事难料，我以凡人之力能窥得神术奥秘，又能从高出我一个大境界的剑笙手中捡回一条性命，最后竟然败在了最疼爱我的父亲手中。"

家仆忍不住抹眼泪："家主，您千万莫怪老家主，他也是没办法。当年您被救回来时，经脉尽断，浑身是血，意识已经涣散，却还死死抓着一枚储物戒不肯放手，老家主打开一瞧，里面都是您从巫族偷来的古籍，这才决定抹去您的记忆。"

"我怪父亲做什么？"莫说闻人不弃想不起来自己做这些事情的初衷，便是想起来了，也不会责怪父亲。他们父子俩，都是在为珍视之人筹谋罢了。反倒是他不孝，原来曾让父亲为他耗费了那么多的心神。

"珍视之人。"当闻人不弃脑海里闪过这四个字时，他嘴角牵起一抹苦笑。

这算不算命运的牵引？让他从金水山就开始看凡迹星几人的笑话，还奇怪为何总是遇到他们这一拨人。原来自己也是局中人。

闻人不弃翻过那些笔记，从圈椅上起身，又来到星子组成的疆域大地图正下方，仰头凝视。星光洒在他温润的眉眼，以及水墨儒衫上，逐渐将他完全笼罩。

许久，他取出真言尺。

家仆睁大双眼："家主，您要做什么？"

闻人不弃道："自然是继续我没做完的事情，费了这么多的心血，停下来多可惜。"

家仆"扑通"跪下："家主三思，您可千万打不得自己！"

闻人不弃知道不容易，这属于以己之矛，攻己之盾，要承担自我反噬之力，还未必能想起来多少。与那位大铸剑师的过往，能够放一放，不急。但这九天神族的大封印术太过深奥复杂，从头摸索实在不容易，最好能想起来一些。

家仆继续劝："家主，老家主早就预料过会有这么一天，让小的转告您，当年您年纪小，年少气盛做什么都是正常的。如今您已成为一家之主，见过人心险恶，看过浮世沧桑，理应更善于权衡利弊，算计得失，切莫再任性妄为，重蹈覆辙。"

闻人不弃沉默了一会儿："父亲劝了那么多，却没将名字给我改回来，不是吗？"

家仆愣了愣。

闻人不弃再次苦笑："我是回来之后才改的名字，父亲篡改记忆时，明明可以抹去，却给我留了下来。在我的记忆中，这名字还是父亲给我改的，说明他其实挺喜欢我这份坚持，只是为人父母，他更爱惜我的性命。"

家仆哑口无言。

闻人不弃微微垂首，以真言尺轻抵眉心。不曾考虑太久，他使出言出法随之术："闻人不弃，想起来。"随着他法力，尺身符文骤然亮起，引动头顶的星盘微微颤动。

"咻！"符文从尺身飞出，化为利箭，刺入他的识海。可他眉心现出一道光芒，将利箭挡住。两股力量触碰之下，"嘭"的一声，他被震得站立不稳，摇摇欲坠。

闻人不弃立刻再施术法："想起来。"

"嘭！"这次，他趔趄后退，忍了忍，没忍住，吐了一口血。

再敲。

"想起来！"

"家主……"家仆目望他接连施了十几次术法，五感俱乱，神魂动荡，原本水墨色的长袍被溅上了斑斑血迹，很想上前阻止，却也知道以家主的个性，根本阻止不了。

"啪嗒！"最终，真言尺从闻人不弃手中滑落，掉在地上。

闻人不弃再也支撑不住，缓缓倒地。他双眼微睁，视线逐渐模糊，眼前一堆重影，虚虚实实之间，仿佛有个披头散发的女人朝他走来。

"你叫什么名字？"

"闻人弃。"

"儒修世家，不是人类里最有学问的吗？为何会给儿子取'弃'字？"

"我在家中行二，兄长闻人舍，意为浮世万千，有舍才有得。而我的'弃'字，含义与他颇为相近，家父希望我为人处世莫要太过执着，有时候放弃，也是一门修行。"

"闻人，有一点你必须记住，所有封印都是牢牢相连，牵一发而动全身。你必须先斩断我这里和其他封印之间的锁链，再想办法破我的封印，不然将会导致其他封印一起动荡，万一他们逃出去，做了什么恶事，我承担不起。"

"你不是说，你出生于海中，从未上过岸，是如何知道的？你父亲告诉你的？"

"我阿爹还在世时，比我的脑袋更糊涂，疯疯癫癫，几乎没有清醒的时候。"

"那你……"

"很久以前，我有一次从沉睡中醒来，救过一个遭受过酷刑的巫族人，他告诉我的。具体说了些什么，我记不清了，只记得他想让我赠他一柄剑，哦，他还想出去多找几个剑道苗子，让我再多赠几柄……他说，他要去将所有封印全部打开，包括五浊恶世的大门……他说，他要用最残忍的手段灭了巫族，毁掉人间。我见他已被仇恨侵蚀，不答应……"

"巫族人，灭巫族，毁人间？"

"嗯，我已经想不起来那巫族人的相貌和名字，以及他为何会有这么深的仇恨，但他的仇恨之火，至今令我难忘。"

鸢南，万象巫。

牢房中，身着天阙府弟子服的漆随梦盘膝而坐，满面愁容。

他受燕澜所托，将镇压着枯疾的《归墟志》送来给剑笙。等剑笙交还《归墟志》之后，他刚离开万象巫没多远，就被巫族大祭司派来的大巫拦住，说他师父即将抵达，要他在此等候。

漆随梦还等着去飞凰山拜见闻人不弃，怕师父从玉令的法阵里出来，甚至将玉令也交给了剑笙，请他帮忙保管，当即就要跑。

不承想，他在大祭司派来的那位大巫手底下竟然过不了十招，连剑都被打掉了，而且对方明显对他手下留情。巫族的秘法厉害他知道，但也未免强得离谱。难怪燕澜明明和他同境界，连准地仙都能过几招。

漆随梦正心有余悸，牢房内的空气突然一阵波动，被撕裂开一道口子。

漆随梦戒备起身，瞧见一人从裂口里出来。那人用桃木簪绾着长发，脸上戴着具有巫族特色的可怖面具，身穿有些年头的怪异粗布长袍。认出是剑笙，漆随梦忙拱手："前辈！"

剑笙一言不发，往墙角抛了小木头人，变成漆随梦的模样，随后抓住漆随梦的肩膀，将他拽进裂口里。漆随梦眼前一黑，恢复光亮时，已经离开了万象巫，在一座山上。

"走吧。"剑笙摆了下手。

"您放晚辈走，大祭司会不会……"漆随梦担心。巫族是现今最古老的族群，内部遵循着大荒时代的族规，极其严苛。

剑笙不耐烦地道："那要不然我再送你回牢房里去？"

漆随梦沉默。

剑笙冷笑："不愧是无上夷洗出来的脑子，和他一样是个只会说废话的废物。"

漆随梦惭愧地低头。

剑笙："赶紧滚。"

漆随梦拱手告辞："是。"

但刚转身，漆随梦又回头看向剑笙："前辈，咱们从前是不是在哪里见过？"漆随梦之前去魔鬼沼，见到剑笙第一面，就觉得有股莫名的熟悉感。尤其是剑笙的面具，好像曾在梦里见过。

剑笙睨着他："我不是女人，你从前见没见过我，能怎么样？"

漆随梦又讨了个没趣，告辞离去。剑笙脚下却没动，遥遥望着他的背影，直到消失很久，也没收回视线。

数日过后，深夜。

魔鬼沼内突有异动。被剑笙扔在沼泽地里的玉令正缓缓升空，朝前方激射出一道耀目弧光。无上夷自玉令阵法而出，衣着朴素，风尘仆仆，但冠发依旧一丝不苟。脚下是淤泥，他不曾落地，御风浮在半空中。

无上夷目色沉静，环顾四周，发现自己被困在一个高级缚灵阵内。此阵无害，只为困人，隔绝一切灵力，无法和外界联系。

"剑笙，是你布的阵？"

剑笙听到动静，跃上阵法附近一棵枯树，蹲在树杈子上，拢着手："府君，好久不见，恭喜您突破了地仙，只不过听说您的剑断了？是不是真的？"

无上夷不和他寒暄："你立刻放我出去，你比谁都清楚漆随梦的身份，他是挽救浩劫的关键，绝对不能再出一点纰漏。还有，你知不知道，你认的那个女儿，她很可能是天灯所示的浩劫之一，我怀疑她也是逃出封印的大荒怪物……"

剑笙笑了一声："您既然这样说，我就更不能放您出去了。"

无上夷蹙眉："此话怎讲？"

剑笙摊手："我们巫族不善剑道，将神剑剑灵给您送去，您给弄丢了。我'闺女'好不容易找了回来，您转头将她杀了，非但没能挽回颓势，还导致那位神族彻底与神剑失去联系。如今她没死，您还想插手，您就不怕将事情越搞越砸？到头来发现，所谓的人间浩劫，全是被您一手逼出来的？"

无上夷被他说白了脸："阻断这场自大荒覆灭之后，史无前例的浩劫，原本就不是容易之事。难道不是你们巫族告诉我的吗？这将会是一个此消彼长，不断博弈的过程，要我做好杀身成仁的准备。我无上夷宁背良心之债，愧对赠剑恩师，不惜一切代价，为人间争这一线生机，旁人不解,你巫族人何故奚落我?"

剑笙沉默片刻,轻飘飘地道:"谁知道呢,我可能是疯了吧。"

无上夷没说话。

"你理解不了我,我却能理解你,你困住我,是不想漆随梦在我手中成长起来,你想保你儿子燕澜的命。但这是你夫人、大祭司、隐世族老三方的决定,也是当时最无奈的选择,你要违背祖训?"

"别说了。"剑笙突然烦躁起来,"你想出来,就凭自己本事,不然就留在这儿陪我看星星。"

无上夷仍旧好言相劝:"我不想强攻,万一被万象巫那几位感知到,会给你惹上麻烦。你为族中牺牲太多,平素怎样乖张都无妨,他们睁一只眼闭一只眼,然而大是大非的问题,你且看他们能不能容你,你巫族刑罚之残酷,不必我多言。"

剑笙瞧着更烦了:"与其说废话,不如赶紧破。"

无上夷见说不通,并拢两指,指尖剑气纵横:"你真当我断了剑,就破不了你的阵?你未免太小看地仙的实力。"

剑笙不怒反笑:"我当然知道地仙了不起,但别怪我没提醒你,我已将此阵的阵眼,和五浊恶世大门连在了一起,你破阵就等于开门。"

无上夷心下猛然一慌,赶紧掐灭逸散出的剑气:"你的确是疯了!"

剑笙在树杈子上坐下来,摘下面具,仰头看星空:"人活在这世上,有几个没疯过?有空拿出镜子照一照,看你现在的样子疯不疯。无上夷,不要一错再错,否则,就真的回不了头了。"

无上夷沉声警告:"我势必将此事告知大祭司,你已不再适合看守大狱,做好接受惩处的准备。"

剑笙浑不在意:"这些年来,我有哪一天不是在遭受酷刑,有什么区别?"

无上夷嘴唇翕动,却并未反驳。他向来钦佩剑笙夫妇俩的奉献,也理解他们的不容易。若能无动于衷地奉献,那是毫无人性的怪物,该被扔进五浊恶世里去。

尤其姜拂衣在他面前自戕之后，无上夷受碎星剑气影响，以"父母"的身份，感受到了什么叫作痛不欲生。以至于得知姜拂衣死而复生后，他的心底漫出了一丝庆幸，但随之而来的，是深深的无力感。

"剑笙，我说过了，我能够理解你。正是因为理解，有些事我不得不狠心。"

无上夷回想起二十多年前，神殿之内，巫族前任少君当着云巅王上的面，满面凄苦地将漆随梦托付给他，说漆随梦是平息浩劫的唯一希望。

如此重任，无上夷没有自信承担，不敢接。

"然而，你族大祭司和三位隐世族老对我叩拜，王上也恳求我接下，从此人间命数系于我手，我岂敢懈怠？岂敢心存一丝侥幸？且不说苍生，我若徇私，先对不起的，就是你夫妇二人的牺牲。如今你困住我，岂不是让你夫人的心血付诸东流，你对得起她？对得起你自己？对得起你巫族列祖列宗？"无上夷指责着他，自己的嗓音反而微颤。

面具搁在胸口，剑笙背靠树干，闭着眼睛，像是睡着了，许久都不说话。夜间沼泽地里雾气重，打湿了他的睫毛，被他以拇指抹去。

"我的确自私狭隘，愧对列祖列宗，你没骂错，多骂几句。"

"你现在放我出去还来得及，我方才也是说气话，不会告诉万象巫那几位。"

"来不及了无上夷，我没有回头路了。"

清晨时分，白鹭城郊外的道观里，阳光穿透窗缝，倾洒在静室内。

这缕光芒唤醒了正盘膝打坐的燕澜，他睁开眼睛后，先从同归里取出纸笔，伏案写："如何？"

姜拂衣很快回复："还是老样子，没有任何动静。"

燕澜："那就好。我的伤势已无大碍，等漆随梦将《归墟志》拿回来后，我去往飞凰山内部查看，你先不要轻举妄动。"

姜拂衣："你不是说漆随梦可能会被关押？"

燕澜："我父亲不会坐视不理。"

姜拂衣："那你爹不会被处罚？"

燕澜："你难道认为我父亲会强行攻打进去抢人吗？"

姜拂衣："虽然我不觉得，但你不是常说你爹脾气古怪，我当然没你了解他啊。"

燕澜："他只是脾气古怪，不是傻。我父亲不拘小节，大事却极有分寸，不然守不了大门，你不必担心。"

姜拂衣："那就好。"

过了一会儿。

燕澜："你还有没有其他事情？"

姜拂衣："有，大哥，我有个小小的疑问。"

燕澜："你问。"

姜拂衣："白鹭城距离飞凰山不算远吧，使用不了传音符？传音符互通消息那么快，我们为何要每天写这么多字啊，又慢又累。"

燕澜被她问得一愣。的确，姜拂衣不提，他一点也没想起来使用传音符。大概传音符谁都能用，同归是他二人特有的联络方式。这种慢慢书写，期待回复的感觉，也挺特别的。她既然说了出来，燕澜便放了几张传音符进去。

姜拂衣却还是写字："算了，就这样吧，写字虽然累了一些，但是省钱。"

燕澜无语，放进去厚厚一摞传音符。

门外传来动静："少君，天阙府漆公子求见。"

燕澜沉默片刻，心情复杂，既盼着他来，又不想看见他。然而，该来的躲不了，燕澜起身开门。

漆随梦在院中站着，能看出几分狼狈，拱手："燕兄，身体可好些了？"看着气色应是已经康复了。

漆随梦原本只观察着燕澜的脸色，视线却突然被他腰间的挂饰吸引。燕澜腰间一直坠着一个小铃铛，如今那铃铛上方的绳结中，镶嵌了一颗珍珠。漆随梦有收集珍珠的习惯，能分辨出这颗珍珠虽然不大，成色却极为罕见，不禁多看了几眼。

燕澜并不遮掩，朝他拱手道谢："这一路辛苦了。"

漆随梦回过神，意识到自己失态，忙将《归墟志》和一颗圆形灵石取出来，递过去："还要多谢令尊的搭救之恩。"

燕澜提醒："漆兄，我父亲常年待在魔鬼沼，几乎不去万象巫。"

漆随梦旋即领悟："明白。"

燕澜从他手中接过物品，稍微感知了下《归墟志》，眉心一蹙："怪物怎么还在里面？"

漆随梦惊讶："我不知，我将竹简给了令尊，说明来意，令尊回了趟山洞，出来之后，又交还给我，连同这颗灵石。"

燕澜颔首："我懂了。"灵石内蕴含着父亲的法力，应该可以远距离传音。

漆随梦松了口气："燕兄若无其他事情吩咐，我便先告辞了。"

燕澜不拦着："此番多谢，请便。"他知道漆随梦急着入城去往闻人府，不过料想闻人不弃没那么容易出手相助。

等漆随梦离开，燕澜回到房间里，以法力点亮手里的灵石。

不多时，房间内回荡起剑笙的声音。

——"姓漆的小子脚程还挺快。"

燕澜这一路没少通过北斗七星弓和父亲联络，但交谈还是第一次："父亲，您为何没将枯疾封印？"

——"你究竟在说什么蠢话？我拿沼泽里的泥巴封印？神族的连环大封印术，你以为我一个破看门的使得出来？"

燕澜不是很信，在他的意识中，族中众大巫，无人比他父亲更精通封印术："那族里谁能使得出来，大祭司还是族老？"

——"族里没人使得出来,咱们的任务只是守大狱,单独封印的那些怪物,咱们连具体位置都不清楚,根本没有任何研究。怕的就是巫族出个居心叵测之徒,那不就完蛋了。你不是怀疑,夜枭谷的魔神就是咱们的一个祖宗。他折腾了那么久,也只有这点成绩,你指望我?"

燕澜深深皱眉:"那您知不知道魔神的来历?"

——"你觉得藏书楼那些古籍史料,你看得多,还是我看得多。"

燕澜觉得也是,最有可能知道的是大祭司,他早已写信询问,尚未得到回复:"父亲,如今怪物逃了出来,杀不死,又无法重新封印,您认为该如何是好?"

——"《归墟志》我瞧了,收得挺稳,继续收着。等天灯能够再次点燃,再请个神族下来封印。"

燕澜提醒他:"点过天灯之后,至少间隔千年才能再次点燃,等一千年?"

——"不想等,就仔细琢磨《归墟志》,你既可以释放出麒麟灵体,说明这件神器已经认可了你的人品和能力,你可以看到更多,使用更多。而且你的封印术并不比我差,甚至早已超越我,不要什么都指望我。"

话音落下,灵石的光芒熄灭。

漆随梦来到闻人氏在白鹭城中的府邸。闻人枫出门来迎:"漆兄,你这阵子去哪儿了?"

漆随梦直奔主题:"你叔父人呢?"

"你找我叔父做什么?"闻人枫觉得奇怪,却没多问,"巧得很,我叔父之前回了神都,昨夜里才回来。更是巧得很,他在一刻钟之前才出门前往飞凰山,你随我进去喝杯茶,稍候片刻吧。"

漆随梦哪里坐得住,立刻追去飞凰山。

"漆兄?漆兄?"闻人枫喊不住他,纳闷极了。

怎么回事?叔父和漆随梦,好像都不太对劲的样子。

飞凰山上。

女凰自从知道山上潜藏了高人，已经派了众弟子搜山，如今飞凰山四处都是鸟，可惜一无所获。

姜拂衣盘膝坐在屋顶，音灵花悬浮于面前，花丝释放得漫山遍野，也在无孔不入地寻找。只不过，她是在寻找大荒怪物，使用注入目视的花丝，认真观察山上每只奇怪的鸟妖，发现飞凰山大弟子越长空挺奇怪，宫殿院子里有个水池，这只异常漂亮的孔雀一天能赤裸上身跳进去好几次。

姜拂衣正仔细观察着，听到侍女的声音："您这边请。"

好像有人来了。

姜拂衣连忙收回视线，瞧见侍女领着一个身穿水墨色长袍的男人过来，竟是闻人不弃。一阵子不见，他像是大病初愈，脚步虚浮，面色憔悴，眉头还深锁着，和之前城门楼上谈笑风生的模样完全不同。

闻人不弃谢过侍女，在院中站定，仰头望向屋顶上的姜拂衣，抿唇不语。

姜拂衣读懂了他眼神中饱含的五味杂陈，头皮又是一阵发麻。他不说话，她也知道自己之前的猜测应是正确的。

姜拂衣心中同样百般不是滋味，她从屋顶上跃下来："那日咱们聊过天，前辈着急离开白鹭城，是回神都家中求证去了？"

闻人不弃不答反问："我听说你有一柄剑，能否取出来给我瞧瞧？"

这一路，总是她问别人要剑，今日竟然反了过来。

她摩挲同归，将从剑笙前辈手中得到的那柄心剑取出来，递过去。

闻人不弃并没有接，只是闭目感知了下，摇了摇头："不是我的剑。"

姜拂衣知道这剑不是他的，重新收回去："所以，您将我娘赠的剑弄丢了？"

"不是丢掉了，只是暂时想不起来放在哪里，不过迟早会想起来的。"闻人不弃指了下自己的眉心，无奈道，"我一次承受不住太多伤害，唯有先挑和封印相关的记忆，我想，你更需要这些……"哪怕他真的很想知道海里那些过往，也不是当务之急，"即便如此，那些记忆依然非常模糊，但总比我从头开始强上许多。"

姜拂衣不明所以。闻人不弃拿出一枚沉甸甸的储物戒，正准备递给她。

"嗖！"凡迹星的伴月剑倏然从房间飞出，围着闻人不弃打转。

闻人不弃本能地想要防备，猜出凡迹星的意图后，卸下了周身的防御。

没多久，"嘎吱"一声，凡迹星从房间内踱步而出，面色如常，声音却透出诧异："虽然很淡，但你的灵气内，的确有仙女的剑气。"

闻人不弃正要开口。凡迹星先问："我若没记错，你的年纪是不是比我小？"

闻人不弃拱手："凡兄年长我……"

凡迹星打断："先不忙着说别的，赶紧喊声哥哥给我听一听。"好得很，总算是扬眉吐气了一回。

闻人不弃僵在原地，那张原本就憔悴的脸，仿佛一瞬又苍白了许多。

姜拂衣见他双唇颤抖，哑口无言的尴尬模样，觉得他还挺惨的。只不过想起闻人枫暗中来找麻烦，自己差点挨揍的往事，姜拂衣就很反感闻人氏。

凡迹星催促："喊啊，愣着作甚，一声哥哥有这么难？我都喊了七八十来回了。"

闻人不弃逐渐缓过来，嘴角艰难地扯出一抹笑："凡兄确实是很爱开玩笑。"

凡迹星"呵"了一声，斜睨着他："闻人，你向来能屈能伸，为何突然变得有骨气了？我这简单一关你都过不了，等商刻羽那个炮仗从风月国回来，我看你怎么办。"

闻人不弃微微皱了下眉："商兄回了风月国？我收到的消息，他从飞凰山离开之后，直接去了极北之海，至今还在岸上坐着，没有回风月国啊。"

凡迹星眨眨眼睛，并不怀疑他的情报。闻人氏掌管云巅第一学府弱水学宫，还操控着天地人才榜，门生遍天下，有着最缜密强大的情报网。

凡迹星看向姜拂衣："阿拂，我之前听错了？他不是说回去拿验血脉的宝物了？"

姜拂衣对此毫不意外："像商前辈这般骄傲的性格，需要时间接受。"

凡迹星叹了一口气："瞧瞧，他们各有各的骄傲，显得我可真是没出息。"

姜拂衣陪着凡迹星在飞凰山上住了一个多月，早摸清了他的脾气，连忙扒着他的手臂笑道："义父，您哪里是没出息，您是懂得顾全大局。"是恭维，也是实话。凡迹星除了爱说风凉话，性格实在很好。

凡迹星果然很受用，得意地挑了下眉："还是你乖。"

姜拂衣扶他去木桌前坐下，这阵子他不只是要给女凰医病，还得帮苦海剑洗魔气，也是累得不轻。

闻人不弃摩挲着手里的储物戒，琢磨那句"验血脉的宝物"，疑惑地问："姜姑娘，剑笙……不是你的亲生父亲？"

既是心剑的剑主，姜拂衣没什么好瞒的："不是，您刚看过的那柄剑，正是剑笙前辈的佩剑，他拔不出来……"她简单解释了几句。

闻人不弃得知她与巫族没有关系，眼神里的五味杂陈少了一大半。

瞥见他露出万分庆幸的表情，凡迹星一手支颐，调侃道："闻人，你还是不要高兴得太早，她不是剑笙的女儿，却是他的儿媳妇。"

闻人不弃脸上的庆幸微微凝固。

姜拂衣先前编这个谎话，是怕商刻羽去找剑笙前辈的麻烦，忘记解释了。不过，在闻人不弃面前，她并不想和剑笙父子俩划清界限，也无法划清。

姜拂衣不曾说话，从她复杂的神色中，闻人不弃暗暗猜测，她与燕澜即使不是情人，也应不清白。还算好，总比是剑笙的女儿强得多。

岂料，凡迹星再睨了闻人不弃一眼："之前我只告诉你，仙女的剑会促使我们两相忘。有件事你不知道，阿拂说，被仙女赠过剑的，都有可能是她的父亲。这就意味着,你也可能是她的亲生父亲。"

闻人不弃微微一愣,旋即惊醒,目光笔直地看向姜拂衣。

"不能吧。"姜拂衣狐疑道,"我娘说,她见我爹相貌出众,骨格清奇,才赠剑给他,又通过剑感知到我爹早已成为至尊多年……"

闻人不弃的容貌肯定是过关的,面如冠玉,眉目如画,当初在金水山底部,他与凡迹星对弈,姜拂衣甚至分辨不出哪位才是传闻中的迹星郎。

至于骨格清奇,母亲没说是"剑骨"。同理,是"至尊",而非"剑道至尊"。

凡迹星认证,他体内有淡淡剑气,不排除母亲能根据这缕剑气感应到。

"但是,您对我并没有什么特殊感应吧?剑笙前辈拿了我娘的剑几十年,拔不出来,都会受剑气影响,待我十分亲近,您与我见过好几次,如同陌生人。"

"这很正常,阿拂,剑气会入侵我们的识海,使得我们的灵气、血气与剑气相融。我们越修剑,融合程度越高,被影响得越深。"凡迹星看向闻人不弃,眼神里流露出一抹嫉妒,"而闻人不一样,他不修剑,且家传功法主修识海和精神力,越修行,剑气对他的影响越小。再加上先入为主,他以为你是剑笙的女儿,对你心生厌恶,可想而知。"

闻人不弃默认,不受影响是他苦修而来的定力足够克制,而不是不会被影响。但当那座书楼在他面前现形时,他引以为傲的定力所遭受的冲击,超出他的想象。

因此在施展言听计从术时,闻人不弃告诉自己,只回忆起和封印相关的东西,刻意避开一切情感相关。然而,只是那么点模糊的记忆,他已能感觉到,那个他一心想救出来的女人,对他究竟有多重要。

闻人不弃决定,此题不曾解开之前,不想起来太多往事。父亲警告得没有错,他不能重蹈覆辙。当初若不是被情感冲昏了头,不够冷静,急躁地跑去万象巫,这些年来步步筹谋,足够他将人救出来了。

凡迹星看向他:"阿拂若真是你的女儿,那你和剑笙可就从死对头成了亲家,做好心理准备。"

闻人不弃绷紧了下颚线,不发一言。

姜拂衣看在眼里,怎么,还嫌弃上她了?姜拂衣不悦道:"闻人前辈没必要杞人忧天,您已经是第五个,不知道还会出现几个呢,您是我生父的概率小得很。"

闻人不弃听得出来,姜拂衣言辞之间,一心向着剑笙父子俩。心中漫上一丝莫名的酸楚,旋即,他面色微冷,眼底暗流涌动。

姜拂衣读懂了他的猜忌:"您是不是认为,剑笙父子俩,早知道我可能与你有关系,故意接近我,对您有所图谋?"

闻人不弃稍作沉默:"不排除这个可能。"

姜拂衣总算明白,何为以小人之心度君子之腹了:"我知道您被剑笙前辈重创,对他恨之入骨,但说句不好听的,闻人氏将巫族逼迫得上交天灯,无论您有什么理由,明知有世仇的情况下,潜入万象巫,挨打岂不是很正常,不能算在剑笙前辈头上吧?"

闻人不弃诚恳地注视着她:"我承认是我活该,我不怪他。但当时,我很有可能带着你母亲赠我的剑当作护身符。剑笙追杀我时,或许见过那柄剑,之后他也得到一柄从外观上看,一模一样的剑,会不会想到我身上去?"

姜拂衣道:"我告诉您,剑笙前辈根本不知道除了他手里的剑,还有其他剑。"

闻人不弃问道:"你如何知道?"

姜拂衣道:"就凭我的判断能力。"

闻人不弃沉吟道:"是吗?那此事或许是我多心,但我告诉你,燕澜人品如何,我暂时不清楚,无法做出判断……但剑笙他绝对不是一个值得信赖之人,你今后最好与他们划清界限,和巫族撇清关系,以免遭他们算计。"

姜拂衣觉得他这话挺好笑的:"根据风评,闻人前辈似乎更不值得信赖啊。"她看向凡迹星，"是吗，义父？"

凡迹星耸了耸肩："我与闻人其实不是很熟，对他的了解也是从别人口中听来的，人言可畏，不能作数，不过确实很差就是了。"

闻人不弃沉默。

凡迹星又道："至于剑笙就更不了解了，仅在三十年前和他夫妻俩有过一面之缘。"剑笙请凡迹星出手救他们尚在襁褓之中的长子，凡迹星办不到。那孩子便被他夫妇俩封印，带了回去。

闻人不弃沉默下来，三言两语，他便知姜拂衣这里是说不通了。再说下去，她会对自己反感。

闻人不弃暂时放弃，将捏在掌心许久的储物戒递过去，里面是他复制出来的星盘地图和有关神族大封印术的猜想："飞凰山里锁了个大荒怪物，你们在此小心些。"

"您怎么知道？"姜拂衣蹙了蹙眉，将储物戒接过来，感知力入内，立刻便被其中浩瀚的场景惊住。

远处又传来侍女的声音："漆公子这边请。"

漆随梦远远瞧见院中的三个人，目光锁在姜拂衣身上，但她闭着眼睛，似乎正在感知什么。他来到木桌前，先和凡迹星问好，随后朝闻人不弃跪了下来，双膝跪地："晚辈此番是想……"

漆随梦已经做好被刁难的准备，心想无论付出任何代价，也要求闻人不弃答应。不承想，话还没说完，闻人不弃的声音在头顶上方响起："我会帮你找回你和姜姑娘之间的记忆。"

漆随梦诧异抬头，见他已经取出真言尺："那不知您想要晚辈做些什么？"闻人世家从来不做亏本的买卖。

闻人不弃淡淡地道："做回你自己就好。"

漆随梦仍是不懂，闻人氏帮人却不提要求，他心里反而瘆得慌。

凡迹星在旁掩着唇笑："别怕，你闻人叔叔自己当了弟弟，心中不忿，想给死对头的儿子也找个哥哥，陪着他一起心烦。"

闻人不弃攥尺子的手紧了又紧，锋利的边缘，几乎将手指割破。最终，他没理会凡迹星的奚落，只嘱咐漆随梦："卸下你的剑气，控制住，切莫抵抗，否则我强攻之下，会加重你的损伤。"

漆随梦听不懂他们之间的哑谜，但不曾退缩，稳稳跪着，目色坚定："您动手吧。"

闻人不弃施法，真言尺上的符文逐渐亮起，点点光芒在尺身上跳跃。

"等一下。"凡迹星制止，"闻人，我有没有告诉过你，漆随梦是九天神族的剑灵，你敲他时务必小心一些。"

闻人不弃点头："略知一二。"

"那就好。"凡迹星之前请他办事儿，并未详细说，也是想着他应该知道一些。

巫族的天灯，是他家老祖筹谋了上百年"抢"回来的，云巅王族向来极为信任闻人氏。浩劫将至，叩请神灵这般重大的事情，他不会一无所知。

"我族真言尺，同样承袭于大荒众神时代，由九天清气自然孕育，不输神剑太多。"闻人不弃举起真言尺。

轻敲。

"漆随梦，想起来。"

原本欢快跳跃的符文顿生法相，凛着威严气势，朝漆随梦灵台攻去。

漆随梦压制住剑气不去抵挡，但身体本能自保，灵台显现出一道剑气弧光。

不等他抵抗，闻人不弃再敲。

"过往千帆，前尘种种，漆随梦，跃出诸般术法禁锢，想起来！"

漆随梦猛地浑身颤抖，先是感觉到神魂俱裂的痛苦。随后，一阵天旋地转，周围一切动静，都似潮水退去，距离他越来越远。他仿佛陷入虚空之中，缓缓倒在地上。

"差不多了。"闻人不弃收回真言尺，自己脚下也是一个趔趄。

"你耗损过重，需要速度闭关疗伤，不然容易落下病根，影响你往后修为精进。"凡迹星打量他，"要不要我给你一剑？免费的。"

闻人不弃摇头："多谢好意，我这就去静修。"他看一眼地上的漆随梦，"你也最好不要为他治疗识海，否则我打开的这扇门，你有可能重新关上，前功尽弃。"

凡迹星蹙了蹙眉："会这样？"

闻人不弃揣测："以言灵术强行唤醒记忆，其实治标不治本，失忆咒并未真正破除。何况你的医剑本身就带着这种咒，我私以为，不冒险为上。"

凡迹星琢磨："如此一来，你敲我，我岂不是不能为自己疗伤？"

闻人不弃沉默了一会儿："在没有找到失忆根源之前，我不能轻易对你们施展言灵术，你们承受不住。"

凡迹星审视着他，嘴角勾起一抹怪异的笑："是怕我们承受不住，还是你私心不愿意我们想起来？"

闻人不弃知道会被怀疑，反问："凡兄是否愿意重伤几十年，只为想起一些模糊的过往？之后你们都去闭关养伤，而我即使完全参悟出神族的大封印术，却苦于没有锋利的剑，无法斩断那条束缚她的锁链，只能继续等待。"

凡迹星难得不反驳，他是正确的。往事，想起来只是锦上添花。而如今，仙女更需要他们雪中送炭。

凡迹星道："我是无所谓，但必须想办法让亦孤行想起来，不然那个二愣子只会帮倒忙……"

闻人不弃听凡迹星讲完，皱起眉头："想敲醒他不容易，我先静修养伤。"他想请凡迹星照顾好姜拂衣，又觉得是废话，遂作罢，转身打算离开。

凡迹星喊住他："你敲了漆随梦，不顺便敲一下阿拂？"

"先瞧瞧情况。"闻人不弃不敢随意拿她冒险，"她身为铸剑师，和剑主不同，不能乱来。"再次转身之前，他看了一眼姜拂衣，眼底弥漫出厚重的霾。不行,去静修之前,他得先会一会燕澜。

远处的花园里,青袅上前禀告:"师父,闻人前辈上山来了。"

女凰正拿着一柄小剪修剪花枝,闻言微微一顿:"他上山了?当真?"

青袅点头:"千真万确,侍女来报,徒儿也不信,特意去瞧了瞧。"

不怪她师父惊讶,闻人不弃在白鹭城修了一座别院,住在白鹭城的时间,要比在神都家中更多。几十年来,她师父请他帮忙从不推辞,但他始终没有上过飞凰山,也从不和她师父打交道。传闻他修为尚浅时,曾被巫族一位大巫重创,断子绝孙,大概正是自卑,才会如此。

青袅也摸不准师父是个什么态度。师父最瞧不上不自信的人,起初应是利用的心思居多,毕竟闻人氏在云巅手眼通天,少有办不成的事儿。师父巴不得他永远保持这种谦卑,默默仰望就好,别来烦她。

但这十几二十年来,师父从懒得提,变成时常讥讽,让她猜闻人不弃究竟何时才能战胜心魔,登上飞凰山。

青袅不知道这嘲笑是不是一种期待,却知道以师父傲气的性格,闻人不弃若始终自卑,师父便会一直嫌弃,不会纡尊降贵地给他任何鼓励。

女凰原地站立了一会儿,弯下腰,继续修剪花枝:"让他在殿上候着吧,我这会儿没空见他。"

青袅沉默。

女凰蹙眉:"有什么问题?"

青袅有些尴尬:"师父,闻人前辈说是来见凡前辈,但徒儿远远瞧着,他是上来见姜姑娘的,这会儿已经下山离开了。"从头到尾,都没有朝她师父所在的宫殿看一眼。

姜拂衣的全部心思都在这枚储物戒内。她知道外面有动静,似乎又来了一个人,她也没在意。

这空间内飘浮的各种推衍计算她看不懂,她只被巨大的星盘地图震撼。因为地图上格外耀眼之处，应该都是大荒怪物的封印地，还被一条光链串成奇怪的形状。这条光链，正是封印之间的联系。

但这只是一个半成品。以姜拂衣对怪物封印的了解，这条锁链若是完成，该是首尾相连。闻人不弃中途放弃了，不，应是在闯万象巫之后，被打断了。

联想到真言尺，姜拂衣大抵猜出一些他的过往经历，忽然感觉自己方才的言语有些过分了。

他去巫族应是为了偷学封印术，自己却数落他活该被打。

是活该，只是站在姜拂衣的立场，她没有资格责怪他。

姜拂衣想着赶紧去给他道个歉。她从储物戒里收回感知力，却发现闻人不弃已经离开，只能下次见了再道歉和道谢了。

凡迹星也回房接着洗剑去了。

只剩下漆随梦侧躺在地上，蓝白相间的天阙府弟子服，胸前染上了触目惊心的血迹。

"漆随梦？"姜拂衣蹲下去，拍了拍他苍白的脸，他毫无反应。看样子是被真言尺打过，一时半会儿醒不过来。

这未免太过分了吧，就把他扔在地上不管了？姜拂衣将漆随梦扶起来，扛在肩膀上，回了房间，扔在床上。随后，姜拂衣坐去矮几前，踟蹰片刻，将那枚储物戒放进同归里："大哥，你看看，这些怪物的位置对不对？"

闻人不弃若非进展不下去，不会去闯万象巫。既然进展不下去，就有可能是哪里出了错。现在又将此物给她，不曾叮嘱任何事，便是由着她一起想办法的意思。

铃铛响动。

燕澜："你从何处得到的？"

姜拂衣仿佛能从他的字迹，看出他的惊讶。她微微一蹙眉，写："立刻还给我，你先不要看。"

片刻之后，那枚储物戒出现在同归里。

姜拂衣取了出来。

燕澜暂时不可以看，因为不确定闻人不弃是不是存了心思利用他。若等燕澜参悟其中奥秘，闻人不弃直接给他一尺子，逼他说出来，再去找巫族告他一状，让燕澜背负起背叛祖宗的罪名，那就惨了。

交出储物戒后，燕澜没问原因，甚至都没再说话。

姜拂衣想要解释，然而写了好几行，又将宣纸揉成一团。这种情况下，说是为他考虑，他不会信吧？姜拂衣多少有点儿心烦，想去内室的床上躺着，床铺又被漆随梦霸占，更烦了。

一整天也没想到解决的办法，等到入夜，姜拂衣再次从同归里取出纸笔，决定和燕澜坦白："大哥，早上给你看的储物戒，其实是闻人不弃的东西。"

过了很久，燕澜才回复："嗯，知己知彼，我认识他的字迹。"

姜拂衣："我娘也赠过剑给他。"

燕澜："看出来了，他在寻找斩断封印连环锁链的办法。"

姜拂衣："那你有什么想说的？"

许久没有动静。行吧，看来和她一样，无话可说了。

"砰砰！"突然响起轻微的敲门声。

姜拂衣起身开门，这么晚来敲门的，应该是凡迹星。

谁知门外站着的，竟是身披黑斗篷、戴着面具的燕澜。才刚开了条门缝，他已经闪身而入。

姜拂衣感觉到他气息紊乱，似乎身后有追兵，赶紧关上门："你刚才干吗去了？"

燕澜解释："我早上不是告诉过你，等拿到《归墟志》，我要夜探一下飞凰山内部。"

姜拂衣见他袖口有血迹，去抓他的手臂："你受伤了？"

燕澜摇摇头："放心，不是我的血，是地龙兽的血。"

姜拂衣知道地龙兽就是大蚯蚓，蹙起眉："有人在利用地龙兽寻找怪物？"

燕澜不知道："我没见到地龙兽的主人，收到你的消息，觉得纸上说不清楚，特意过来告诉你一声，再回去。"

姜拂衣默不作声，此事他确实很在意，还特意跑一趟。

燕澜摘下面具，朝她望过去，眼神格外诚恳："我懂你不让我看那枚储物戒的原因，那你也应该懂得，你是不是怪物，是谁的女儿，对我来说没有任何意义，你就只是你，仅此而已，不需要胡思乱想。我先走了。"

燕澜说完，原本是真的打算走，却见姜拂衣听了他的话，脸色逐渐变得难看。简单几句话，他琢磨了一路，理应没错才对。燕澜疑惑地道："我哪里说错了吗？"

姜拂衣没好气："你知不知道，我最见不得你这副坦诚的模样。"

从一开始，她就巴不得燕澜坏一点，不要对她那么好，不要太信任她。她就能心安理得地"算计"他。

"我不让你看那枚储物戒，不只是担心闻人不弃会算计你。其实，我内心同样蠢蠢欲动，潜意识里很想你看完之后，将谜题解开，再让闻人不弃敲你一尺子……"姜拂衣最终战胜了自己的邪念。

但当燕澜不回复之后，她又生出新的邪念，希望燕澜因为闻人不弃可能是她父亲这事儿，疏远她。如此，她就又有理由去算计他。

这才是姜拂衣真正心烦的事情，燕澜在封印术方面的能力，对她而言诱惑太大了，以至于她总是反复纠结。

姜拂衣埋怨道："我早想数落你，每次我一对你生出点坏心思，都来不及发芽，就被你给掐断。"

燕澜明白了，犹豫着说："我不曾掐过，你内心的邪念始终发不了芽，源于你的自制力，和我并没有什么关系。"

姜拂衣转眸望向窗外朦胧的月光，长长叹气："你根本不需要做什么，你本身就像太阳，被你的光芒照耀，我的邪念很难生长起来。大哥，你怕不是我的克星。"

燕澜心里不是滋味,也不知谁是谁的克星。但他隐约领悟,姜拂衣似乎将他想象得过于完美。

燕澜想起近来生出的各种不堪的心思,心虚得几乎抬不起头。他喉结滚动了下,说道:"阿拂,你太高看我了,这世上没有人会是太阳,我也没有任何光芒。"

姜拂衣更无语了:"这只是个比喻,我觉得你想变得有趣点这个念头,不太可能实现了,你这人没有一点幽默感。"

燕澜当然知道这是比喻:"是你没懂我的意思,其实我心底也希望,你可以坏一点,让我继续看那枚储物戒,等我找出救你母亲的办法,再由闻人不弃以真言尺逼我说出来。这样,我就能不负祖训,也不负你……的期待。"

姜拂衣愣了愣:"啊?"这像是燕澜能说出的话?

她突然后退半步,看向他的目光添了一些戒备,怀疑他是不是脚下那个怪物。

燕澜沉默,她好像真的一点也不了解他,口中说着不希望他做神明,心里却将他视为没有欲望、不会犯错的神明。

"我千真万确是这样想的。"燕澜越发想要让她了解自己的不堪之处,"不仅这件事,还有许多事。比如我的眼睛,我体内可能存在的怪物,我问过猎鹿一次,他避开我,我就没再继续找他。遇到难题,我也会想逃避,变得懦弱,毫无担当。"

他脸上的羞愧,实在太熟悉,又令姜拂衣打消了戒心。她抬起手臂,在燕澜肩上拍了两下,安慰道:"比起我认识的人,你已经很厉害了。不要这样数落自己,请给我们这些更普通的人留条活路吧。"

燕澜微微垂眸,看向她搭在他肩膀上的手,是如此自然而然,不带一丝的男女之防。她对他越是大胆,越是逐渐视他为亲人。

燕澜心底忽然生出一个强烈的念头,这样令他难过的亲近,或许还不如她的疏远。

再者，闻人不弃既是剑主，一定会为漆随梦恢复记忆。姜拂衣因是石心人，对情感比较迟钝。但从前那个精明的漆随梦不一样，看穿他的心思是很简单的事情。与其等漆随梦想方设法地拆穿他，不如自己先坦白。

燕澜白天已经想好了，过两日就和姜拂衣表明自己的心意。之所以要过两日，是因为巫族人有一习俗，他需要做一点准备。

燕澜现在决定也给她一些准备："阿拂。"他喊她一声。

姜拂衣听他声音突然变得低沉，脑袋里那根弦莫名一紧："嗯？"

燕澜又沉默了一会儿，垂着眼睫道："如果你对我的克制，只是由于我对你足够好，你于心不忍，那你没必要克制。因为我对你的好，原本也并不单纯。"

姜拂衣搭在他肩上的手逐渐变得僵硬，脑海里想起闻人不弃的提醒，说让她远离巫族，以免遭人算计。她又摇摇头，不会的，谁算计她，都不会是燕澜。

燕澜见她表情变了又变，不知她想到哪里去了，无所谓，他解释清楚就好："我知道你除了于心不忍，还因为我说，怪物在人间行走的标准是无错无害，你不敢对我犯一丁点错，对不对？"

姜拂衣没说话，反正说不说都一样，燕澜好像比她更了解她自己。

燕澜的声音放缓了很多："但是，你对我的坏心思，并不能称为犯错。"

姜拂衣早就想问这个"无错无害"的标准："我一直蠢蠢欲动地想要利用你，还不算犯错？"

燕澜轻轻说了一声"不算"，随后几次开口，都没发出声音。

姜拂衣紧紧盯着他。

燕澜想将面具戴上，手微颤，面具"啪嗒"掉落在地。他捡也不是，不捡也不是，手足无措了半响，将心一横，大胆地朝她望过去："因为我明知你的意图，却心甘情愿，那么错的人其实是我，不是你。该接受惩罚的人也是我，不是你，你能明白吗？"

姜拂衣起初微微一愣，旋即被烫到了似的收回了手，彻底愣在那里。

燕澜捏了一手心的汗。虽然心慌意乱，但他本以为自己需要戴上面具，才有可能说出口的话，就这样说出来了，好像并没有想象中那么艰难。

"所以，你做你自己就好，自由随心，不必为我克制，为我烦恼，我不值得。"燕澜弯腰捡起掉落的面具，重新戴上，"我走了。"

燕澜的手刚碰到门闩。

姜拂衣喊道："等等！"

燕澜心中一紧，转头看她，却见她突然慌慌张张地朝内室跑去。

燕澜察觉有异，收起纷乱的心思，也追进去。

姜拂衣疾步跑去床边，床上明明没人，也藏不了人，她却还是将被子抄起来抖了抖，紧张地询问燕澜："你从进入我房间里来，是不是就没感觉到漆随梦？"

燕澜微怔："漆随梦在你房间里？在你床上？"

姜拂衣也是刚才突然想到，燕澜进来她房间，不可能感知不到漆随梦的存在，竟然会当着漆随梦的面，说出那些话来。

"早上闻人不弃用真言尺打过他，我将他带了回来，扔在床上。我在房中待了一天，他一天都在，你来之前一刻钟，我才刚看过他……"

当燕澜进来之后，漆随梦就消失了。难道她给燕澜开门时，除了燕澜，还跟进来个什么东西，神不知鬼不觉地带走了漆随梦？或者是燕澜进来之前的那一刻钟？

姜拂衣毛骨悚然："燕澜，这下知道是个什么怪物了吗？"

燕澜沉眸，环顾室内："有一种怪物名叫默影，能够隐入人的影子，若是藏在我的影子里，跟随我进来，我是发现不了的。"

姜拂衣瞳孔紧缩。

燕澜又道："但默影在《归墟志》里排在丙级，只善于藏匿，在你我眼皮子底下偷走漆随梦，我认为不可能。"

既然不可能，干吗还要说出来，害她白紧张。但她不敢直接数落他，因为燕澜的脸色瞧上去阴云密布。

燕澜看不出什么异常："会不会是漆随梦醒来之后自己离开了？"

隔壁还住着凡迹星，甲级怪物不出手的情况下，对方想掳走漆随梦哪有那么容易。

"怎么可能？"姜拂衣找不到那个狗皮膏药偷偷溜走的理由，"你想想看还有没有其他沾边的大荒怪物？懂隐身？会瞬移……"她掰着手指头列举了好几种。

燕澜不等她说完，摇了摇头："没有，甲级怪物里的天赋都不太符合。"

并非姜拂衣不信任他，是他否定得太快："你再仔细想想。"

漆随梦那么大的人，在哪儿被掳走都行，在她房间里被掳走，她不能坐视不理。

不管就别捡，既然捡了回来，姜拂衣认为自己有责任看顾好他，直到他醒来为止。

燕澜紧绷了半晌唇线，平静地道："论仔细，我是不如你。"鼓足勇气说了半天真心话，她倒好，通过他的反常，推算出漆随梦被人掳走了。

为何会突然想起来漆随梦？难道担心他说的那些暧昧之言，被漆随梦听见？燕澜不能深想，一想他的双眼就会痛，钻心蚀骨的痛。

姜拂衣见他闭起眼睛，捏着紧皱的眉心，很痛苦的模样。她张了张口，将关心的话又咽了下去。

燕澜刚才那些话，单独听起来，可以有好几种解释。但想起之前渡气时，他那狂乱的心跳声……不会吧？

两人面朝空荡荡的床铺并肩站着，各怀心思。

姜拂衣无暇梳理太久，只能假装一切如常，解释道："这不是我仔细，而是我身为怪物的本能。就像许多动物一样，对危险有着本能的警惕。"刚才，她敏锐地感觉到了危险，琢磨危险来源，才想到漆随梦身上。

燕澜的脸色微微回暖："你既如此肯定，我通过他的灵气追踪一下试试看。"他单手掐了个诀，一团金光在床铺中央凝结成球。光球旋转，想要吸收漆随梦在此残留的气息。然而光球旋转许久，竟连一丝漆随梦的灵气也收集不到。

燕澜再次尝试，仍然收集不了："漆随梦真的在这里躺过？"

姜拂衣无语："我骗你做什么，他躺了一整天。"

漆随梦上午时毫无意识，到了下午，对外界已经稍有一点反应。

姜拂衣会来床边看他，正是听到他呢喃了一句，离近了才听清楚他喊的是珍珠。看来真言尺起了作用。

他若没被掳走，估计明天早上就能醒来。

"奇怪。"燕澜尝试多次之后，倏然皱紧眉头，看向姜拂衣，"漆随梦应该还在床铺上，他没被任何人掳走，问题出在我们身上。"

姜拂衣云里雾里："你什么意思，是说怪物施展了障眼法，让我们看不到他？"

燕澜一时之间不知该如何解释："跟我来。"

姜拂衣毫不迟疑地随他走出内室，打开房门。一来到院子里，她立刻意识到了症结所在。虽是夜晚，飞凰山实在太过寂静，除了她的房间，周围一片黑暗，不见一盏灯。

这不对。

姜拂衣神色一紧，转身去往隔壁凡迹星的房间，她不曾敲门，一脚踹开了房门，里面空空荡荡，没有任何居住的迹象。

姜拂衣头皮发麻，重新回到燕澜身边："咱俩是不是中了什么术法，进入了幻境之内？"

燕澜抬起手，看向袖口上的血迹："准确来说，是混沌空间。"

姜拂衣凝眸："那条地龙？"

燕澜道："你说飞凰山潜藏着高手，可能还不止一个？"

姜拂衣道："对，凡迹星感受到了剑意，说此人和他差不多修为。"

然而一个月过去，无论是飞凰山的弟子，还是姜拂衣的音灵花，都没有寻到一点蛛丝马迹。女凰从一开始的恭请，到言语逼迫，再到放话羞辱,各种招数使尽。但那剑修极为沉得住气,始终不露面。

燕澜差不多厘清了思路:"今夜,我在飞凰山内部施展我族秘术,突然被一条从山体里钻出来的地龙攻击,与它过了一两招,伤了它的尾巴。"燕澜怕闹出太大的动静,不恋战,直接以遁地术撤离。

"那不是一条普通地龙,我猜,它是大荒时代的异兽,拥有混沌之力,是这飞凰山封印地的守护兽。任何人靠近封印,被它认定对封印具有威胁,就会被它吞噬。"

姜拂衣惊讶:"吞噬?"

燕澜说了一声"是":"我虽然遁走,但袖口沾上了地龙兽的血,它仍能对我施法。"法术成功之时,估计是姜拂衣将手搭在他肩膀上那会儿,才会连累她一起被吞噬。

"没准儿是因为我也沾了地龙兽的血。"姜拂衣摊平手,指尖有点淡淡的红色,伴有微微腥味。之前她瞧见燕澜袖口有血,以为他的手受了伤,抓了下他的手腕,不小心沾上的。

燕澜低头盯着她指尖的血迹,微微恍神。其实,姜拂衣还是很关心他的。

燕澜收敛心思,沉声道:"无论哪种原因,这次是我连累了你。"

他特意跑来,是想安她的心,却反将她一起拉入了险境。越在意,越是容易出错。燕澜近来已经不常自省,因为犯错太多,不知从哪里自省。

姜拂衣摆了下手:"说这些客套话干吗?赶紧想办法怎么从地龙兽肚子里出去。"

燕澜心道哪有那么容易:"它是封印守护兽,我们不能强攻伤害它,以免损坏封印。还要防止别人伤害它,伤害我们。"

姜拂衣知道他口中的"别人"指的是谁。那位藏匿在飞凰山的剑修,不是不出来,而是出不来,他被地龙吞噬了。

那位剑修原本与外界应该绝对隔绝,凡迹星的伴月剑却能感受到他的剑意。说明地龙兽的腹中世界,已经不太稳固,可能是二十多年前封印动荡,导致地龙兽受了重伤。

燕澜放出目视,眺望远方:"地龙兽腹中恐怕不止那高阶剑修一个,还有其他人。不知数目,修为应该都不低。"低了活不下去,这不只是个束缚法阵,还会削弱修为,"待久了以后,或许会变成石像。"

姜拂衣问道:"你看懂此地奥秘了?"

燕澜是以肉眼看见的,抬起手指过去:"那里遍地动物石像,多半是地底生物,但鸟类也有不少。"

"你要这么说,我胆子可就大起来了。"姜拂衣本就是半个石头人,最不害怕石化。

燕澜知道她有分寸,却还是忍不住提醒:"能被神族派来守封印的异兽,不会只有石化的手段,你小心些。"

"我先瞧瞧。"姜拂衣召唤出音灵花,释放出花丝,顺着燕澜手指的地方窥探。

那里是飞凰山的一处广场,有座雕刻着凤凰图腾的古祭坛。周围确实都是动物石像,其中也夹杂了一些人像。

窥探完古祭坛,姜拂衣催动音灵花,花丝密密麻麻地延展,她感知到山上山下,分布着星星点点的灵气波动,这些都是活人,还有活妖。山坳里有很浓郁的妖气。

姜拂衣将目视投递入花丝,正欲靠近些观察,突然,一声厉喝通过花丝反向传递而来:"何人偷窥本王?"

姜拂衣被震得双耳发胀,立刻将花丝抽回来:"有人自称妖王,不知是哪个山头的王,发现了我,估计很快会来。"

"和女凰有仇的妖王只有一个。"燕澜暗自揣测,"那位剑修应该也感知到了我。"

姜拂衣问:"这些被困者中,会不会有怪物?"

燕澜凝眉思忖:"不知道,阿拂,你将闻人不弃那枚储物戒给我。"

如今落到这境地,燕澜想临时抱佛脚,姜拂衣迟疑片刻:"就放在同归里，你自己拿。"

燕澜摩挲腰间铃铛，姜拂衣忙不迭按住他的手。

燕澜朝她望过去，分明是很正常的询问的眼神，看在姜拂衣眼中，不知道为何，她总觉得有一点别扭。

"大哥，我不会让闻人不弃敲你，但可能也不会管他敲不敲你，你考虑清楚。"

"我自有分寸。"燕澜现在没别的心思，只想快些找到窍门，带姜拂衣出去。不然他们两个要面对众多不知是敌是友的高阶修行者，很难预估胜算。

姜拂衣虽是大铸剑师，自从领悟家传的十万八千剑，斗法之时，一身剑修好斗的血性。燕澜没自信能拉得住她。

今夜，飞凰山方圆数十里雷暴滚动，风雨欲来。

暮西辞扶着柳寒妆出现在白鹭城郊的道观门外，去叩已经紧闭的道观大门。

柳寒妆想不通："夫君，我们为何要大半夜来？"

从修罗海市前来飞凰山，对于他们的脚程，顶多也就十天左右，他们却磨蹭了一个多月。以往暮西辞带她前去寻访名医，都是柳寒妆爱磨蹭。这回是暮西辞磨蹭，他各种路见不平，哪怕住店之时，掌柜丢了狗，他都能帮着寻找两三天。

三日前，两人终于来到白鹭城附近。他又说自己好像摸到了进阶的门槛，待在破庙休息，不愿意赶路。

柳寒妆不觉得奇怪，因为一旦见到凡迹星，她的身体好起来，暮西辞就要兑现对燕澜的承诺，前往巫族主动接受封印。人间这般美好，想多待一阵子挺正常。柳寒妆不催他，甚至找理由帮他一起磨蹭。

但今夜暮西辞突然坐立不安，罕见地带着她赶夜路，跑来道观找燕澜。

"我有一些进阶上的疑惑，想问一下巫族少君。"暮西辞没办法和她解释，今夜，他体内的劫火不断跳跃，令他极为躁动。

这种感觉许久不曾出现过了。以他的经验来看，拥有几十万生灵的白鹭城或遭灭顶之灾。不难推测，那座飘浮于半空的连绵山脉，指不定将要崩塌落地。

"嘎吱！"

道观开了扇门，道士装扮的猎鹿皱眉看向他们："两位是？"

暮西辞没空说废话："我找你家少君，他写信告诉我，他在这里。"

猎鹿将门敞开："请进。"他领着两人穿过前殿，进入后院。

柳寒妆一眼看到后院葡萄架子上躺着的狐狸，翻着肚皮，像是喝酒喝太多，肚子撑得滚圆，昏死过去了。

柳寒妆打了个激灵："夫君啊，你去找燕少君聊天，我和狐狸公子叙叙旧。"

暮西辞也朝葡萄架子看去，巫族的地盘，三步一法阵，想来周围足够安全："好。"暮西辞留下柳寒妆在院子里，跟随猎鹿去往燕澜房门外。

猎鹿知道燕澜夜晚并不睡觉，正常敲门："少君，您的友人前来拜访。"

敲了几次，无人回应，猎鹿道："我家少君似乎出门了。"

暮西辞皱起眉头："麻烦将他赶紧找回来，告诉他白鹭城危险。"

猎鹿正要询问，一道声音传来："暮老弟，你来了啊。"

暮西辞一愣，循声望过去。猎鹿见到族中负责起名字的大巫，忙请安问好。

一枝春笑道："你先去忙别的，我来招待他。"

猎鹿没说什么，安静退下。

暮西辞打量着一枝春："你认识我？"

一枝春走上前来，压低声音："你说白鹭城有危险，是不是你的劫火动了？"

既是巫族大巫，知道他身份不奇怪，暮西辞道："没错，我担心飞凰山会掉下来，想提醒你们及早防范。"

一枝春猛地拍了下巴掌:"坏了!我就说今夜为何心神不宁,燕澜果然在飞凰山遇到了危险。"

暮西辞仰头:"飞凰山是不是封印了个怪物?封印的谁?"他感应颇重,许是相识之人。

一枝春略显焦急:"你这大怪物都不知道,我哪里知道。焚琴,你既动了劫火,不会坐视不理吧?"

听到"焚琴"这个称呼,暮西辞倏然看向他:"你究竟是谁?"

"我知道你不记人脸,但你不是挺喜欢记特征?"一枝春伸出小拇指,描了下眉骨处的一枝迎春花印记。

暮西辞盯着那印记,一些模糊的印象逐渐清晰,颇感惊讶:"绝渡逢舟?"

绝渡逢舟松了口气:"毕竟是一起蹲过牢房的狱友,我就知道你肯定记得我。"

绝渡逢舟当年也总是被抓,不同于暮西辞的两不相帮,他是两面三刀,帮谁都行。但暮西辞记得他,并不是因为狱友。狱友那么多,哪能都记得住?

只是有一回始祖魔来神族封印地抓暮西辞,绝渡逢舟躲在一旁看热闹,被魔祖顺手一起抓了,暮西辞才对他有些印象。

知道他眉骨那抹印记,在结契的情况下才会显现。

结契?

绝渡逢舟的天赋,好像是天道永远会为他留一线生机,若是与人结契,结契者便能与他共享这种天赋。结契者一旦绝处逢生过,契约就会消失。

暮西辞问道:"你也是从封印里逃出来的?"

绝渡逢舟拉着暮西辞去角落小声说话:"我被关在大狱里,早就逃出来了。"

暮西辞记得这家伙油滑得很:"那你潜伏巫族,有何企图?"

绝渡逢舟道:"什么企图不企图的,我就是混口饭吃罢了。"

暮西辞难以置信:"但你竟敢混在看守大狱的巫族,还混成了大巫?"

绝渡逢舟露出一言难尽的表情:"我不是大巫,我只是年纪最大的巫。正所谓大隐隐于市,最危险的地方就是最安全的地方,撑死胆大的、饿死胆小的。你不也一样,和温柔乡的人混到了一起?"

暮西辞听到"温柔乡"三个字,脑海里立马浮现出况雪沉和况子衿这两个忘恩负义的东西。不过,柳藏酒那只小狐狸倒是还不错。暮西辞想说,自己和温柔乡牵扯在一起,纯属偶然。

绝渡逢舟又切换出甘拜下风的表情:"比较起来,你比我厉害多了,我混了将近五百年,只能给巫族的幼崽起名字,接触不到一点他们的权力核心。你才出来几年啊,竟然混成了温柔乡的女婿。"

暮西辞迷瞪了下:"你说什么?谁的女婿?"

"不忙着叙旧,以后有机会,救人要紧。"绝渡逢舟望向飞凰山,担忧道,"还是先想办法渡过这一劫吧。"他抬起手,小指又描了下眉骨上的印记。

院子里,柳寒妆走到葡萄架子前,仰头看着在上面翻肚皮的红狐狸。她嗅了嗅,奇怪,没有酒味。

"小酒?"柳寒妆喊他。

喊了两三声,柳藏酒才慢悠悠地醒过来,低头一瞧,忙翻身而起,顺着木杆走到架子边缘来。见暮西辞不在附近,他喊道:"三姐,你们路上是不是遇到了阻碍,来得这样慢?"

柳寒妆纳闷地反问:"你喝了什么?肚皮都要撑破了。"

狐狸从架子上跳下来,落地变成人形。柳藏酒躺倒在藤椅上,捂着肚子:"喝的井水。"

柳寒妆伸手想去探他的额头,瞧瞧他是不是生病了:"你干吗喝那么多水?"

柳藏酒躲开她的手:"我没病,酒瘾犯了,怕自己控制不住,就将肚子灌满了水,一口酒也喝不下去。"他得意扬扬,"怎么样,我够聪明吧?"

柳寒妆却沉下脸:"你不要理会大哥,长不长尾巴,和酒有什么关系?自古以来,多少剑仙嗜酒如命,耽误人家叱咤风云了?大哥非要你戒酒,他就是有病。"

柳藏酒讪讪地道:"话不能这样说,酒和尾巴是没关系,却关乎我的定力,大哥觉得我修行最大的障碍,就是缺乏定力,过于随心所欲。"

"那也要慢慢来,不能折磨自己,别伤了身体。"

"还慢慢来呢,燕澜病一场,养一个月伤,顺便还突破了人仙。"柳藏酒越来越觉得自己掉队掉得厉害。

柳寒妆又欣慰又心疼,拧了下他的耳朵:"你和别人比什么?"

柳藏酒疼得"嘶"了一声:"这不是比较,朋友总帮你,需要你出力时,你却帮不上忙,你不难受啊?"

地龙兽体内。

燕澜将感知力从储物戒中抽出来,这会儿,连他都不得不佩服闻人不弃:"原来如此。"

姜拂衣难以置信:"这么会儿工夫,你就琢磨出来了?"

燕澜道:"他怕你不懂,总结得很清楚。这套连环封印术,是以天干地支来有序排列的。"

知道姜拂衣不擅长这些,燕澜用最通俗的方式打比方:"如果极北之海的封印,排在了五,那么,只需要斩断它前后两条锁链,也就是五和四、六之间的锁链。难就难在,认准了五之后,还需要算出四、六分别是哪两个封印。"有本事推算出其中规律,闻人不弃学识的渊博,还要超过燕澜的想象。

姜拂衣询问:"他算不出来四或者六?"

燕澜沉默了下:"这真的很难算出来,我以我族封印术也一样算不出来,因为其中有一个变数,飞凰山。飞凰山是在不停移动的,它的移动,会导致整个排序不断发生改变。"

姜拂衣眼巴巴地看着他:"女凰将山定住也不行?"

燕澜被她充满期待的眼神瞅着,到口的"不行"两个字,总觉得过于冷硬残忍,改为:"它已经移动了三万多年,排序也至少更改了上千次。"这才是神族大封印术最奥妙之处,是个连环变阵。

燕澜还通过闻人不弃的研究,得出一个重要信息。怪物虽然从封印里逃了出来,但只要有一个封印是稳固的,全套封印都还在,重新将他们扔回去,补上缺口就行。

姜拂衣泄气:"那这不是完了嘛。"燕澜若是想隐瞒,只会不吭声。他既说算不出来,那就是真的没得算。

燕澜嘴唇翕动几下,安慰道:"还有路走。"

姜拂衣精神一振,没多问,知道有路走就够了。

"妖王来了!"姜拂衣感知一股力量正在靠近,往前迈了半步,两指夹暗器一般,夹着一柄小剑。之前她使用众小剑,是将意识力注入所有小剑内,近来逐渐领悟,十万八千剑属于剑阵,只需要掌控一柄作为阵眼的小剑,就能号令其他的小剑,轻松许多。

姜拂衣习惯性地提醒燕澜:"危急时刻,记得朝我身后躲,封印损坏还能补,怪物跑了还能抓,咱们的最低标准是活下去。"

燕澜也听习惯了这话,之前都会告诉她不要想着给他挡刀子,不要存着断尾求生的心思。如今他不多言,劝说无用,全力以赴就好。

"来了。"燕澜指的是另一道力量,令人心惊的剑气。

这两股霸道的力量,自东西两侧席卷而来,姜拂衣和燕澜默契地改为背靠背站立。在对方没有攻击的情况下,他们也只是做好防备。

剑光先至,只见一抹月白落在燕澜前方不远处的宫殿顶端。

燕澜打量过去,此人三十出头的容貌,眉眼凌厉,威势迫人,应该就是凡迹星感知到的高阶剑修。

冲着姜拂衣而来的妖王,则落在一棵树的树冠之上。那棵树笔直高耸,需要仰望。

姜拂衣仰头，这妖修一双细长的眼睛极特别，燕澜猜他是西海妖王——逐羽。西海指的并非海洋，是妖域里的一个地名，全称西海羽林。因此，逐羽也不是海妖，是一只隼。

姜拂衣听凡迹星讲，女凰出身西海羽林，曾归顺妖王。妖王有妻，还想霸占她做妾，她宁死不从，背叛西海，定住飞凰山，接受云巅君王的庇护。

但刚才姜拂衣从燕澜口中听到了另一个版本，是他族中大巫一枝春告诉他的。

妖王从前得到过一簇罕见的涅槃火，留着寿元将尽时，尝试能否以涅槃之火重生，却被女凰盗走了。无论外界怎样诋毁妖王好色之徒，他也只能打碎了牙齿往肚里咽，不能将涅槃火在女凰手中的事情说出去，以免节外生枝。妖王潜入飞凰山内部，应是想要寻找涅槃火。因为此火无法放入任何储物法器之中，需要寻找隐秘之地放置，不然当初也不会被女凰轻易盗走。

"终于又进来新人了。"妖王垂眸打量两人，"男的人仙初境，女的我竟然看不出来，万里遥，你能不能看得出来？"

被妖王提醒，姜拂衣才知道燕澜已经突破了人仙，密语道："什么时候的事情，你怎么没告诉我？"

"小事。"燕澜问，"阿拂，你听没听过万里遥的名号？"关于剑修的事情，她向来比他更了解。

姜拂衣原本不知道，但最近凡迹星闲来无事和她说世间剑修，还真提过万里遥："他是溯月城的城主。"

"溯月城？剑门关外的沙海绿洲？"

"对。"

剑门关位于云巅国西北方，和东北方阻隔北渊巨兽的问道墙类似，是云巅君王责令天阙府，率境内众剑修，耗时百年建立起的一个巨型剑阵，目的是阻止流沙进入云巅腹地。

那些流沙不是普通沙子，蕴含着法力。似过境蝗虫，所经之地，不仅地面寸草不生，再坚固的城池建筑，也会在几个月内被侵蚀成黄沙。但沙海之内，坐落着大大小小不受影响的绿洲。绿洲之上聚集着人类，形成部落和城镇。

溯月城占据其中最大的一片绿洲，万里遥不只是溯月城城主，还是现如今的关外第一人，才能悄无声息地突破剑门关，来到飞凰山。

姜拂衣猜测："他难道也是为了涅槃火？"

燕澜皱眉："或许是冲着封印地里的怪物。"他脑海里闪过一个念头，闪得太快，没能捕捉清楚。

万里遥看向姜拂衣："不像人类。"

"她也不是妖。"妖王讨厌猜来猜去，直接质问，"你们两个是哪门哪派的，来飞凰山图谋何物？"

见他们暂时没有出手的打算，姜拂衣将小剑藏于袖中，拱手笑道："两位前辈，我们是医仙迹星郎的徒弟，奉师命，专程前来拜见女凰大人，不知她在何处？"凡迹星在外名声最好，除了商刻羽，几乎从不与人结仇。

妖王活了上千年，瞧见她那滴溜溜乱转的眼珠，就知道这女子满肚子花花肠子，冷笑道："深更半夜来拜见女凰？小丫头，没必要装模作样，会被地龙吞噬进来，基本都是偷偷来飞凰山寻宝的，说，你们究竟是在寻什么？"

姜拂衣试探道："若是和前辈们寻的东西一样，是不是会被两位先下手为强？"

妖王眼底的确泛起了杀意："听你的意思，你知道本王在寻什么？"

万里遥却喝止他："妖王，你若想出去继续寻你想要的东西，就一切听我的。"

妖王恼他对自己颐指气使："如今咱们就只差最后一步，他二人来历不明，本王认为没必要节外生枝，该杀了。"

万里遥不认同："多一人就多一分助力，便能早出去一日，你耽误得起,我溯月城耽误不起。而且,我可容不得你在我面前毫无理由地残杀人族。"

妖王怒道:"他二人夜探飞凰山,能被地龙吞噬,会是什么好人?"

万里遥反唇相讥:"我同样夜探飞凰山,被地龙吞噬,我却不认为自己是个歹人。"

妖王被他气得要死:"本王看你就是故意和我作对!"

万里遥冷哼一声:"我不过是就事论事,妖王何必没事找事?"

两人位于高处,隔空对呛,争执起来。争着争着,他们竟流畅地动起手。

姜拂衣先注意万里遥手里的剑,并不是母亲的心剑,放下心:"看来他们两个既合作又彼此不服,却又分不出胜负。"

燕澜目色担忧:"不知妖王说的只差最后一步,究竟是什么意思?"万一是诛杀地龙,必须阻止。

姜拂衣仰头看着上空被剑气环绕的大佬:"万里遥不是在找涅槃火,他是为了溯月城。我猜,溯月城所在的绿洲应是出了什么问题,万里遥出来,是为了寻找解决之道。若是与怪物有关,那这怪物,大概和水源绿洲相联系,你有想法了吗?"

方才闪过的念头,在燕澜脑海里已经逐渐清晰。与之相反,他的神色却逐渐凝重:"飞凰山里封印的怪物,有可能是⋯⋯纵笔江川。"

"纵笔江川?"

"嗯,他排在《归墟志》第一卷第一册,开天辟地以来仅出现过他一个,因此没有种族名,只有一个称呼。"

姜拂衣瞳孔缩了缩,这好像是他们遇见的,第一个第一册内的怪物。而且,似乎曾在哪儿听到过。仔细回想,那晚和兵火聊起大荒时,有听兵火提了一次,说"纵"是他在大荒唯一的仇人。结仇的原因,兵火没说。

姜拂衣从称呼分析:"纵笔江川是不是能够控制水?"

燕澜心中有些不安,无意识地摩挲着腰间那颗珍珠:"他控的不是水,比控水强悍得多,他能令江川改道,重整地貌。比起葬木隐和棺木隐兄妹俩的长篇大论,神族对他能力的描写非常少,仅有一句话,'纵笔移江川,天地莫敢言'。"

姜拂衣深吸一口气:"这确实强得过分了。"

燕澜声音沉沉:"万里遥估计是想救他出来,把江川之水引入剑门关内,却不知道纵笔江川一旦出手,并不是引条水源那么简单。"

姜拂衣绷紧脊背,江川改道,伴随而来的将是地裂山崩。生灵涂炭,的确只在顷刻之间。

姜拂衣:"书上有写怎么对付他?法咒和手诀什么的?"

燕澜:"没有,神族当年将他收服,应是使的计谋。第一册内的几个怪物皆是如此。"

关于第一册内被撕掉的怪物,燕澜觉得是封印在他的体内。姜拂衣却隐隐认为是她外公奭昙。

现如今,姜拂衣认输了:"对比纵笔江川这等撼天动地的破坏能力,我们石心人远远达不到被写入第一册的标准。"

燕澜微微颔首。见他竟然认同,姜拂衣心生不悦:"也不一定,其他怪物站得再高,只要接了石心人的剑,我们就能踩在他们的肩膀上,利用他们的能力。说到底,石心人在怪物里的上限最高,最厉害。"

燕澜迟疑片刻,又微微颔首。

姜拂衣不喜欢他这样:"燕澜,你何时变得这么没原则?"

燕澜辩解道:"因为这两个观点都对,以对人间的破坏力而言,你们的确达不到入选第一册的标准。但我想到,人间的怪物,哪种我都有决心对付,唯独对付不了你这石心人,说你们最厉害,也无错处。我哪里没有原则?"

姜拂衣见他认真"正名"的模样,微微愣住。随后,她忍不住弯起嘴角,能将"好听话"说得这般一本正经,一板一眼的,恐怕也只有燕澜了。

第二章
强攻

"不管谁是大荒最强怪物，先瞧瞧看，他们究竟想做什么。"姜拂衣收敛心神，朝上空拱手，"妖王前辈，您要寻的宝物，我知道被女凰藏在何处。两位若有逃出去的办法，还请带上我们，等离开地龙腹中，我自会告知您宝物的下落。"

妖王听到"被女凰藏在何处"几个字，便明白她果然知道涅槃火的事儿，必定也是冲着涅槃火来的，更想杀她："你当我会信？"

姜拂衣表情严肃："晚辈可以立心魔誓，真的知道。"

燕澜密语："阿拂，不要轻易立心魔誓。"

姜拂衣劝他放心："我没说谎，涅槃火就在女凰大徒弟越长空体内，我观察他一个月了，每天光溜溜跳水池里好多回，应是在压制涅槃火。"反正她只要确定自己真的知道，即使错了，也不算违背心魔誓。

姜拂衣言罢，发现燕澜扭头看她，且表情颇为怪异。她疑惑："莫非孔雀都有这种习惯？"

燕澜："不知道，我从未观察过孔雀跳水。"难怪之前有一天，两人通过同归互通消息，姜拂衣忽然请他今后不要再拔孔雀的翎毛，说孔雀如此好看，她于心何忍。

修行中人，不会随便拿心魔誓开玩笑，妖王听得此话，硬挨一记万里遥的剑气,降落在她面前,伸手想去抓她的脖子。

燕澜趁他下行之际,已然扣住姜拂衣的肩膀。

"遁!"两人瞬间消失,出现在刚落地的万里遥背后。

妖王再想来抓,万里遥长剑横甩:"她已经立下心魔誓,你还想如何?"燕澜这一动手,万里遥便看出他的本事远超境界,将会是一大助力。

妖王冷笑道:"她的心魔誓只说知道,没说一定会告诉本王。"

还挺细心,姜拂衣不由得高看他几眼,提高几分警惕。她从万里遥后方站出来,背起双手,脸上堆起天真的笑:"因为我现在还不知道,在咱们逃出去这事上,您究竟有多少功劳。倘若都是万前辈的功劳,出去之后,我将宝物下落告诉您,却给不了万前辈任何好处,那岂不是很不公平?"

妖王看向万里遥:"本王作用大不大,你问他。"

万里遥并不回答:"如果我是你,我会多出一份力,赌她知恩图报直接告诉我。她若不说,出去之后再抓她逼问不迟。"

妖王沉眸思忖良久:"行,如今又多两个人,咱们可以再试一试能否启动法阵了。"

万里遥:"好。"说完,他剑指上方,激射出一道剑气。此乃召集人手的信号。

随后,山上山下星星点点的灵气,开始朝同一个目标聚拢,目标是半山腰的一棵大树。

"走。"妖王看了一眼姜拂衣,足下一点,也朝那棵大树飞去。万里遥同样跃入空中。

姜拂衣望向两人的背影:"他们在那棵树周围摆了个阵,已经摆好了,但力量不够,启动不了,是这意思?"

燕澜点头:"这些人里应该有位厉害的阵法师。"

地龙腹部世界,究其根源也算是个法阵。大树周围估计就是阵眼。通常情况,还应该是这条地龙兽的妖丹所在。

"以万里遥两人的修为，再加上一众帮手都无法启动的阵，估计是个甲级法阵。一旦启动，地龙兽危险。"

姜拂衣向前跳跃："先看看。"

燕澜追上。

飞凰山顶。

"珍珠？"漆随梦突然从梦中惊醒，额头布满了冷汗。他头痛欲裂，忙用双手捂住头，许久才缓缓松开。

漆随梦发现自己躺在一张陌生的床上，再看房间内的陈设，更是陌生。漆随梦记得珍珠去了万象巫，无上夷将他带入了祁山小洞天，说要帮他清除识海里的魔元碎片。后来，无上夷又逼着他和沧佑剑解除剑契。他不肯，将无上夷骂了一通。

想起沧佑，漆随梦猛地一怔，他的剑？

漆随梦下了床，赤着脚跌跌撞撞地开门跑出去。外面月色朦胧，星光璀璨。

漆随梦被凛冽的山风吹得浑身一颤，头脑原本像是蒙了一团层层叠叠的雾，被这山风逐渐吹散。祁山没有如此高耸。此地不是祁山，是……飞凰山！

漆随梦想起来了，想起这几年来成为天阙府弟子的所有事情，也想起来燕澜和他讲述的，珍珠离开祁山之后的遭遇。

漆随梦慢慢红了眼眶，再一次捂着自己的头，蹲在了地上。他不敢相信，他竟然将珍珠忘记了，好不容易重遇之后，还口口声声为无上夷辩解。不能想，一想起来，他的心就仿佛被揉成一团，恨不得一剑捅死自己！

"珍珠？"漆随梦挣扎着从地上起来，踉跄着去找姜拂衣。这处偏殿内只有紧挨着的两间屋子亮着灯，一处是他醒来那间，一处是隔壁那间。漆随梦颤着手去敲隔壁房门，敲得毫无规律又很急迫。

凡迹星打开门，仔细观察他的神态："你想起来了？"

漆随梦却只着急询问："珍珠呢？"

这般没礼貌，凡迹星知道他的记忆恢复了，心道真言尺果真有用，即使治标不治本，也是好的："她和燕澜不在房里？"

漆随梦左右看："哪间房？"凡迹星察觉不对，今夜他在屋内洗剑，一直留意着隔壁的动静。他知道燕澜来了，且并未离开。

凡迹星推开漆随梦，疾步去往姜拂衣的房间。一入内，伴月剑便感知到房内有残存的法力波动。

"伴月！"凡迹星放出剑。伴月剑在屋内绕了一圈，"嗖"的一声直直飞了出去。凡迹星立刻去追。

尽管头脑非常混乱，漆随梦也慌忙跟上。

"凡前辈！"飞凰山巡夜的弟子见凡迹星追着剑匆匆而过，想告诉他山上宵禁，又不敢。

伴月剑原本指向明确，等降落到悬崖下方的一处山体，便开始徘徊，似乎是想钻进山体里去，却找不到洞口。而飞凰山的山体，坚硬程度堪比剑山，想重新凿个洞进去，至少十几年。

凡迹星释放出感知力，摸索许久，终于在万丈山壁上找出一个可通内部的裂隙。他缩身入内，落在一处弧形的甬道里。伴月剑悬在眼前，只微颤，不再前进。

漆随梦比他速度慢，落在他身边："前辈，珍珠人呢？"

"就在附近。"凡迹星闭目感知，那位潜藏的剑修也在。之前凡迹星尝试找他，并未找到，现在追踪阿拂，倒是让他找到了。

凡迹星以为是那剑修动的手："你的对手至少也该是我，抓小辈做什么？"

漆随梦不知他在和谁说话，只瞧见甬道侧面的石壁上，雕刻着一条惟妙惟肖的地龙。

漆随梦直接伸手去摸。凡迹星早注意到了，说："不要乱碰！"

漆随梦下意识认为自己该听前辈的话，想将手缩回来，脑海里却立马又浮现出"舍不得孩子套不着狼"，手掌仍是覆了上去。地龙图腾突然现出光芒，似有一股吸力，将漆随梦吸入。

凡迹星拦不住，向后退了几步，伴月剑挡在他面前，释放出剑气抵挡住那股吸力。

地龙腹部内。

姜拂衣和燕澜落在大树附近时，大树周围已经围了二十几个人。这些人比不上万里遥和妖王，但基本都是人仙初境和中境。唯独一名打扮颇怪异的女子，瞧着修为并不高。万里遥一来，她立刻去到他身边。估计也是溯月城的人，跟着万里遥一起来的。这些人也在打量姜拂衣和燕澜。

万里遥身边的女子密语传音："城主，他们是谁？"

万里遥道："阿然，先不用管他们是谁，总之都想从这里出去。咱们上次尝试，只差一步就能启动法阵，多他二人帮忙，此番兴许能行，那他们是谁和我们无关，若再失败，慢慢盘问清楚不迟。"

名叫阿然的女子点头，对众人道："既来了新的力量，咱们再试一次吧。"

一位人仙中境界的剑修低声质疑："只多他们两个，能行吗？要不再等等？毕竟每次尝试，都会耗损我们不少修为。"

另一人道："待在此地，修为每天都在流逝，有什么区别？"

"没错，再试一试吧。"

"我赞同。"

"我也赞同。"

一群人商量起来。

姜拂衣密语："大哥，短时间内这么多人仙境界跑来飞凰山，我怎么觉得，像是有预谋的？"

想起初到此地时，猎鹿说，有人将凡迹星和她前来飞凰山的消息泄露出去了，白鹭城空前热闹，一部分人来找迹星郎医病，一部分人来挑战新晋地榜第二的巫族圣女。两人待在山上避而不见，那些人至今还在白鹭城里住着。姜拂衣原本以为是闻人枫故意整她，看样子，别有用心的另有其人。

姜拂衣猜测："大量修行者拥入白鹭城，眼前这些人潜入飞凰山就没那么显眼了。只是不知道，这些人是被骗过来的，还是有预谋地来救纵笔江川。"反正妖王肯定是被骗来当苦力的。万里遥虽是来救纵笔江川，但计划不像出自他之手。否则，他将妖王骗来，该哄着才是，却满眼看不惯，动不动就想揍妖王。

燕澜："是魔神？"

姜拂衣思忖："我认为也不是魔神，魔神之前附身刑刀来见我，小心翼翼，不像一切尽在掌控的样子。而且亦孤行完全不知道此事。"

燕澜沉吟道："是逃出来的怪物，且不曾被魔神收入麾下，知道纵笔江川被封印在飞凰山，一直在等待一个机会。"

姜拂衣捏了捏眉心："估计，我和凡迹星恰好提供了这个机会。"

怪物在哪儿？眼前众人中的一个？或者没入内，留在白鹭城接应？也可能两者都有？

燕澜正欲继续密语，脑海里倏然响起一道声音。

——"少君，你没事吧？"

饶是燕澜一贯处变不惊，额角也突突一跳，竟是一枝春的声音。

密语传音需要两个人使用相同的秘术，他从来没和一枝春建立过这种联系。即使建立，两人密语不能超出一定的范围，且范围很小。

燕澜心生警觉："您为何能与我联系？"

——"我也不想和你联系，这不是没办法吗。"

燕澜："我的问题是，您是采取何种手段与我联系？"

——"这个，那个啊……少君自幼年就和我结了契，我可以联系你，但你不能联系我。"

"结契?"燕澜微微愣怔,旋即瞳孔紧缩,"你不是我巫族人,你是绝渡逢舟。"

——"我先答,我对巫族没有半点图谋,少君手里拿着《归墟志》,该知道我没那个本事图谋。若真图谋,此时就不会与你联系,主动暴露我自己。毕竟我一直隐藏得挺好,不是吗?"

燕澜下颚绷紧,和绝渡逢舟结契有利无害,甚至令自己的气运始终紫气东来。但自小尊敬的大巫,竟是混进来的奸细。

"怪不得您从来不出万象巫,此番却突然前来飞凰山,说是看我热闹,其实是为了能够及时保下魔神?"

——"我不瞒你,我和魔神确实是旧相识,但我并不是他的人,他也没你想的那么坏。我和他平时几乎没有任何联络,这一点少君大可放心……再说,少君不信任我,也该信任你的父亲。"

燕澜滞了滞:"我父亲知道你的身份,是他请你与我结契?"

——"不然呢?你小子是我的私生子?你刚出生没多久,我就上杆子和你结契?"

燕澜的戒心与恼意逐渐减少。

——"这些事情回头再说,少君先说说你那里的情况,焚琴劫火来了,他体内劫火大动,意味大劫,我赠你的那一线生机,可不是让你用在这里啊孩子,这才哪儿到哪儿。"

听燕澜讲述完,绝渡逢舟便着急去找暮西辞,远远瞧见暮西辞施了法力,躲在阴影处,目望院子里柳寒妆和柳藏酒热络聊天。

"焚琴。"

暮西辞半晌才转头,脸上没有任何表情:"何事?"

绝渡逢舟拉着他小声道:"燕澜说,他和姜拂衣被一条地龙吞噬,他猜那地龙是封印守护兽,又猜飞凰山里的怪物是……"

他话不曾说完,暮西辞凌厉开口:"纵!"难怪自己的劫火会动,感应如此强烈。

绝渡逢舟瞠目:"果真是他?"怪不得连魔神都不去碰飞凰山的封印,这家伙一旦出来,魔神想做的事情还没做,人间先毁一大半。

绝渡逢舟思虑之时,眼尾余光瞧见暮西辞眉心隐隐现出火焰印记,吓他一跳:"焚琴!"

火焰印记迅速退去,暮西辞闭了下眼睛,警告自己务必冷静,夫人还在这里。可是这么多年了,他只要一想起纵笔江川,脑海里便会浮现出血海千里的惨状。那是暮西辞身为劫火,唯一主动犯过的大错,即使非他本意,也是他失控在先,无法推卸责任。以至于被神族封印到死,他都无话可说。

葡萄架子下。柳藏酒摸了摸自己的丹田,纳闷道:"三姐,我怎么觉得,这里有些不太舒服?"

柳寒妆瞥了他一眼:"你连着好几天喝那么多水,能舒服才怪。"

柳藏酒从藤椅上起身,走去台阶盘膝而坐,仔细感知:"不是撑的,是父亲留给我的真元,似乎在主动释放力量?保护我?"

地龙腹部内。

姜拂衣仔细观察着面前这些正讨论着的修行者。

燕澜也在一边认真地观察,一边和绝渡逢舟沟通外界的情况。

说完该说的,燕澜想起一件事,明知不是时机,可不问出来心里憋得慌:"如此说来,你根本不懂占卜,给我们起名字都是乱取的?"

——"怎么能是乱取,一共就那么多的龟甲图形,我给你们巫族起了五百年名字,经验丰富,一看图形就知道是何种天赋。当然,起初那些年的确是乱说的。"

"但所有人都是天赋,唯有我的是情缘,你从未见过,便胡扯一通滥情鸟妖,是不是?"

——"那也不是,我故意的,希望你能远离情缘,不要轻易动心。"

"为何?"

——"唉,我也是为你好啊少君,因为你一旦动心,对你有害无益,你自己难道没有发现一些蛛丝马迹吗?"

蛛丝马迹?燕澜仔细琢磨,想起寄魂警告他的那些话,手心逐渐冒出凉汗来:"难道我的天赋,真是会被伴侣吃掉的公螳螂?"

——"嗯?"

话一出口,燕澜立刻后悔,硬邦邦地道:"你当我没说过。"

——"不是,谁告诉你的?巫族里竟然有人比我还能扯?你还信了?"

燕澜原本是一点也不相信的,寄魂说过之后,最近他特意抓了些螳螂观察。螳螂繁衍时,一些公螳螂真会被母螳螂吃掉,成为养分。

"之前我被枯疾所伤,阿拂挡在我眼前,危急之下,我感觉我确实爆发了一股力量,很像是天赋觉醒。阿拂突破了,我却无事发生。阿拂竟然从我身上,汲取到了力量,这该怎么解释?"一切合理解释都不沾边,那这个听起来最荒诞的,反而最有可能。

——"有这种事情?"绝渡逢舟的声音极其疑惑,喃喃自语,"奇怪,姜姑娘是石心人,竟然能从你身上汲取突破的力量,不应该啊。"

燕澜问:"既然不会被伴侣汲取力量,我为何不能动心,对我究竟有哪些坏处?"

——"我也没说完全不能,只是尽量不要。少君生来一身劫数,保证自己密不透风,才能不给劫数可乘之机。而你一旦动心,等于主动裂开一道口子……你从前多睿智无畏,再瞧你现在,都开始怀疑自己是一只公螳螂了,还问我坏处?"

燕澜被数落得耳根发烫,难以启齿。

——"至于你想知道的其他事情,身为少君,你最清楚,你身上的秘密,都属于我接触不到的核心机密。我不知详情,知道也轮不到我告诉你,你就不要为难我这看人脸色吃饭的小人物了。等渡过飞凰山这场劫难,回去问你父亲。"

绝渡逢舟这番话,燕澜反驳不了。

当年点过天灯，有权商讨决策的，只有他身为少君的母亲、大祭司，以及三位隐世族老。决策出的结果，若非和他父亲有关，都未必会告诉他父亲，但也只是通知，而不是征求意见。

燕澜心里埋怨谁无情，都不会埋怨父亲。父亲若坚决不同意，等同叛族。叛族是死罪。

巫族内等级森严，刑罚严苛，一直被外界诟病为原始族群。但在燕澜看来，没有任何问题。每个巫族人，幼年会背的第一本书，便是祖训和族规。认同祖训，遵守族规，是他们被挑选出来，接受族中尽心培养的第一步。不愿接受神使责任的巫族孩童，哪怕是少君的孩子，哪怕天赋再高，也可以自由选择去做"平民"，从此不担任何责任，且受上层保护，只不过，不能修习族中高等级的秘术。

选择修习，就意味着愿意承担重任。

燕澜难免忧心，父亲请绝渡逢舟暗中和他结契，已是严重违反族规。

"大哥？"姜拂衣发现燕澜不太对劲儿，"怎么了？"

燕澜回过神："哦，我方才在和绝渡逢舟聊天。"

姜拂衣微微迷瞪："谁？"

燕澜讲述了下："他就是我族大巫一枝春……"

姜拂衣惊讶，"聊赠一枝春"，他可以赠人一线生机，所以才取名一枝春？她看了一眼燕澜："我说什么来着，你爹心肠柔软得很，连我都照顾得无微不至，又岂会亏待自己的亲生儿子。"

燕澜心中五味杂陈："我反而希望，父亲不要为我做太多，万一被大祭司发现，我不知道该怎么办。"

姜拂衣安慰道："绝渡逢舟能在巫族藏身五百年，可见做事有分寸，嘴巴也严实得很，没必要太过担心。"

燕澜沉默不语。

此时心不能乱，姜拂衣转移他的注意力："对了，我有个疑问，兵火为何一听守护兽是一条地龙，就很确定飞凰山里封印的是纵笔江川呢？"

这个问题燕澜刚问过，稳了稳心神："兵火说，'纵'会被称作纵笔江川，因为他有一件伴生宝物，不是笔，但类似于笔的形状。"

笔的形状？姜拂衣皱眉思索，愣了愣才说："难道这条地龙并不是封印守护兽，而是纵笔江川的伴生宝物所化？"那它怎么会吞噬靠近封印的人？

燕澜复述："兵火和纵笔江川素有仇怨，故而对他颇多关注。九天神族当年之所以能收服他，转折在于九上神之一的龙神。"

姜拂衣知道九上神，是九天清气孕育出的最古老的九位神明。龙神估计最厌恶纵笔江川，龙为水神，能控江水，以江海为家。而纵笔江川能令他们轻易搬家。

燕澜道："当年龙神不惜遭受反噬，以三分神力、三尺脊骨，强行点化了纵的伴生宝物，令它生出了肉身、魂魄、意识，成为独立的个体，成为九天瞑龙。且与纵理念不合，极大幅度削弱了纵的力量。"

姜拂衣琢磨："如此看来，这条地龙归顺了神族，依然还是守护兽，我们仍然要保护它不遭损害？"

燕澜给不了确定的答复，因为兵火消息不灵通，对此也是一知半解："先看看他们究竟摆的什么阵法？"

姜拂衣望向前方还在讨论的人群："有五个人比较可疑。"

一个是万里遥身边的少女阿然，万里遥会知道纵笔江川的存在，还带着阿然一起来，她当然值得怀疑；一个是这群人里，唯一的阵法师，是个唇红齿白的英俊男子，找出地龙腹中阵眼，围绕大树摆出法阵的正是他。

还有情人模样的一男一女，他们凑在一起不太参与讨论，却又好像一直在密语沟通，因为两人时不时先后朝燕澜偷看。燕澜并不认识他们。

最后是位满脸褶子的老人家，人仙初境，看来是大器晚成，却比谁都淡然，一言不发，还不停地打盹，随时都要睡着的模样。

除了他们，其他修行者都在很正常地权衡利弊，不像是演戏。

妖王烦躁不堪:"行了,简直比我们羽族还能叽叽喳喳!万里遥,你们人族做事,是不是永远前怕狼后怕虎,人越多,越是举步维艰?"

万里遥难得没反驳他:"我虽不知各位的身份,但敢潜入飞凰山,有所图谋,不该这般瞻前顾后才是。"

阵法师说道:"是啊,他二位修为最高,无论出力还是遭受反噬,也是他们最多。他们都不怕,你们怕什么?"

那些持反对意见的人讪讪退下。

万里遥看向那位阵法师:"麻烦你再次启阵吧。"

"是。"阵法师拱手。他走去燕澜和姜拂衣面前,递过去两张符,"两位是新来的,我先和你们讲一讲,我设下的这个法阵,是个杀阵。瞧见大树上盘的藤了吗……"

姜拂衣朝大树望过去,这棵参天大树的树干上,爬满了藤。然而山林里其他大树,也都有藤,并不是什么显著特征。

阵法师继续道:"那株盘藤,正是地龙的内丹、灵魄。杀阵一旦启动,应能诛杀地龙,咱们便能逃出生天。"

果然是要杀地龙,姜拂衣接过符箓:"我们俩需要做什么?"

阵法师嘱咐:"两位拿着符,等我施法启阵时,将法力注入符中即可。"

姜拂衣看向燕澜,传音:"想办法阻止这次启阵?"

燕澜伸出手,将符箓接了过来,捏在两指之间:"即使阻止不了,也尽量拖延,给我时间研究一下这张符箓和此地的布局,我觉得这个阵没有那么简单,不像一个单纯的杀阵。"

姜拂衣:"我明白了。"

阵法师询问:"两位听懂了吗?"

姜拂衣故作懵懂,又目露怯意:"懂是懂了,但阁下如何确定,地龙被诛杀之后,我们能够逃出去,而不是随地龙一起湮灭?"

阵法师估计被问过很多次,回得不假思索:"同一条船上的人,咱们彼此该有默契,实不相瞒,我来自云巅天机阁,乃天机阁主的嫡传弟子,真名不便告知,两位叫我秦邵就好。"

姜拂衣贴近燕澜的手臂,小声问道:"天机阁很厉害?"她只对剑修门派了解得多。

燕澜承认:"厉害。"

天机阁位于神都,主修法阵和机关术。无论问道墙,抑或剑门关,都是他们出力的成果。天机阁主易玄光,比无上夷更早摸到地仙门槛,闭关多年未出。

姜拂衣摩挲手中符箓:"飞凰山如今位于云巅国境内,女凰又是云巅君王亲封的山主,阁下身为天机阁弟子,暗闯此地,出去之后,一旦被我们暴露出去,后果不堪设想。"她视线扫过众人,"阵法由你掌控,等于我们众人的性命全部捏在你的手里。会不会,只有你能逃出去,而我们全被你以阵法灭口呢?"

姜拂衣话音落下,众人纷纷看向了万里遥。有本事突破凡骨的修行者,没有一个笨的,早有这种想法,是万里遥保证这个秦邵没问题。

万里遥道:"姑娘,秦公子是我请来帮忙的。"

姜拂衣在心里重新规划,万里遥、阿然、秦邵,三人认识,来救纵笔江川。

万里遥继续道:"而且我对阵法也略懂一二,邪修的阵法确实可以办到你说的那般,但天机阁的阵法光明磊落,办不到,无须忧心。"

姜拂衣"哦"了一声:"那万前辈是否能够担保,秦公子绝对是天机阁主的嫡传弟子?"

万里遥蹙了蹙眉:"这……"他不能绝对证明,转眸看向阿然。

阿然是他十几年前在荒漠里捡来的孩子,父母死于流沙,这些年跟在他身边,是他的徒弟,也算是他的义女。而秦邵,是他未来的女婿。

溯月城所在的绿洲出了问题,不知何故,这几年来,面积一直在不断减少。绿洲再缩下去,溯月城迟早不复存在,城中十数万人将无家可归。大举迁移,不说其他绿洲容不下,路上还有被流沙吞噬的风险。

阿然便请秦邵想办法。秦邵也不忍见溯月城陷落，寻良策许久，得知飞凰山内有件宝物，能够改变地貌，引动水源。

万里遥这才冒险前来飞凰山。

阿然上前一步："我可以证明，我年幼时途经剑门关附近，和父母一起陷入流沙，而秦公子恰好在守剑门关，出手救了我。"

秦邵垂眸："可惜突破剑门关没那么容易，我当年学艺不精，迟了一步，没能救下你的父母。"

阿然安慰道："这不是你的责任，你不要自责。"

姜拂衣沉默了一会儿："阿然姑娘，我很同情你的遭遇。但是，秦公子在剑门关附近救了你，不能代表他在守剑门关吧？或者，你是否曾去神都天机阁找过他，见他从天机阁里出来过？"

阿然闻言，脸上浮出一抹愠怒："你这说的什么话，秦公子若有所图谋，难道从十几年前就开始图谋了？何况我一个孤女，他图谋我什么？"

秦邵也皱眉看向姜拂衣："姑娘，你百般针对我，是不是不愿意启阵？"

姜拂衣摇摇头："我只是特别惜命，不愿冒风险。咱们二十几个人，仅你一个阵法师，我必须确定你有没有实力，并不是故意针对，千万不要误会。"

阿然气笑了："你又是什么修为，怀疑他的能力？我看你和我一样，还不曾脱离凡骨吧。"

姜拂衣叹了口气，可怜兮兮地道："我正是修为低，才更要小心谨慎啊。总之，证明不了秦公子的身份和能力，这般威力巨大的杀阵，我认为不能随便启动，你们说呢？"

其他人似乎也被姜拂衣给说动了，再次以怀疑的目光看向秦邵。

便在此时，万里遥忽然转身："何人？"

众人随着他扭头，看着一抹蓝白相间的身影越来越近，且多数人对这身衣裳并不陌生："天阙府的人？"

更有人认出:"是那个天生剑骨的漆随梦?"

众人又心生疑惑,天阙府君的高徒,问道墙一战成名的天才,竟会如此不讲仪态,头发凌乱,赤着脚,鞋都不穿。

漆随梦眼里没有其他人,自然也不在乎他们的目光。一落地,他立刻去到姜拂衣面前,满脸的悲喜交加:"珍珠!"

姜拂衣藏在袖下的手微微颤了下,咬牙道:"你醒得挺快啊,不好好在床上躺着,怎么也进来了?"

正在感知符箓的燕澜蹙眉看了他一眼。

漆随梦心里有很多话想和她说,却知道不是时候。他和姜拂衣从前有密语的方式:"珍珠,我见过这个秦邵,他千真万确是天机阁主的亲传弟子,精通阵法和机关术。"

道观中。

柳藏酒感受父亲留给他的真元,越发肯定:"三姐,真的不对劲儿,你去瞧瞧井水是不是有毒?"

"井水有毒?"柳寒妆去往井边,施法取了一些水出来,环绕在她的指尖。她以医术来感知,并无任何的异常,却见暮西辞的身影迅速袭来,挥掉她指尖的那团水,将她拉入自己怀中,且一掌拍在水井边缘。

"嘭!"水井下方猛地爆发出一声轰鸣巨响。道观的地面都被震得剧烈摇晃。

柳寒妆吓了一跳。

柳藏酒也不再打坐,跳起来冲到井边:"怎么回事?"

暮西辞凝视井口,半晌才道:"井下刚才藏了一个大荒怪物。"

绝渡逢舟从角落跑出来,往井下望去:"哪个怪物?"

暮西辞不知道:"反正不会是纵,他还没从封印里出来,即使出来也不会藏头露尾。可能是来救纵的怪物,看到或者感觉到我来了,跟来道观里。"

柳寒妆打了个寒战："那怪物给小酒下了毒？"

柳藏酒摸了摸自己饱胀的肚子："不会吧？你们来之前我就已经喝饱了。"

暮西辞朝柳藏酒伸出手："你莫抵抗。"

柳藏酒大气都不敢出。

暮西辞仔细感知他的妖气，瞳孔逐渐缩紧："你体内有水蛊卵？"

柳藏酒茫然不解："水蛊？是怪物的一种，还是怪物的天赋？"

绝渡逢舟则很诧异："不是怪物，也不是怪物的天赋，是一种大荒虫子，早在人间绝迹了。"

因为它们通常寄生于龙族体内，龙族离开人间之后，水蛊虫慢慢就绝迹了。这是被哪个怪物从哪儿翻出来的幼苗？

柳寒妆从未听过："夫君，小酒吃下这种虫子将会如何？"

暮西辞皱着眉头："会在他体内孵化，钻进他的大脑，操控他的识海。等无用时，迅速将他体内液体吸干，让他变成干尸。"

柳寒妆脸色煞白，脚下一软，若非被暮西辞扶着，险些摔倒。

反倒是柳藏酒并无太多恐惧之意，他微微愣了愣，说道："修行者很多人辟谷，不喝水，而我虽然不辟谷，从前只喝酒，也不喝水。这几日喝水是临时起意，怪物在水中下水蛊卵，不应该是特意针对我的吧？"

绝渡逢舟又拍了下巴掌："这下坏了，整个白鹭城喝过水的人，体内估计都有水蛊卵。"

"应该是怪物养来对付九天暝龙的。"暮西辞总算知道自己体内劫火大动的根源，不仅飞凰山可能掉下来，还有这些已经扩散开来的水蛊卵。

绝渡逢舟赶紧将此事告知燕澜。

"少君，现在该怎么办？"

——"迅速去白鹭城中将此事告诉闻人不弃，他在城中最有势力和手段，让他想办法把中招的人排查出来，集中在一起。另一方面，告诉猎鹿通知族里，将族里闲着的巫蛊师，全部喊来灭杀这些水蛊卵。"

绝渡逢舟问道："有办法灭杀？"

——"我若没记错，藏书楼第一千三百六十七号柜，有关于水蠱的详细记载，巫蛊师如果没办法，让他们取来，按照古籍写的以毒攻毒。只不过灭杀之法颇为伤身，年老体弱者恐难以承受，要请凡迹星、柳寒妆以及休容及时救治。至于外面那个怪物，我和阿拂暂时出不去，先请兵火代劳。"

绝渡逢舟："少君，咱们的巫蛊师来得太快，这处传送阵将会暴露给闻人不弃。"

——"无妨，救人要紧。"

听他不带一丝犹豫，绝渡逢舟忙不迭喊道："猎鹿！"

早在地面震动时，猎鹿便已经赶来："大巫，发生了何事？"

绝渡逢舟说了水蠱的事儿，又将燕澜的话交代一遍。猎鹿神色紧绷，同样没有半分迟疑："是！"

暮西辞看向柳寒妆，她这会儿已经挣脱他的钳制，扶着柳藏酒关切地问东问西。绝渡逢舟说过"温柔乡的女婿"之后，他心里泛起了嘀咕。回来院子时，他躲在暗处，恰好听见柳藏酒喊她"三姐"。

夫人竟然是温柔乡的人，之前被雷劈得失忆了，见到柳藏酒之后，又想了起来？为何要隐瞒不说？

暮西辞联想之前许多事情，似乎有条线慢慢串了起来。但现在这般危机之下，她弟弟命都快没了，他却只想着这些，也未免太过分。暮西辞暂时不去想了。

再说巫族人还没找上闻人不弃，凡迹星先来了，难得慌慌张张："你若有办法通知到商刻羽，喊他速度回来。出大事了，他最能打，喊他回来打架。"

地龙腹部。

经过姜拂衣一番"挑拨"，众人对秦邵产生了怀疑，又开始新一轮探讨。秦邵被质疑得焦头烂额，疲于应对。阿然愤恨地瞪了姜拂衣好几眼。

姜拂衣假装没看见，仍在借机观察众人的反应，重点是那对默不作声的情人，以及时常打盹的老翁。

燕澜交代完绝渡逢舟，又将水蛊的事情告诉姜拂衣："我认为此阵的强度，应该杀不死地龙，最多令地龙陷入癫狂，以便大量水蛊入侵，将地龙体内的龙神之力吸收，令地龙重新变回法宝。"如此一来，纵笔江川的实力能够恢复不少。且飞凰山周围死去众多生灵，尸横遍野，怨气冲天，恰好能为纵笔江川冲破神族封印提供助力，一举两得。

姜拂衣越听眉头皱得越紧，最担心的还是柳藏酒："你说这个秦邵既然是天机阁的弟子，他究竟是真想帮助万里遥，还是被怪物收买了，利用万里遥？"

燕澜不知："总之，我们一定要阻止他们启阵，此阵一旦开启，地龙就会陷入癫狂，跃出山体，外面的怪物得到信号，应该会催动水蛊孵化，一切就无法挽回了。"

"大哥。"漆随梦突然喊他一声。

燕澜沉默。

漆随梦询问："你能不能借我一身衣服穿，我想将这套天阙府的衣裳换下来。"他储物戒中，全部是门派弟子服。待会儿可能要动手，他记忆苏醒了，其实穿不惯这种飘逸的衣裳，更喜欢燕澜这种干脆利落的风格。漆随梦得不到回应，又问一遍，"大哥？"

燕澜道："不好意思，我族从不铺张浪费，没有多余的，我就带了这一套。"

漆随梦没作声。

姜拂衣闻言，也转头看向燕澜。她估摸着燕澜应该不会借衣裳给漆随梦，却没料到一贯讲礼数的他，竟会用这般胡扯的理由。燕澜的衣裳是否昂贵不知，自从姜拂衣认识他，就没见他换下来的衣裳，有再穿过第二次。而且换衣裳的同时，他的发饰发冠也会换成配套的，不然怎总说他讲究呢。

姜拂衣忽然想起来一件事，浑身紧绷着问："大哥，你在道观住了一个月，每天喝茶，你体内会不会也有水蛊卵？"燕澜虽然辟谷，但他看书时爱喝茶。

燕澜劝她放心："我泡茶用的水，都是从族里带出来的。因为我喜欢用山茶花的朝露泡茶，出发之前收集了许久，够我用很久。"

姜拂衣猜，燕澜在族里时，估计还要喝每天新鲜采集的，隔夜的都不喝。出门在外没办法，只能将就。

漆随梦听进耳朵里，心里酸得不轻，想说这就是你们巫族的从不铺张浪费？打不打脸？但燕澜是珍珠的大哥，他忍下来。而且，他知道燕澜是因为珍珠的遭遇，不太喜欢他。

"大哥，是我的错，是我害珍珠遭了一场大罪。"漆随梦不问他借衣裳了，先从储物戒取出一双靴子穿上。随后，他找出两条绑发用的绳子，将袖口绑紧，瞬间利落不少。

燕澜半晌才说话："漆公子，眼下情况，不是谈论这些的时候。"

漆随梦忙道："大哥喊我阿七就好。"

燕澜抿紧了唇。

漆随梦低声道："我现在摸不清这里的状况，大哥估计也没空讲给我听，需要我做什么，随时告诉我一声，以免我像上次一样帮倒忙。"

燕澜："嗯。"

现如今，他们三个的站位，燕澜站在中间，漆随梦和姜拂衣分站在他两侧，是漆随梦主动站过来的。

从这个站位，燕澜能感受到漆随梦确实不同了。天阙府的漆随梦，会站在姜拂衣身边，认为他们两个男人，应该将"妹妹"和心上人保护在中间。

但阿七不一样，他了解姜拂衣，知道她在想事情的时候，不喜欢被打扰。姜拂衣若是想不通，烦躁起来，会迁怒到他身上去，对他发脾气。

所以选择让她"大哥"挨着她。

燕澜心中不是滋味。漆随梦其实身在福中不知福，不知道自己是姜拂衣唯一会迁怒、会耍性子发脾气的人。燕澜收敛心思，继续研究手里的符箓，以及大树周围的法阵。

"漆公子。"秦邵在一片质疑声中，再次询问漆随梦，"你天阙府和我天机阁挨得很近，你当真没在神都见过我？"

漆随梦忙不迭朝他拱手："抱歉，真不曾见过，见过也认不得。"

秦邵问："为何？"

漆随梦反问："为何？秦公子若是天机阁弟子，咱们两家挨得很近，且师门交情挺好，应该知道我双眼有疾，分辨不清颜色只是小事，若不使用法力视物，一丈之外几乎人畜不分。"

姜拂衣给他一个赞许的挑眉，脱离了无上夷的洗脑，谎话张口就来，真让人省心不少。漆随梦补一句："秦公子不知道我有眼疾？"

这下好了，漆随梦的身份已被确认。秦邵更为可疑。

"你究竟是不是天机阁主的徒弟？"

"你该不会真在阵法里动了手脚，准备杀我们灭口吧？"

"或者此阵启动时，你给我们的符箓，会吸干我们的法力？"

面对七嘴八舌，秦邵黑着脸不说话了。

姜拂衣道："难道这原本就是个陷阱？我们之所以来夜探，是听说这飞凰山内藏有上古时代的宝物，各位呢？"

姜拂衣只能引着他们猜测，不能直接告诉真相。若告诉真相，他们没准儿更想攻击地龙，等地龙重新变回法宝，会试试看能否抢夺。至于水蛊爆发，尸横遍野，或许不在他们的考虑范围。

被地龙吸入腹中的这些人，多半不是云巅人，且因贪婪而来，不能对他们期望太高。万里遥或许不贪婪，但不清楚他为救溯月城，会不会不惜一切代价，非得救出纵笔江川。

果然，众人沉默过后，纷纷开始回应："我也是。"

"我无意中得知,山内有上古宝物。"

"巧了,我同样是无意得知。"

"是的,原本不敢来探,刚好听闻医仙来此,白鹭城挤满了人,觉得是个时机,才暗中登上飞凰山,没想到刚入内,就被这条地龙吞噬……"

姜拂衣眨了眨眼:"越听越像个陷阱。"

妖王起初觉得他们胆子小,但自己也禁不住再三鼓动,起了点疑心。但妖王怀疑是万里遥在搞鬼:"万里遥,秦邵是你带来的,你一直为他作保。你是不是摸到了地仙的门槛,进阶不了,想以阵法吸收我们的法力,助你突破禁锢?"

众人惊骇地看向万里遥。

万里遥反而不生气,因为妖王的怀疑非常合理。他的剑,剑名透骨,是柄杀伐之剑。

剑门关外环境恶劣,不仅沙妖沙兽遍地,邪修魔修更是遍地,不修杀剑活不下去。秦邵设下的又是杀阵,非常适合被杀剑吸收法力。

"我如今刚满两百岁,还不着急突破。"万里遥负手解释,眉心皱出"川"字来。这么多人同时被困在地龙体内,他心中其实早有疑惑,只不过溯月城的安危,由不得他想太多,但凡有一丝希望,也要尽力一试。万里遥慢慢看向了秦邵。

阿然先白了脸:"城主,您没看出来吗?那女人是故意针对秦公子,煽动大家的疑心,有意拖延咱们启动法阵。"

万里遥看出来了,但那又如何:"珍珠姑娘是煽动,也是合理怀疑。"

阿然攥着衣袖,对万里遥颇不满:"秦公子冒着被逐出天机阁的风险,为我们奔走,您难道也怀疑他?"

秦邵叹了口气:"城主,我布的阵没有任何问题,我是真心想帮溯月城十数万百姓解决生存危机。"

万里遥沉吟不语。

此时,燕澜抬起手臂,手中捏着秦邵刚才给他的那张符箓:"方才有人猜对了，我们一旦将法力注入这张符箓，等杀阵点亮之时，会吸干我们的法力。"

姜拂衣也打量起手里的符箓："真是万幸，你们人数不足，力量不够，一直没能开启。"

燕澜和她密语："阵法开启不了，我觉得和人数没关系，这里好像有位比秦邵更厉害的阵法师，总是在暗中阻挠。"

姜拂衣微愣。

妖王立刻怒斥万里遥："果然是你！"

秦邵则质问燕澜："你凭什么污蔑我？"

燕澜自报家门："凭我来自万象巫，对法阵颇有研究。"

漆随梦介绍："这位是巫族少君，燕澜。"

七境九国内的修行者，知道燕澜是谁的不多。但人仙境界以上，很少会有人不知道精通各类秘术的巫族。

他们原本就起了疑心，巫族少君又说得这般斩钉截铁，纷纷将手里的符扔掉，迅速朝妖王聚拢，与万里遥三人分隔开。大家显然都受妖王影响，将此事当成万里遥的阴谋。

树下，万里遥转过身，甩出透骨剑，冷冷地看向秦邵："这一切都是你布的局？"

阿然脸色惨白，挡在秦邵前方："城主，您不要受外人挑拨，秦公子的良善之心您是最了解的，当年要不是他救了我，我哪有命遇见您？"

万里遥捏紧了剑柄："所以才更好利用你，自由出入溯月城，这几年绿洲会出现问题，或许就是他动的手脚，随后又编造飞凰山有救治之策，引我来此！"

"不会的！"阿然忙去拉秦邵的衣袖，"秦公子，你快解释啊。"

秦邵沉默片刻，说道："城主，溯月城的危机不是我造成的，我没有这样的本事。关于飞凰山有救治之策，也不是我编造的谎言，山中真有一件宝物，能够引流水源，改变地貌，正是这条地龙。"

万里遥瞳孔紧缩。其他人眼中，也或多或少流露出贪婪之色。

"城主，这杀阵是伤害不了你和阿然的，吸收完他们的力量之后，都会凝聚到您的透骨剑上，可惜现在没希望了……"秦邵看向姜拂衣三人，"为今之计，拿起您的透骨剑，将这些人全部杀死，以剑气强行吸收他们的法力，您依然可以击溃这条地龙，使它重新变回法宝，带回去拯救溯月城。"

姜拂衣听出来了，万里遥并不知道纵笔江川的存在。她连忙说："万前辈，这条地龙是封印守护兽，它在守着一个能够轻易造成生灵涂炭的大荒怪物，且它的本体还是怪物的伴生法宝。"

万里遥沉眸，关于大荒怪物，他略有耳闻。

姜拂衣继续道："您将地龙击溃，地龙变回法宝，您也带不走，使用不了，最终法宝还会回到那可怕的怪物手中。"

秦邵冷笑："你怎么不告诉他，被封印的大荒怪物和宝物一样，也拥有改变地貌的本事？城主，即使您拿不到宝物，将怪物救出来，他感念您的恩情，帮您拯救溯月城，不过是举手之劳。"

万里遥看向他："难道你认为，在我的眼中，溯月城百姓的命是命，其他人的命不是命？我会为了救溯月城，放出个危险的大荒怪物祸害人间？"

"我知道您不会，才会骗您。"秦邵叹气，"但人总有软肋，您也不例外啊。"说话间，他猛地一跺脚。

"嗡！"脚下法阵顿时亮起。

"阿然！"万里遥神情一肃，探身想将秦邵身边的阿然拉回自己身边。但秦邵在此布阵多时，除了杀阵，还有其他隔绝阵法，且阵威强大。万里遥的剑气被阵法弹了出去。

秦邵稳稳立在阵中，阿然则跌倒在地，泫然欲泣："你竟真的是在利用我？"

秦邵不去看她，只对万里遥道："城主，按我说的做，否则我就一片片剐了阿然。"

万里遥怒不可遏:"你敢碰阿然一下,我也活剐了你!"

妖王哼笑:"姓秦的,你想什么呢?万里遥顶多比我略胜一筹,你竟然以为,他能杀得了我们这么多人?"大家全是人仙境界,单拎出来谁也打不过万里遥,但聚在一起,至少能顶一位地仙。

秦邵好整以暇地道:"那不妨试试看,让你见识见识真正的透骨剑。"他倏地扬起手臂,指向姜拂衣,咬牙切齿,"万里遥,给我先杀他们三个!"

姜拂衣搞不懂:"秦邵,放出纵笔江川,对你究竟有什么好处?"

秦邵道:"我对那个大荒怪物没兴趣,他只对万里遥有用。"

燕澜在秦邵施法的瞬间,感受到了一点妖力:"阿拂,他好像是个半妖,体内有妖的血统。"

姜拂衣琢磨,龙神当年是以三分神力、三尺脊骨点化了这条地龙,一旦地龙重新变回宝物,那三尺脊骨将会脱离:"你想得到龙神脊骨,彻底修成妖身?"

秦邵却看向漆随梦:"天阙府和天机阁交好,你没见过我,总该知道天机阁里有个遭人鄙薄的半妖吧?"

漆随梦只在神都生活了五年,和天机阁接触得并不多。但因为在神都生活过,他非常了解出身的重要性。

人族的国都,最是讲究非我族类,其心必异。至少天阙府有祖训,弟子都是纯人类,不能混一点异族的血。

人群之中,忽然传来一声叹息:"原来,这就是你作恶的原因?"

姜拂衣随众人望过去,竟是那位总是打盹的老翁。

老翁背着手走出来,身上闪着一层柔和的光芒,等走到人群前列时,已经换了一副容貌,仍是白发苍苍,却从老翁,变成了一位老妪。这应该还不是她的真容。然而,秦邵看到此人,瞳孔巨震:"师、师父?"

众人哗然。

姜拂衣同样惊讶,这人竟然是天机阁主易玄光。原名不知,玄光是她的道号。

妖王皮笑肉不笑地道："天机阁主可真是沉得住气啊！"

万里遥则看到了救星："易阁主，快让他将阿然交出来！"

易玄光不语，只看着阵法里的秦邵。

秦邵讷讷："师父，您怎么会在这里？"

易玄光痛心疾首："有人送信去我的闭关之地，说你前来飞凰山图谋不轨，我不信。我暗中前来飞凰山，被地龙吞噬，瞧见你布的杀阵，还是不信。"

秦邵咬紧牙："怪不得阵法总是无法启动，竟是您在从中作梗！"

"我一直抱着一丝希望，你是被万里遥给骗了，他想利用你突破地仙……"易玄光闭上眼睛，"祖训不许天机阁收混血弟子，我和无上夷都认为是偏见，无上夷迂腐，不敢违祖训，我却非得证明有教无类，半妖也一样值得信任，担得起重任，原来愚蠢的是我！"

秦邵被骂得双眼泛红，突地拔高声音："我感激您不顾反对，将年幼的我从妖国带回神都，教我本事。但同门暗中欺我辱我，您管过吗？您知道我是怎么被他们欺辱长大的吗？"

易玄光怒道："他们因你是半妖而欺你辱你，你难道不应该证明给他们看，打破他们对你的偏见？你这样做，岂不是落实了他们对你的偏见？"

"打破偏见？您以为偏见是那么容易打破的？"秦邵乖张道，"您对我就真的毫无偏见吗？高深的阵法术和机关术，您难道没有藏私？师兄们会的，您全部教我了？"

易玄光恨恨地指着他："今日之事足以证明，我留一手不教你，是我愚蠢之中唯一做对的事！"

"呵！"秦邵嘲笑，却不知笑的是谁，"人啊，复杂又虚伪，所以我不想当人了，我想成为真正的妖。"说完，他倏然将阿然从地上拽起来，扼住她的脖子，"万里遥，我耐性有限，再不动手，我真会剐了她！"

阿然落泪："城主，您不要管我，是阿然引了贼人，害了您……"

万里遥握剑的手微颤。今日这般场景，何其熟悉。

一百多年前，万里遥还是个无能之辈时，亲生女儿便是这样落在一个贼人手中。为了不让他做出违背良知之事，女儿选择了自尽，死在他面前。

这成了万里遥这一路走来，最难以战胜的心魔。直到他遇到阿然，明明长得一点都不像，阿然却如同他女儿的转世一般，性子、习惯等，都和他故去的女儿像极了。而有关女儿的一切，万里遥深埋于心底，从未对任何人讲过，阿然不可能是学来的。像是往日重现，阿然也做出了诀别的决定，朝他莞尔一笑："爹爹，下辈子，我还要做您的女儿。"

这句话，是万里遥第二次听，他如遭雷劈，眼前出现重影，仿佛回到亲生女儿自尽的场景。那一抹凄惨诀别的笑容，在他瞳孔中不断放大。

不！万里遥痛苦不堪，难以承受，疯了似的挥剑："我要杀了你们！杀光你们！把我女儿还给我，还给我！"剑气四射。

原本聚在一起的众人慌乱散开："他走火入魔了！"

易玄光迅速结印，将万里遥缚在一定范围内："妖王，夺了他的剑！"

妖王也感受到了这柄杀剑真正的威力，才明白万里遥先前都是在克制自己。妖王没躲，迎着万里遥杀上去，喝道："你们逃什么？不同心协力制伏他，想等着被他一个个杀？"

其他人却仍旧躲着，毕竟有两个巅峰期的高手，肯定是他们先顶，顶不住了再说。

漆随梦如今还处于凡骨巅峰，全场修为最低，自然不会冲上去。他挡在姜拂衣面前，看向万里遥手中被黑气环绕的透骨剑，喃喃自语："杀剑果然是最容易走火入魔的。"

姜拂衣指尖捏着一柄小剑，看的却是法阵内的阿然。这个阿然有问题，她应该是和秦邵串通起来，故意逼疯万里遥。

按秦邵说的，万里遥的透骨剑一旦杀人，就会吸收对方的力量，短时间内，能和杀阵的效果差不多，会令地龙大受损伤，然后被水蠹入侵。

"大哥,能在这么短的时间逼疯万里遥,阿然是个怪物吧?"姜拂衣毛骨悚然,"她似乎能窥探人痛苦的记忆,拿来当作武器?秦邵内心的痛苦,估计也是被她想方设法地放大了?"

燕澜原本正在心里盘算,再加上姜拂衣的猜测,他脑海里逐渐浮现出一个名字。心中骤然一紧,燕澜先取出《归墟志》,可惜阿然位于隔绝法阵之中,无法收服。

燕澜一把拉过姜拂衣,将她的额头按在自己的肩膀上:"不要看她!"

前面站着的漆随梦不知燕澜说的是谁,转头,瞧见姜拂衣被燕澜摁在怀里。他觉得哪里怪,但此刻的处境,由不得他多想。

姜拂衣的额头撞在燕澜的肩胛骨上,撞得头疼:"你知道是什么了?"

燕澜因后怕而心跳剧烈:"遮,浮云遮望眼的遮,第一卷第二册的怪物,排在棺木隐前面,她能'打开'双眼这扇窗户,窥见人的后灵境。"

后灵境内,藏着人最脆弱的东西。

姜拂衣双掌撑在燕澜胸口,离开他怀中,不再去看阿然:"也就是说,她能窥见人难忘的,或者痛苦的记忆?这个我不怕。"

燕澜道:"不,遮不仅可以窥探,被她窥探过的人,能被她轻易毁掉目视。"

漆随梦惊骇:"毁掉目视,彻底变成瞎子?"

燕澜估算《归墟志》里写的时间:"是的,与她接触得越多,被窥探得越深,她毁得也更轻易。妖王他们的眼睛,全部保不住了。"

姜拂衣问:"那有什么办法对付她?"

"伪装法术,比如易玄光之前有伪装,她就窥探不到。这是对付她的关键,但她也会伪装,防不胜防。"稍稍停顿,燕澜又说,"眼睛遭过重创的人,她也很难窥探,我和漆随梦应该无碍。阿拂你会受些影响,但是别怕,你和她接触得不多,视力顶多短暂消失,不要慌。"说着让她不要慌,他的声音却在微微发颤。

姜拂衣吸口凉气的时间,阿然已经开始施法。耳畔传来凄厉的惨叫声,姜拂衣循声望过去。他们以为只是失明，没想到竟是眼珠直接爆掉，那人脸上，顿时只剩下两个血窟窿。姜拂衣尚未从惊怔中缓过来，又是一蓬血雾和一声惨叫。

不多时，此起彼伏的惨叫，伴着血腥气涌动在林间。

正压制万里遥的妖王不知这是何故，心惊胆战，被剑气击退，向后踉跄。刚站稳，妖王眼睛一阵剧痛。但他许是修为高，眼珠不曾炸裂，只是流出两行血泪。少了妖王压制，易玄光这个阵法师，轻易便被万里遥打飞出去，她眼前也逐渐模糊。

失去约束的万里遥，已经挥剑杀了一个爆掉眼珠的瞎子，去杀下一个时，又被易玄光拦住。

"你不要伤害我师父！"法阵里，秦邵警告身边的阿然，"你敢伤她眼睛，我不会帮你去毁纵笔江川的法阵！"

阿然淡淡地道："我也伤害不了，最多让她暂时看不清罢了。"

"巫族少君和漆公子是怎么回事？"阿然看的是燕澜和漆随梦，"我居然看不穿他们？还想将《归墟志》直接抢来呢，看来要费一番工夫了。"

姜拂衣推了燕澜一把："你们两个快去帮易前辈制伏万里遥，唤醒他的理智，不能让他的透骨剑吸收法力。没发现吗？地龙已经遭到影响，开始躁动了。"

漆随梦担忧："你的眼睛怎么样？"

姜拂衣闭上了眼，手中小剑一挥，周身小剑环绕："不用担心我，她应该已经听说了枯疾的下场，不敢随便从隔绝法阵里出来。"

燕澜知道姜拂衣此时已经无法视物："我一个人就行，漆随梦你留在这儿。"说完，他立刻催动寄魂的力量，化出一柄金色法剑，攥在右手，反手在左臂一划，鲜血溅出。他默念化煞驱魔咒，法剑吸收血气，变得似烈焰般耀眼。

随后，燕澜跃入半空，朝万里遥施法，手中法剑变幻出十六柄，去斩万里遥的戾气。

"我也去,我的九天清气可以克制魔气,你小心些。"漆随梦明白自己不能留下来,不然回头会被珍珠骂死。

姜拂衣的确看不到了,陷入黑暗之中,但无数小剑在身边环绕,又已经知道对面怪物的天赋,她没什么好慌的。不仅不慌,她还从同归里取了一颗剑石出来化剑,只是需要思考,该选择哪种剑意来制敌。

她听见阿然道:"原来你是石心人,怪不得模样生得这般好看。你们石心人啊,果然是无心人,后灵境里除了和你母亲的几个片段,竟然再没有难忘的记忆。"

姜拂衣摩挲手心里的剑石,阿然能窥探记忆,善于攻心,自己不该和她多言,以免被她影响。但是想要对付她,也需要对她有一定的了解,姜拂衣斟酌道:"怎么,对石心人这么深的埋怨,您难道也认识我外公?"应该不认识,她和外公长得像,阿然没见过。

阿然问:"你外公是哪个?"

姜拂衣:"奚昙。"

"还真是他啊。我不认识,只听过他的名字。大荒怪物里没听过奚昙大名的,应该没有几个。不过,纵笔江川和你外公倒是有些交集,你们应该见个面才是。"阿然摸了下身侧的大树,"你外公不是在寻一个令他心碎的人吗?那个人,就是纵笔江川。"

姜拂衣摩挲剑石的手一顿:"纵笔江川是女子?"

阿然摇摇头:"不啊,是男子。他和你外公也从未见过面,但他好像杀了你外婆,这还不算是令你外公心碎的人吗?"

姜拂衣盲了眼,观察不到她的表情。姜拂衣心乱片刻,环绕于周身的小剑,有几柄脱离秩序,险些撞击在一切,又迅速恢复正常的运转速度。

阿然会突兀地提外婆,应是从她记忆之中窥见,她曾向母亲询问过外公和外婆,但母亲答不上来。

阿然又笑道:"你可以不信我,因为我也是听纵笔江川说的,也许他是在吹嘘也不一定,毕竟除了咱们这些怪物,连神魔两族的许多男子,也挺讨厌奚昙,无论从哪方面打败他,都是值得骄傲的事情。"

姜拂衣声音淡淡:"我只需要相信,谁杀了我外婆,外公会不惜一切代价报仇。而你说,他与纵笔江川从未见过。"

阿然莞尔:"奚昙报仇了啊,但他报复错了对象,反被神族封印。纵笔江川提起来时,还颇为遗憾,他帮奚昙实现了心碎的夙愿,却没能听奚昙亲口道谢。"

姜拂衣捏紧剑石:"我不相信我外公会这样蠢,认错了仇人。"

阿然耸了耸肩膀:"这我就不清楚了,我有纵,对奚昙那个风流种没兴趣,了解得不多。等我将纵救出来,让纵讲给你听……"

"珍珠小心!"远处,漆随梦紧张地大喊一声。他刚躲过万里遥的一道剑气,发现有一男一女正在凝聚灵力,欲朝姜拂衣出剑。

这两人原本倒在姜拂衣左右两侧不远,身体蜷缩,且痛苦地捂着双眼,和散落在各处的众人差不多惨状,并不起眼。如今一瞧,他们的双眼完好无损,并未爆掉,只等着姜拂衣分心,给她致命一击。

燕澜捏了满手心的汗,是被漆随梦这一声提醒给惊的。他始终留意着姜拂衣的状况,自然也注意到了。

燕澜相信姜拂衣虽受阿然的影响,但仍然能发觉到两侧的异常。毕竟她从一开始,就疑心那对男女。如今她全靠耳力,漆随梦这一声大喊,极有可能会影响到她的耳力。明知不能怪漆随梦,他对姜拂衣实力的认知,还停留在过去,燕澜依然恼得不轻。

姜拂衣的确有所防范,然而眼盲加上心绪波动,当两道剑气左右夹击而来时,破风之声又被漆随梦的大喊遮掩,她难以分辨,一时乱了章法,被这两位人仙初境的剑修,破了她环绕在周身的剑阵。而剑阵一破,两道陌生剑气携裹滚滚杀意而来。遭到剑气冲击,姜拂衣险些吐血,立刻掐诀,紫色的音灵花飞出。

"砰!"音灵花爆发出大量丝线,迅速凝结成两股,如同两条粗壮的手臂,循着剑气,紧紧握住那两人的剑。

那一男一女神色微变，互望一眼，不握剑的手迅速取出一张符箓，同时一甩。火象符箓腾地燃烧起来，被他们按在剑身上："阴灵退散！"

剑笙赠给姜拂衣的这朵音灵花，是为了遮掩她心脏不跳，特意从墓穴里找出来的，阴气极重，颇为忌惮炎阳之火。

且这两张符品级极高，出自大符师之手，正常的音灵花，顺着花丝能一直焚烧到花朵本身，但此花内蕴含剑笙的法力，仅将控剑的花丝损毁，符箓的力量便用尽了。

姜拂衣不知道他们还有多少这种符箓，旋即收回音灵花。那两柄挣脱束缚的剑，再次袭来。

姜拂衣尝试令剑："定！"人仙手中的剑，没那么容易听令。

姜拂衣再试："定！"随她厉声，心脏仿佛也震动了一下，逸散出一股霸道剑气，周身锋芒毕露。

剑尖最终在姜拂衣太阳穴两侧停下，无论两人再怎样使力，亦是徒劳。

姜拂衣质问："两位修的是正道剑，竟与怪物同流？"

男剑修冷笑："你难道不是个怪物？巫族少君、天阙府高徒都能和怪物同流，我们为何不行？"

姜拂衣还真不好厚着脸皮说：凭我无害，而遮和纵都是祸害。

"至少我不会在白鹭城的水源里下水蛊虫，意图害死全城的无辜百姓，以冲天怨气来破除封印。"姜拂衣闭目侧耳，仔细听着周围动静，"这事儿你们知不知道？"

燕澜正在使用禁术，想要脱离万里遥的剑气场，瞬移到姜拂衣身边。见她能够应付，他遂掐断禁术，却仍遭受一定反噬，喉口一股腥甜，没能完全压住，顺着嘴角涌出来，一滴滴落在衣襟上。

漆随梦更走不开，他们都被卷入万里遥的剑气场里，周围全是透骨剑的杀刃在回旋搅动，一不留神便会被杀刃所伤。

万里遥原本就是人仙巅峰，杀剑又是众剑意之中最强的，他还走火入魔了。

"把我女儿还我,还给我!"剑气冲头,万里遥越杀越疯。

"万里遥,控制住你自己!"易玄光和他同境界,但阵法师顶多能和中境界的剑修硬拼,哪里打得过万里遥,身上已被剑气刃割伤好几处血口子。

若非燕澜和漆随梦协助,易玄光可能已经重伤。听到姜拂衣的话,易玄光厉声质问:"秦邵,水蛊虫的事情你知不知道?"

秦邵蹙眉看向身边的阿然:"水蛊虫是什么?不是说,只要杀剑吸收这些贪婪之人的法力,便能令地龙变回宝物,纵笔江川就会实力大增?"再由他震荡封印,应能破印而出。

阿然收回看向姜拂衣的目光,转望秦邵:"对啊,这是我的计划,我觉得足够,但我们的同伴觉得不够,他被封印时,身上刚好带了一些水蛊虫卵,就拿去用了。"

秦邵蹙紧眉头。

"这就动摇了吗?"阿然叹了口气,"你这样,即使得到龙神的三寸脊骨,也很难彻底成妖,因为你的心境太过趋向于人类,拥有人类一个很大缺点,三心二意。"

易玄光见秦邵不知情,胸口的怒意压住一些:"大错尚未完全铸成,为师劝你及早回头,将功赎罪,为师至多罚你百年禁闭。你若执迷不悟,以为师授你的本事,去破坏神族封印,放出怪物,那你就是万死也难抵罪,听到没有?"

秦邵隔着阵法结界壁,望着易玄光:"师父,世间那么多的半妖,您为何要收我为徒?"

易玄光再次抛出几枚阵令,尝试束缚万里遥:"当然是你有修习阵术的天赋!"

秦邵问:"我的阵术天赋从何而来?"

易玄光顿时领悟:"你知道你父母的事情了?"

秦邵是易玄光一位师妹的儿子,她那师妹自小性格叛逆,不但暗中和一条蛟妖相恋，竟然还潜入云巅国库内偷盗宝物。

云巅国库内的法阵，乃天机阁老祖的杰作，连巫族上交的神族天灯，都被安放在内。凭她哪里能破，她遭法阵重创昏迷，且按律当被处死。易玄光的师父，认为爱徒是被那蛟妖蛊惑，蛟妖也承认，便抓了蛟妖回来，上交给云巅君王，换回自己的徒弟。最终，蛟妖被处死，等易玄光的师妹从鬼门关捡回条命，醒来之后得知蛟妖死了，一口血喷出来，彻底回天乏术。临死前，她告诉易玄光，她会去闯国库，是为了拿到一颗地仙境界的蛟龙内丹，救她和蛟妖的儿子秦邵。

根据这世间物种繁衍法则，其实说秦邵是"半妖"并不恰当。人是人，妖是妖，不存在一半人一半妖的物种，只能说混了点异族的血脉。纯正蛟的血统，其实是高于普通人的，秦邵本该是混了人类血脉的蛟。但那蛟妖并不是纯血蛟，他混了低等妖物的血，因此，秦邵就成了混有蛟血脉的人。

可秦邵体内的蛟血又太过霸道，致使他的人身承受不住，随时都有可能爆体而亡。秦邵的母亲，便想去偷那颗蛟龙丹，让她儿子彻底成蛟。

易玄光问："所以你遭受师兄弟欺辱事小，真正的目的，是想以龙神脊骨成为大妖，为你父母报仇？"

秦邵反问："我不该吗？是您不该，不该瞒着我真相，将我带回天机阁！"

易玄光简直要被他给气笑了："真相？你从哪儿知道的真相？原来你除了天赋随了你母亲，竟还随了她的愚蠢！你有没有想过，我被你母亲临终托孤，而国库里那颗蛟龙丹早就被用掉了，我是怎么治好你的？"

易玄光带他去找了凡迹星，花大价钱请凡迹星出了医剑。

"凡迹星告诉我，你体内奔流的蛟龙之气，并不是天生的，而是被人注入进去的。谁注入的？是你的亲生父亲！他原本就是蓄意接近我师妹，想骗她去偷那颗蛟丹，只不过骗得太投入，动了真心，等我师妹命悬一线时才醒悟。然而，站在我师父的立场，是半点也没冤枉他！我不告诉你,是怕你报仇吗,是怕你接受不了有这样的父亲!"

秦邵逐渐睁大了眼睛,瞳孔写满惊怔:"怎么会……"

易玄光:"凡迹星不是就在飞凰山,你不信自己出去问他!"

这边,姜拂衣的两侧太阳穴,仍被剑尖指着。因那两人试图冲破她的令剑术,剑尖一直在微颤,发出嗡鸣声。

姜拂衣听着那嗡鸣声,再次询问:"你们呢?知不知道水蠱虫的事?"从他们微顿的反应,似乎也不知。但微顿之后,两人再次蓄力,明摆着并不在意。

他们不说话,姜拂衣继续问:"不知两位尊姓大名,哪个门派的?有什么苦衷要受制于阿然?"

女剑修冷笑一声:"我们没有苦衷,小怪物,不是所有人类做事,都需要一个苦大仇深的理由,至于我们是谁,你并不需要知道,和你没有什么关系。"

说完,两人放弃了手中的剑,从姜拂衣两侧,迅速绕到她面前来。两人步伐一致,对了一掌。两只大小不同的手默契地结出一个法印,随后倏然指向姜拂衣,齐声喝道:"诛!"

姜拂衣虽看不到,却能感知到一股比剑气强大数倍的力量,迎着她的灵台飞来。她当即判断出,这两人并不是剑修,和燕澜一样,是两位秘法师。剑只是他们的遮掩,知道她能令剑,故意给她两柄剑来令,反向牵制住她,再出其不意。剑气风暴之中,漆随梦实在抽不了身,明知沧佑剑不在,却还是习惯地伸出手召唤:"沧佑!"

燕澜不语,再次暗中施展禁术。

"你们都不要动!"姜拂衣快速拔下发髻上的孔雀簪,丝绸般的长发倾泻而下。这是还在万象巫时,燕澜被他父亲叮嘱着,挑选送来的饰品。当时姜拂衣才从棺材里出来,半死不活的,故而这发簪除了颜色鲜亮,还是个护身法器,效果强弱不清楚,但内部的防御法阵只能使用一次。姜拂衣舍不得这漂亮的簪子毁掉,从来没用过。

此刻，孔雀簪在她手中旋一圈，姜拂衣默念开启的法咒，迎着那股力量朝前一指。孔雀簪化为五道彩光，在她面前结成一面光盾。

"轰！"秘法之力撞击在光盾上。

无论是姜拂衣，还是他们俩，都被这股力量震得向后退。姜拂衣后退之际，手心里原本攥的那颗剑石，已经化为一柄小剑，"嗖"的一声，穿破面前的滚滚烟雾，扎进那男秘法师的肩头，只扎进去一点，堪堪扎破他的护体灵力。

那男秘法师轻而易举便拔了出来，小剑尖上仅有一点血迹罢了。正想嘲笑，他却突然哑住，抬起手摸向胸口。他脸上浮现出惊恐，他的心脏正在逐渐石化？

姜拂衣闭着眼睛，她的掌心被那柄小剑扎破了一道血口子，隐隐作痛，心道果然是能行的。沾上石心人血液的小剑，一旦扎进对方体内，对方就会像心剑的剑主一样，被石心人的血气入侵。究竟能够入侵到何种程度，和石心人的修为，以及对方的修为有关系。

但这个秘法师，修为仅是初境，以姜拂衣现如今的能力，入侵得并不费力。只是，对方没有结剑契，不会变成听话的剑傀。

却能够……姜拂衣蠢蠢欲动地想要打个响指试试。她觉得这人逐渐石化的心，应会"嘭"的一声，在胸腔内碎裂成一堆石头渣滓。

但想起方才众人在阿然的法力之下，眼球纷纷爆裂的恐怖场景，姜拂衣没有尝试。心脏石化，这人已经没命了。

姜拂衣越来越明白大荒怪物的可怕之处，包括石心人。强大的能力不只是要学会用，同时还要学会控。她忽然意识到兵火真不容易，他的能力更为特殊。但是从大荒时代来到人间，兵火几乎一直在自控。而控制，要比使用更难。

就比如现在，姜拂衣压制住了爆那男秘法师心脏的念头，暴戾之气无处纾解，便开始在经脉之中流转。

这股暴戾之气，并非恶念，而是杀气。剑，原本就是杀伐利器，故而多半剑修刚猛好斗。石心人拥有剑心，心乃造血之源，他们的血脉里几乎写满了杀伐。

之前姜拂衣感触不深，是她对剑心的发掘程度还不够高。今日能令敌人心脏石化，还是源于上次突破。

"师兄？"女秘法师见他倒地，脸上血色一瞬被抽空，但她没去搀扶，也并未沉浸于震惊和悲痛中。她趁姜拂衣刚以全力施展完术法，召唤出一面绘着符文的旗帜，双手飞快结印。只见平地起狂风，旗帜狂舞，周遭光速凝聚出一颗颗雷电法球，铺天盖地砸向姜拂衣。

盲了眼的姜拂衣只觉得四面八方都是杀气，欲结剑阵抵御，却感知到燕澜的气息，又停下来。对付秘法师，燕澜自然比她更在行。燕澜通过禁术，强行脱离了万里遥的剑气场，瞬移出现在姜拂衣前方时，已经收回手中的金色法剑，取出一柄油纸伞，迅速撑开。

"哗！"伞撑开那一瞬，伞面向外释放出层叠的云雾。那一颗颗雷电法球，全部隐入浓厚的云雾之中。燕澜又疾速合上伞，手腕转动，晃动伞尖虚空写了道聚灵符文，再以伞作剑，朝那女秘法师猛地一刺！

收入伞中的雷电法球，经过聚拢，雷电之力拧成一股，如洪水奔涌，朝那女秘法师胸口重击。女秘法师瞳孔紧缩，横起手中旗帜抵挡。"轰"的一声炸响，旗杆断裂，旗面也被灼出一个洞。她被击退十数步，口中鲜血涌出，几个趔趄之后，还是撑不住倒地。

燕澜退回姜拂衣身边，将伞递给她："你先拿着。"

姜拂衣不知道是什么，朝前伸出手。想起她看不见，燕澜小心握住她的手腕，将伞柄放进她冰冷微颤的掌心。姜拂衣在他的引导下握住伞柄。

燕澜嘱咐："可以防一些五行法术，防不了怪物天赋和剑气。"

姜拂衣听他声音沉闷又压抑："你受伤了？"她抬起另一只手，顺着燕澜的手臂想去摸他的脸。

刚被触碰到下巴，燕澜慌忙偏头躲开，用拇指指腹擦去血渍："小事情，不碍事。"像是怕她追问，燕澜立刻望向那女秘法师，指着地面上的半截旗帜,"这是不是风雷帜,似乎是我族宝物,何时被你们盗走?"

可惜那女秘法师对姜拂衣下手时,怀了为师兄报仇的心思,不管不顾使出了全力,胸口被反噬回的雷术贯穿,才张开嘴,又涌出大口的血,倒在地上不省人事了。

燕澜皱起眉头:"阿拂,他们虽然不是魔修,但我觉得,依然是魔神的人。"他还没来得及告诉姜拂衣,魔神可能是他们巫族人。

姜拂衣尚未说话,先听见阿然不悦的声音:"别,我和夜枭谷里那个优柔寡断的窝囊废,可没有一点关系。"

阿然刚从封印里逃出来时,过于虚弱。不知道纵笔江川被封印在哪里,对现如今的人间也不了解,夜枭谷请她,说魔神知道纵的下落,打算放出所有大荒怪物,她就去了。她去到夜枭谷才发现,在人间魔神手底下讨生活,比当年在始祖魔麾下还更不容易,给她一处洞府让她休养,叮嘱她不能暴露身份,不准滥杀无辜。最重要的是,阿然总觉得魔神对于救出纵笔江川这事儿,没有任何计划,只说让她等。

于是,阿然在了解人间局势之后,离开了夜枭谷。她从接近秦邵这个阵法师开始,再到去往溯月城万里遥身旁,一边休养,一边等待一个合适的时机。

其间,她又遇到了一个大荒怪物,而他在人间伪装时,加入了一个名叫纵横道的神秘组织。这个组织内基本都是人仙,正道、魔道、妖道皆有。正道之中,不乏九国内数一数二的名门大派。

而纵横道的首领,是一位地仙,具体修为不清楚,只知他手中握有大量的功法秘籍、宝物,以及晶石。这些加入者,多半背后没有强大家族支持,冲着修为能够快速增长,才选择结盟。

平时他们并不需要做什么,仅在首领需要的时候,为首领提供一些帮助。

这两位秘法师,出身云巅国的一个大宗门,同时也加入了纵横道。阿然通过他们的双眼,看穿了他们的真实身份,又被她那位怪物同伴许了不少好处，两人才答应来帮忙，可惜是两个废物。

"师父！"处于惊怔之中的秦邵突然喊了一声。

原来是少了燕澜净化魔气的力量，万里遥手中的透骨剑气势大增。漆随梦被他的剑气扫飞出去，重重摔落在地，连浮生剑都脱手而出。

易玄光更是被万里遥的剑刃砍中，护体灵气崩碎，肩膀遭到刺穿。若非她躲闪得够快，几乎被削掉一条手臂。但躲闪也无用，万里遥旋即再杀过去，这次透骨剑一连横扫而出十几道剑光，逼迫得易玄光狼狈翻滚。

眼见难逃，秦邵气急败坏地想要跃出法阵救人。阿然提醒道："秦公子，你想好了吗？背叛和我的约定，要献上你的眼睛。"

秦邵只迟疑一瞬，仍旧跃出。即便师父说谎，他体内的蛟龙之气并不是父亲注入的，他也绝对办不到眼睁睁看着从小将他养大的师父死在他面前。秦邵威胁道："你现在毁我双眼，我立刻撤掉法阵，让你无处藏身！"

阿然一副心烦的模样："人类真讨厌，整天挣扎纠结，摇摆不定，一会儿一个念头，连那个魔神都是一个模样，成不了什么气候。"

秦邵抛出三枚阵令，落在万里遥脚边："起！"为易玄光争取一个逃出剑光的时机。

当秦邵准备再抛阵令时，一蓬血雾在他脸上炸开。秦邵惨叫一声，捂着双眼，跌落在地。阿然冷眼睨过去："我还讨厌别人要挟我，而且，你以为献上双眼只是瞎掉那么简单吗？你瞧，连妖王都起不来了，你竟然还觉得自己有能力撤我的阵？"

易玄光才刚躲过去，转头瞧见徒弟的惨状，原本对他的怒其不争，瞬间化为愤恨，全部转移到阿然头上："妖女！"

阿然指了下姜拂衣："这里有两个大荒妖女，你喊谁呢？"

万里遥冲破脚边阵令，再次杀向易玄光。

易玄光却背对他，目光冷然，双手结印，坚持去撤阿然藏身的隔绝法阵："巫族少君，我没精力继续对付万里遥，这是我最后能做的事情，拿下她！"

漆随梦艰难地从地上爬起来，感觉自己肋骨好像断了两根，痛得难以呼吸。他踉跄着捡起浮生剑，继续去拦万里遥。人间除了珍珠，没人善待过他，包括无上夷也不过是拿他当工具，他讨厌这人间的一切。但珍珠想要守护的东西，他必须要去守护。

燕澜也已经再次调动寄魂之力，准备去救易玄光。姜拂衣却突然拉住燕澜："做你擅长的事情，等易前辈破了她的阵，收了她。至于万里遥，交给我和漆随梦。"

燕澜想说她现在盲了眼睛，凭令剑术很难对抗万里遥，再看漆随梦的状况……

还不曾说出口，燕澜听到剑气破空的声音。刚才情急之下，漆随梦召唤被无上夷藏起来的沧佑剑，难道真给他召唤来了？还是在地龙腹中？姜拂衣应该是感知到了，才会说这话。

"嗖！"那剑气破空之音由远及近，似一颗流星，拖着流火长尾，自夜幕闪过，又从众人头顶翩若惊鸿般飞掠。

燕澜上一次见到沧佑，是在姜拂衣的记忆中，现实里瞧一瞧，发现这柄剑比幻境呈现出的更为精致。

沧佑剑来到漆随梦身边，脱鞘而出。漆随梦立刻收回浮生剑，握住沧佑的剑柄。识海内似有一道屏障被打破，漆随梦身形微晃了下，长剑一甩，已是突破凡骨，步入了人仙，再去拦万里遥，不知轻松多少。

整个过程快到燕澜哪怕眨一下眼睛，都会错过。而他身旁的姜拂衣，周身的气息也随着沧佑的到来略有改变。

姜拂衣失去了从前的记忆，这也是第一次感受到沧佑剑。毕竟是她初生时的心脏，它来，竟如同一个泉眼靠近，令她血脉里的剑气不断增强。

原来心脏离体后，并没有成为独立的个体，只是石心人被分出去的一部分力量。若是如此，岂不是剜心次数越多，自身实力将会越弱？

"你的视力恢复了？"燕澜见她似乎能够追踪到漆随梦的身影。

"沧佑能感应到的，我也可以。"姜拂衣指尖捏着一柄小剑，准备去和漆随梦合作，令万里遥的剑。

燕澜不太理解："感应？"

"事到如今，我没有隐瞒你的必要，但你不要告诉任何人。"姜拂衣信任燕澜，并且为了让他专心去收服阿然，密语说道，"你之前在我的记忆里去面壁罚站了，不曾瞧见，也感觉不到，其实铸造沧佑剑的剑石，是我的心脏。"

燕澜愣住。

姜拂衣继续说："明白了吗？漆随梦握着的是我的心，我们之间刚才重新建立起了关联，他能看到的，我也能感知到，我甚至还可以感知到他的一些情绪和想法，我们配合没问题的，你尽管放心吧。"

姜拂衣这番话，似乎很难理解。间隔片刻，燕澜才开口："你的意思是，石心人的心，可以作为剑石？"

"原本就是剑石，剜了还能再生，只不过需要时间。无上夷逼我自尽时，新生的心脏太过稚嫩，才会重伤。"姜拂衣将手中防御宝伞当成剑，斜着插入腰带内，"凡迹星是他们的剑，是我娘的心剑。我一靠近，他们便能够感知到我的存在，对我极为亲切，都是因为母女连心。"

燕澜喃喃自语："原来如此。"

"剑傀，才是我们石心人最强的天赋。"没有空闲解释太多，姜拂衣足尖一点，朝漆随梦跃去。燕澜下意识伸出手，想拉住她，却并未付诸行动，只垂眸望着一缕轻纱衣角，从他指尖掠过。

燕澜心底忽然涌上一股不知所措。

姜拂衣与漆随梦被迫分离，两相忘却，尽管掺杂了太多苦痛的经历，但燕澜不得不承认，这是他的幸运，给了他可乘之机。不然，在姜拂衣心中，除了她母亲，最亲近的人只有一个漆随梦。燕澜根本不可能与她并肩、熟络、交心。

燕澜原本以为，现如今，自己和漆随梦相比，姜拂衣理应会更愿意给他一个机会。却不承想，她和漆随梦之间竟然存在这样亲密的关联，哪怕知道姜拂衣赠剑给漆随梦，是形势所迫。然而以心相许，心意相通，已经成为事实。燕澜一时有些失了自信，不清楚自己还能拿什么去赢漆随梦。

眼眶霍然疼了一下，将燕澜惊醒。

燕澜慌忙警告自己，现在并不是考虑这些的时候，不能为此耽误正事。他摒除杂念，取出《归墟志》，做好准备，等待易玄光破除阿然藏身的隔绝法阵。

嘈杂的剑气铿锵声中，燕澜又听见绝渡逢舟急促的声音。

——"少君，你方才是不是使了禁术啊？那边情况如何，你还好吗？"

燕澜正好要问他："我在这里遇到两个秘法师，手中竟有族中宝物风雷帜，是不是你偷出来的？"

——"什么风雷帜？不是，你觉得我有本事潜入宝库不被察觉？"

燕澜："那就是魔神。"他们巫族宝库内的法阵，可以辨别巫族血脉。巫族人入内，不会引动法阵。可若想从宝库中神不知鬼不觉地取走宝物，则需要一套复杂的口诀，普通族人并不知道。

"魔神是我们巫族人，对不对？"

沉默良久，久到燕澜以为传音已被中断时，绝渡逢舟再次开口。

——"唉，他的确是你们巫族的叛族者，但他已经闭关养伤三百年了，不会是他偷的。再说，他冒险来偷，也该偷一些我知道名字的神器吧？"

燕澜沉吟，绝渡逢舟分析得有道理。风雷帜在巫族的藏宝库中，并不算品级特别高的法器，被盗之后，短时间内不容易被发现。但若是已经被盗三百年，肯定瞒不住。

因为每隔百年，族中就会清点一次宝物。

看来族里有人偷盗宝物借出去，临近清点时，再收回来。图什么？钱财？能够自由出入藏宝库，此人就不可能会缺钱财。燕澜决定稍后回族里彻查一番。

——"少君，要不要请人进去帮你们？"

"不要，人越多，地龙越承受不住。"燕澜看向姜拂衣和漆随梦。

漆随梦正避着万里遥的锋芒，连连后退。

万里遥虽然神志不清，手中的透骨剑却能分辨哪个才是强敌障碍，之前才会一直追着易玄光杀。漆随梦仅仅是被剑刃波及，但当他重获沧佑以后，透骨剑立刻转了方向，放弃易玄光，将漆随梦视为对手。杀剑遇强则强，感知到沧佑不同寻常，越发兴奋，万里遥反而实力大增。

姜拂衣落在漆随梦身边，两指之间夹着的小剑凌空一划。"哗啦啦——"一众小医剑迎着万里遥的剑气飞去。凡迹星既然能帮亦孤行洗剑，说明医剑可以抵挡魔气，压制走火入魔。

漆随梦见到她来，不再后退，反而前行几步，挡在她前方。眼前密密麻麻的小剑，漆随梦还是第一次见。而这些小剑，竟能暂时将万里遥困住，漆随梦更是惊讶。他逐渐体会到，身后的姑娘，已经不再是当年初上岸寻父，如履薄冰的江珍珠了。

"珍珠，你眼睛好了？"

"我只能看到你看到的。"

姜拂衣仍看不清楚，黑暗之中，仅有一点模糊的轮廓，但这已经足够了。姜拂衣闭上双眼，操控小医剑释放剑意，对抗万里遥。

这种感觉非常奇妙，姜拂衣像是能够听到漆随梦的心声，感觉到他对自己的关切。难怪母亲赠剑的一众人里，没有心思歹毒之辈。即使无上夷，也称不上歹毒。

因为这些剑主哪怕有本事骗着母亲赠剑，一旦与心剑开始结契，以母亲的修为，便能感知到此人究竟值不值得托付。不值得的人，母亲估计会直接中断结契，收回心剑，再抹去对方的记忆，扔出极北之海。

"你攻，我协助你，专注破他的护体剑气。"趁着万里遥暂时被剑阵困住，姜拂衣低声交代漆随梦，"主要是百会、神庭、本神、四神聪、神门附近的护体剑气，方便医剑的剑意入侵。"

自从上次扎了燕澜的睛明穴有用后，在飞凰山上的日子，姜拂衣并没有闲着。她问凡迹星借了不少宝贵医书,先从笼统的开始学起,今后再慢慢细化。

姜拂衣能够铸出医剑,是血脉里长辈印刻的传承。但姜拂衣也必须掌握一定的医术,才能将小医剑的剑意发挥到最大。

姜拂衣想起来一件事:"对了,你知不知道这几个穴位在哪儿?"

"我在你眼里是有多不学无术?"漆随梦当然知道这几处穴位,都是可以令人精神内守的大穴,或许对万里遥的失智之症有效。但这几处大穴全在头上,是修行者护体屏障最厚实的地方。

漆随梦从前习惯了听指挥,怕挨骂,不敢妄动:"有什么策略?"

姜拂衣:"没有策略,强攻。"对付万里遥这个半步地仙,最麻烦的一点在于,不到万不得已,尽量不取他的性命。

"好。"漆随梦当即挥剑,准备强攻。脊背恍惚涌上一阵寒意,他敏锐捕捉,望过去。漆随梦心里打了个突,紧紧攥了下剑柄,"珍珠啊,你大哥的眼珠……"

在遮的天赋之下,姜拂衣听见"眼珠"两个字,就忍不住浑身一个激灵。但她只能通过漆随梦的目视,窥见燕澜模糊的影子,看不清楚他的眼睛,唯有紧张询问:"我大哥怎么了?你说话能不能不要只说一半,烦不烦,卖什么关子?"

漆随梦还是被骂了一顿,讪讪地道:"他的眼珠变成了血红色。"而且,燕澜那双红眼睛盯着他手里的沧佑。沧佑似乎有一些畏惧,才导致漆随梦脊背紧绷,如临大敌。

姜拂衣听见燕澜只是眼珠红了,知道这是他的老毛病,和遮的天赋无关,悬着的心放回去一半。之所以没全放回去,是她想起燕澜的红眼珠,可能和他体内封印的怪物有关。

姜拂衣感知小医剑的剑阵快要抵挡不住,催促漆随梦:"我大哥比你有本事,能够克服障碍,你就不要操心他了。"

漆随梦哪里是操心,直觉告诉他,燕澜可能比眼前的万里遥危险得多,令他感知到一些说不清道不明的恐惧。

"少君！"隔绝法阵将破，易玄光提醒燕澜。

阿然直视易玄光："你还真有本事，秦邵布了一个多月的阵，吸收了他们不少法力，你重伤之下，这么快就解开了。"

易玄光冷笑："你这妖女是不是傻，他的阵术是我教的。"但她的情况不容乐观。

阿然问："你如何知道我窥探不了伪装之人，哪怕暴露身份以后，还要伪装成老婆婆？"

易玄光不知道："我只是习惯了伪装，不喜欢以真面目示人。"

阿然"哦"了一声："是因为你的真容特别丑陋。"

"是我得道者天助！"易玄光俯身，掌心猛然拍在地面。

"砰"的一声，阿然周围的法阵结界轰然破碎。破碎的同时，阿然也仿佛像是一道分身，随着结界消失不见。能够大肆使用天赋，燕澜心知这不是她的分身，大荒怪物除了天赋，当然也可以修习其他术法。

燕澜判断出这是匿风术，能够令她隐入风中，随风遁走，遂将《归墟志》向上一抛，定在半空。燕澜伫立竹简下，双手灵巧地结出一道旋风印，搅动周遭的气场。搅不动的地方，自然是阿然的藏身之地。本以为她是想逃走，谁承想，她竟反其道而行之，借风之力，顶着《归墟志》的威慑，来到燕澜面前。燕澜疾速后退。

阿然主动从风中掉出，落在地上，朝向燕澜血红的双眼近距离挥出一掌，破釜沉舟，几乎释放出残存的全部天赋力量："我就不信，我攻不破你区区一个巫族小辈的后灵境！"

这是阿然最后的机会了。

石心人幼崽手里的医剑，和她的剑傀，能够制伏万里遥。而水蛊虫卵也被他们发现，原本的计划基本已经失败，无法再唤醒纵笔江川。

地龙腹中，阿然无处可逃。她曾遭神族重创，又被封印侵蚀了三万年，若再被《归墟志》收服，无人救她，等待她的就只剩下死路一条。

她不得不孤注一掷，攻入这巫族少君的后灵境。或许可以从他的记忆中，窥探出拯救纵笔江川的办法。即使不能，也可以掌握他的软肋，或者得知一些秘密，拿来要挟他。

燕澜仍在疾退，暗道："寄魂！"他眼前迅速凝出一面光盾。

但遮的天赋力量无形无质，轻而易举地穿透光盾。即使将万物之灵无限放大，燕澜也窥不清楚迎面而来的力量究竟是什么物质，只觉得有股微风，淡淡扫过他的脸庞。燕澜立刻集中精神，内守灵台识海。

姜拂衣能够听到阿然的厉喝，却看不到燕澜的情况，心中慌乱。方才她自己遭遇险境时，顶多有一些紧张，都不曾似现在这般慌乱。燕澜体内若封印着怪物，应是封印在后灵境内。即使阿然打不开，也会令封印震荡。燕澜会不会压制不住？

漆随梦察觉到她有些跑神，连忙提醒："珍珠，下一处是四神聪！"将万里遥的护体灵气全部打破，以漆随梦目前的修为办不到，只能逐个去攻那些穴位。他围着万里遥打转，寻找时机，强行持剑猛劈在穴位上，震开一条缝隙，再由姜拂衣从旁施展医剑。

四神聪已经是第三处穴位，漆随梦飘逸的天阙府弟子服，已被透骨剑的剑气割得褴褛，原本的蓝白相间，又多出道道红色的血痕，眉目间的温和荡然无存，尽是凌厉凶狠。

一剑劈下！

"开了！"

姜拂衣立刻控剑入侵，难度如同拿着一根绣花针，想去扎穿石头。她咬紧牙，手背青筋暴起。剑意似烟雾，涌入万里遥的四神聪内。

"下一处，神庭！"

"好。"

阿然的全力以赴，令她向前迈进了一步，从被燕澜的双眼隔绝在外，终于抵达了他的后灵境"门"外。

这扇"门"和她预想的截然不同，并没有坚固得如同磐石，反而残破不堪。门后的世界被红色血雾弥漫，像是一处不见天日的幽冥战场，充斥着戾气、杀气、怨气。阿然实在难以想象，燕澜瞧着一身正气的样子，后灵境里竟是如此一片腐朽暴戾的景象。他是怎么能忍住没疯的？发疯是迟早的事儿。

"呵！"血雾之中，似乎传来一声轻笑。

阿然恐惧地后退，能令她恐惧的，放眼大荒时代，也没有多少。

是怪物？阿然听纵笔江川提过一个怪物，说他是大荒怪物中最神秘，也是最可怕的一个。连纵笔江川都对他讳莫如深，不准她多打听。魔神也说，神族记录《归墟志》时，特意将那个怪物给撕掉了。

不会吧？高阶怪物怎么能被封印到人的后灵境里？可惜阿然并没有时间恐惧和思考，这是她最后的生机，她朝那扇破败腐朽的"门"攻了进去。

"嘭！"

随着阿然的冲击，燕澜神魂动荡，捂着额头趔趄后退。阿然更惨，如同被重击了胸口，直接摔倒在地，接连吐了好几口血。

燕澜不清楚她如今有没有能力摧毁他的眼睛，赶在她动手之前，忍着灵台剧痛，强行开启《归墟志》。被定在半空的竹简倏然展开，挥洒下光芒。阿然倒在地上，双掌挥力抵抗。抗衡之下，光芒只能先将她笼罩。

阿然朝燕澜喝道："你想不想知道我看到了什么？"

燕澜吃力掐诀，控制着《归墟志》与她较劲："我想，做梦都想。"

阿然："那你……"

燕澜又说："但我知道你根本什么也看不到，我的后灵境被封印了，连我自己都打不开，你凭什么打开？"

阿然无言，她如今这副狼狈的模样，谎话没有说服力。

燕澜也不说话，被阿然强攻过后，后灵境似乎裂开了一条缝隙。燕澜从光芒中自窥，他的眼珠始终泛红不退。心底如同滚荡的沸水，咕嘟嘟地不断向上涌动着一个强烈的念头。

不，是那个自小陪伴他长大的，时不时蛊惑他的声音，又冒了出来。这次不是简单重复着"打开它"，而是变成了……

"杀了漆随梦。

"听我的，杀了漆随梦。

"你快杀了他。

"燕澜，他会夺走你的一切，杀了他。"

如今，燕澜满脑子全是这个念头——"杀了漆随梦"。燕澜很难压制，但燕澜脸上丝毫也没有显露出来，镇定地继续结印，催动《归墟志》："麒麟现，荡平人间百难，收！"

麒麟虚像倏然从竹筒中跃出，头角峥嵘，俯冲而下，要将阿然吞噬。

阿然怔怔仰头，心如死灰，知道彻底没希望了。等了三万年，才等到封印动荡。如果再次被封印，至多三千年，就会被封印杀死。

夜枭谷那个魔神是没指望的，阿然能看出他是个优柔寡断的性格，终将一事无成。她不想再在漫无边际的黑暗里看不到希望地等待下去了。她好恨啊！

恨九天神族多管闲事，她和纵笔江川原本深居简出，有一日搬了新的洞府，她在外养花弄草，纵笔江川为她引条水源过来造景，没想到引来了神族的使者。神族的使者指责他移川害死了数千人，又令数十万人流离失所，强迫他承诺再次使用天赋之前，必须提前告知神族。神族要先去安排好沿途的人族部落。

这谁受得了？气得纵笔江川连夜去帮龙神搬了家。龙神又将数十万的伤亡全部算在纵笔江川头上。他们夫妻俩与神族的仇怨，才会像滚雪球一般越滚越大，最终被卷入战争。

阿然当然也恨始祖魔族，自不量力地去挑起战争，若不然，神族也不会下狠心将他们全部封印，最终毁了大荒，毁了他们的家。阿然逃出封印后，回家去看过，沧海桑田，那片悉心打理的花海，已成一片荒漠。她想着，只要纵笔江川能出来，一切就可以回到从前。

可惜，回不去了啊。

在麒麟将她吞噬之前，阿然周身爆发出一道强光。《归墟志》被这道强劲之力冲飞出去。燕澜心中骇然，迅速转身，朝姜拂衣的方向跃去。

姜拂衣才刚点过万里遥的几处穴位，终于控制住了他，便被燕澜摁倒在地上。

燕澜以身体和光盾将她遮掩住："全躲开！"

他话音才刚落下，姜拂衣的耳膜旋即被一声巨响震荡。她猜，阿然自爆真元了。神族都杀不死的怪物，只能靠封印将他们磨死的怪物，自爆真元的威力可想而知。

完了，忙了半天可能全是白忙活。阿然试图用自己这条命，换地龙重伤，唤醒纵笔江川。

——"纵，我想家了，你若能醒来，杀光这些人类，重建我们的大荒，带我回家。"

临近天亮，白鹭城。

闻人世家已经以最快的速度，将城中一个月内喝过水的人集中在一起，并且推算出，这水蛊虫应是在二十天前被放置入水源中的，又排除了一部分人。

巫族的巫蛊师们也已经到了，从最早喝水的人开始灭杀虫卵。只不过，第一个从体内取出水蛊虫卵的人是柳藏酒。毕竟巫蛊师都是从道观传送阵里出来的，整个道观，就只有柳藏酒一个人喝了井水。

没杀虫卵之前，柳藏酒还活蹦乱跳。杀灭之后，他脸色苍白，躺在藤椅上蔫蔫的，起不来。

柳寒妆想要帮他治疗，柳藏酒赶她离开："你快些进城帮忙去吧，我的身体你还不清楚，养养就好。"

柳寒妆拗不过他，给他留了几瓶丹药，又回头说："夫君，咱们去城里吧。"

靠着墙壁站立的暮西辞站直起来："好。"

柳寒妆知道自己今晚露馅了，方才弟弟命悬一线，她哪里还有闲心伪装。脑海里就一个念头，弟弟要是死了，她也不活了，还怕他兵火知道真相发不发疯？但现在弟弟渡过这一劫，柳寒妆被暮西辞抱着御剑朝城里飞，心里又开始瘆得慌。

柳寒妆小心试探："夫君，你从方才开始就一直沉着脸，看上去不太高兴。"

暮西辞想说：你弟弟才刚脱离危险，再加上眼下这乌云压顶的形势，我笑不太合适吧？但他知道柳寒妆只是不安，低头朝她笑了下："没有。"

他这一笑，柳寒妆便觉得问题不大。折腾了一宿，她累得很，也不想补漏了，靠在他肩膀上小憩片刻。

暮西辞的笑容慢慢凝固在脸上，现在，他可以认真理一理这究竟是怎么一回事了。

等等。

柳寒妆发现他停了下来："怎么了？"

暮西辞望向飞凰山，瞳孔逐渐紧缩："纵笔江川醒来了，他在破山。夫人，我得过去一趟。你去通知闻人不弃，让他们布下护城结界……"

白鹭城城楼上。

闻人不弃统观全城，时不时又看向飞凰山，总觉得山体似乎在微微晃动，心中实在不安："我们真的不进去？"

"巫族那边不是说了，咱们入内，对那地龙有害无益？"凡迹星人在城楼上，剑在城中飞。体内有水蠹卵的人，至少好几万，他哪里能跟在巫蛊师屁股后面，一个个地医，又累又慢，便让伴月剑去挥洒剑意，顶多消耗他几年修为。

凡迹星有些消耗过度，摸出帕子擦去额角的汗。感觉到熟悉的剑气，他朝一侧望去，瞧见一抹红色身影："哟，商三哥来得还挺快。"闻人不弃也望过去。

凡迹星是夸也是警告："闻人，你家的传送阵，不比巫族的差。背着云巅君上设置那么多的传送阵，你们胆子都挺大。"

闻人不弃知道，凡迹星是希望他不要将巫族私设传送阵的事情上报。

商刻羽是从闻人府来的，跃上城楼，先指着凡迹星训斥："凡迹星，我让你照顾她，你就是这样照顾的？"

凡迹星虽然自责，也还是辩解："你说说看，谁有本事可以预料到？"

商刻羽并不知道详情："现在情况如何？"

凡迹星大致讲给他听。商刻羽听罢更是瞠目："他们三个小辈，哪里有本事对付这么多人，那可是透骨剑万里遥，能和我打成平手的杀剑，你就在这儿干等着？"

凡迹星解释："阿拂很有主意，我们若是因为担心她，不听她的劝告，她怕是会气恼。"

商刻羽正打算说话。

"你们先不要吵。"闻人不弃专注望着飞凰山，发现飞凰山众弟子应是感觉到了异样，全部飞上了高空，"听我说一句……"

商刻羽打断："你算老几，我凭什么听你说？"

凡迹星在旁伸出巴掌："问得好极了，他目前算是老五。"

闻人不弃毕竟不是剑修，商刻羽没往剑上想，一时反应不过来："你说什么老五？"

闻人不弃赶在凡迹星开口之前说道："飞凰山有变，正事要紧。"他找准位置，暗中给凡迹星使了个眼色，示意凡迹星先不要说。

凡迹星读懂了他的眼神。商刻羽在极北之海沉淀心境，并不曾真正想通，就被喊回来了。若刚一回来，就发现自家"兄弟"的队伍又壮大了，恐会遭受冲击，影响稍后做事。

凡迹星也知道轻重缓急，无视商刻羽的询问，放出目视，眺望远方："飞凰山好像在动？"

商刻羽望过去，尽管速度极为缓慢，但那座悬浮山确实在朝白鹭城的方向移动。山顶上，一众鸟妖似乎都飞了起来，一眼望去密密麻麻全是小黑点。

闻人不弃忧心忡忡，使用了一张传音符，联络他的侄儿。

闻人枫正领着族人和弱水学宫的弟子们，协助巫蛊师杀灭水蠹虫卵，维持秩序。他取出传音符："叔父有何吩咐？"

——"请那些巫蛊师加快速度。"

猎鹿待在闻人枫旁边，像是怕他会趁机对自家巫蛊师们下毒手似的，盯他盯得很紧："闻人前辈，这些都是大荒毒虫，只能使用以毒攻毒的法子，本身对人体损伤就很大，若再加快速度，不只是老弱妇孺，壮年人也承受不了。"

猎鹿看向不远处正救治百姓、汗流浃背的休容。

万幸凡迹星在，有他的医剑坐镇，还有几十个因仰慕凡迹星而来的太和堂、药王宗等医修门派的弟子，他们帮了大忙。

闻人枫听出猎鹿语气中的质疑，是怀疑叔父想要多造成一些百姓伤亡，回头上告君主，说巫族下手没有轻重。他不满道："我叔父会这样说，定是经过深思熟虑，你少在那里小人之心。"

猎鹿嗤笑一声。

此时，披着斗篷、戴着面具的绝渡逢舟远远喊道："猎鹿！"

猎鹿连忙转身行礼："大巫？"

绝渡逢舟指着他交代："你赶紧让巫蛊师们加快速度，飞凰山正朝白鹭城移动，地龙越靠近，水蠹虫卵感知到龙神之力，孵化得越快！"

猎鹿面色一绷："是！"

"我说什么来着。"闻人枫将那声嗤笑还回去。

猎鹿不理会他，将消息传达给族中几十名巫蛊师后，跑去绝渡逢舟面前："大巫，飞凰山失控，少君怎么样？"

绝渡逢舟伸出小指，描了下眉骨上的迎春花印记："他暂时没事。"

结契还在，但联络不上，可能是昏过去了，也不知道地龙腹中发生了什么。

城楼上，凡迹星没办法再继续气定神闲，他收回在城中飞旋的伴月剑："若加快速度，我必须亲自去城中才行。"他正要跃下城楼，发觉背后有动静，扭头一瞧，是暮西辞抱着柳寒妆从郊外飞过来了。

时间紧迫，暮西辞原本是想将柳寒妆放在城里，让她去找闻人不弃，既然遇到了，便亲自道："速将封城大阵打开。"

像白鹭城这等规模的城市，定是设有封城法阵的。

闻人不弃没下令打开，是正从别处调派人手过来帮忙。封城阵法一开，传送阵便使用不了了。

闻人不弃还不知道暮西辞也是怪物，只知他是燕澜和姜拂衣的朋友："封城法阵能隔绝地龙对水蠹虫的吸引力？"

"不能。"暮西辞朝东边望去，"开封城阵，是为了防止洪水和海怪。"

飞凰山是从东海飘上岸的，被女凰定在了东海岸上。白鹭城距离海岸线不算远。

暮西辞猜："纵笔江川才刚苏醒，他应该还不知道水蠹虫卵的事情，控制飞凰山冲着白鹭城而来，应是为了引东海之水，以及操控海怪，冲击白鹭城。神族封印内蕴含的是九天清气，白鹭城若死伤惨重，升腾起来的恐惧与怨气，可以助他冲破封印。"

凡迹星难以理解："如此说，他还不曾从封印里出来，就能引东海之水？"

暮西辞颔首，他已经可以感知到纵的力量："刚才封印动荡，他的力量渗透出来了，不多，只能引水冲击，而不是改变地貌。否则以目前的距离，白鹭城瞬间就会陷落，变成江川河道。"

"糟糕。"闻人不弃眺望东海，"东海与白鹭城之间，还有一个数千人聚集的渔村。"不像白鹭城，渔村里没有修行者，全部是普通人。

暮西辞道："这里交给你们想办法，我即刻前往飞凰山救燕澜和姜姑娘。你们稳住此地的局势,他们才能多一分生机。"

商刻羽询问:"渔村在哪个方位?我去分水。"

闻人不弃大致明白他的想法,是在洪水席卷村子之前,以剑气将洪水分为左右两股,刚好绕过村子。一剑分水,恐怕地仙境界才能做到。

"商兄一个人可以?"

商刻羽不耐烦:"我不行,要不你去?你去拿尺子将洪水敲回去,试试看洪水听不听你的?"

闻人不弃遂不多言,伸手朝渔村的方位指过去。

商刻羽召唤仙鹤,立刻动身朝海边飞去。

闻人不弃又取出传音符:"阿枫,你去通知城主开启传送阵……罢了,找旁人去通知,你速度带人前往东海岸上的渔村,将村子封了,莫让他们乱跑。"

即使商刻羽有本事分水绕村,村民恐慌之下肯定是要向后方奔逃的,反而可能会出事。

——"是,叔父!"

见他们一切安排妥当,暮西辞暗暗松了口气。他准备离去,嘱咐柳寒妆:"待会儿进了城,你去找巫族那位大巫,寸步不离地跟着他。"

柳寒妆皱眉:"但我需要为百姓医治。"顿了下,补一句,"还用况雪沉赠我的宝灯。"刚才她为柳藏酒治疗,暮西辞看在眼里,那娴熟运用的力量,并不全是宝灯释放出来的。他夫人从前应是修的医道,宝灯八成是她的本命法宝,并不是况雪沉给她的。

二十多年,她藏得真够严实,身体五劳七伤,硬撑着从不使用医术。

暮西辞脑海里蹦出一个念头,难道是喜欢被他照顾,不想和他分开?自己都被逗笑了。

温柔乡的三小姐,对大荒怪物本就具有一定的了解。她当年被天雷劈了之后,从昏迷中醒来,应就知道自己的夫君被怪物附身了。

不,真正的暮西辞应该也不是她的夫君。想起那位仆人曾说,"暮西辞"是跟着一位医修去找药引才失踪的。两人估计是假扮道侣,拜入御风阁寻找药引。

他从一开始就误会了。她又因为畏惧怪物,不敢声张,谎称失忆,故意病恹恹,降低他的警惕性。暮西辞并没有想去分析,甚至有些刻意逃避。可惜,脑海里那根线轻易就串了起来,避无可避。尽管还有一些疑惑,大致应是如此。

他一时理不清是个什么心情,也没空理。

"夫君?"

暮西辞收敛心思:"哦,那请他跟紧你,说我欠他一个人情,他会答应的。"

柳寒妆说了声"好",等暮西辞将她放在城楼上,她又拉住他的衣袖:"夫君,你和纵笔江川,是不是曾有仇怨?"

兵火能自控已是不错,并无几分侠义之心,很多时候助人仅是因为顺手,顺手的前提还是她在旁边要求的。这般危机之下,他通常会守在她身旁,顺手帮一帮白鹭城。现在,他将她交给巫族照顾,主动且急迫地前往飞凰山对付怪物,不像他的性格。

当然,她也知道这话问出口,等同承认自己知道他也是怪物。但柳寒妆内心惴惴不安,如同担心弟弟一样,担心他会去和纵笔江川拼命,顾不得遮掩。

暮西辞恍若不觉,紧紧绷了绷唇线:"有一点。"

他和纵笔江川何止有仇,简直仇深似海。当年,他第几十次被始祖魔抓回去,扔进牢房里,同牢房中还有纵笔江川。

纵笔江川风流倜傥,爱笑又健谈,还有点儿死皮赖脸,和那个石心人美男子奚昙有几分相似之处。暮西辞不知道自己和奚昙算不算朋友,但神、魔、怪物里,他唯独和奚昙一起喝过酒,聊过天,还一起挨过众多女人的毒打。

不知道是奚昙天生招人喜欢,还是暮西辞比较容易和这类人接近。

总之，暮西辞和纵笔江川做了一阵子狱友，挺投契，建立起了一些交情。

后来，他们逃走，许久没见。

再见面时，是暮西辞的新领地又被魔族毁了，他一路遭魔族追捕，被逼迫得怒不可遏，濒临爆发的边缘，想要释放劫火，将魔族追兵全部烧死。

但他必须忍，劫火一出，方圆一千里寸草不留。劫火范围内不仅无法飞行，甚至连上空路过的鸟，都会被拉扯下来。以往他定时释放劫火，平息体内奔涌的冲动，总是挑选千里荒芜之处。而这附近土地肥沃，水源充足，一千里内肯定会聚集着大量生灵。暮西辞艰难强忍着，直到听见纵笔江川的声音。

纵笔江川提议，等劫火释放以后，他就以河道将魔族追兵和劫火围起来。劫火再强也是火，无法越过蕴含他法力的大片水域。

暮西辞原本就控制得极痛苦，即将丧失理智，在放与不放边缘徘徊。听他这样讲，暮西辞便不再忍耐。不承想，纵笔江川的确是围了，却是赶在他的劫火杀向魔族之前，将魔族的追兵围护起来。

而劫火一旦释放，暮西辞自己也无法收回，只能眼睁睁看着千里沃土成为焦土，生灵涂炭。这是他唯一一次没有自控，就导致了无法估算的死伤。

之后，暮西辞才知道，纵笔江川的夫人，遮，有悄无声息窥探后灵境的天赋。他的夫人看穿了暮西辞的弱点，看到了暮西辞记忆中的奚县。

纵笔江川是受魔祖所托，想法子令暮西辞犯下大错，彻底站在神族的对立面，要让他万劫不复，为求自保，心甘情愿和魔族站在同一个阵营。

"夫人放心，我有分寸。"暮西辞安抚好柳寒妆，去往飞凰山。

他有分寸。当年那么憎恨纵笔江川，他依然选择继续躲藏，不去报仇。因为暮西辞很清楚，和全盛时期的纵斗法，对他而言，是一错再错。

第三章
借力搬山

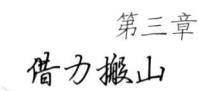

城中,闻人枫得了命令,正打算派人去通知城主启阵。城主却先派人来寻他。

闻人枫慌忙取出传音符:"叔父,城主递来消息,护城阵遭人破坏。"

——"去金雀客栈找墨久枢,我之前见过她,应该还没走,请她去修。"

闻人枫微微一怔,墨久枢是天机阁主的得意门生,怎么也跑来白鹭城了:"是!"又提醒,"叔父,您如今身体抱恙,不到万不得已,不要出手,千万小心纵横道的人。"

纵横道这个神秘组织出没于七境九国,暗杀他叔父,意图抢夺真言尺,已经不是一回两回了。叔父先前匆忙跑回神都,回来之后元气大伤,也不清楚到底是怎么回事,闻人枫很是担心。

——"我知道,你自己也小心些。"

闻人枫派手下去做事,随后带着十几名弱水学宫的弟子,前往东海边上的渔村。

万幸此时尚未破晓,依照当地人的生活习惯,村民才刚起床,并未出海。再者,东海边的海妖海怪,虽在飞凰山弟子的捕杀下,很少有敢上岸作乱的,但渔村距离岸边近,以防万一。

闻人枫赶过去时,半空之中,已能看到远处海面掀起的、高达数十丈的滔天巨浪,正朝岸边涌来。海岸与渔村中间的位置,商刻羽孤身一人,面朝巨浪安静伫立。

弱水学宫的弟子望着巨浪高墙之下,那一抹渺小的红衣,难以压制心中的骇然:"闻人师兄,人仙巅峰境界的剑修前辈,真的能够拦住吗?"

闻人枫落在村子后方:"怕什么?实在拦不住,咱们可以飞起来,海浪再厉害也不可能上天。提前准备好最大承载的飞行法器,重点带幼童。"

拦不住,他们也不可能拿命死守,能救几个是几个吧。

"好。"一众弟子分散站好,起了个简单的阵,将村子的出口全封住。

村民们以海为生,已经有人感知地面震动,狂奔而出:"有海啸,快逃!去白鹭城!"却发现路全被堵了。顿时,人群一片大乱,惊叫声此起彼伏,还夹杂着孩童的哭闹。

弱水学宫的弟子焦头烂额,喊道:"大家不要慌,有剑仙分水搭救!而且海浪是冲着白鹭城去的,你们逃是送死!"恐慌之下,根本没人听,甚至还对他们破口大骂。

闻人枫跃上屋顶,挥动手中折扇法器,朝前方一指:"全部给我安静下来!"面对没有修为的寻常百姓,言听计从术可以大面积施展。一众村民纷纷抱着头蹲下。

"来了!"

"上岸了!"

闻人枫随众人一起,满头冷汗地朝海边望过去。巨浪高墙之中,隐约能窥见隐藏其中的海怪。

"闻人师兄,商前辈为何还不出剑?"

刚说完。

"他出剑了!"

商刻羽估量过水势之威,一手负后,一掌前推,流徽自掌心中飞出,剑尖凝聚着万钧之力,直指巨浪。中途时,流徽便举步维艰,悬停于半空。剑尖所指之处,巨浪高墙中间,出现了一道裂口,但不够,远远不够。

商刻羽被冲击得后退半步,咬牙忍住。那个女人被封印在海里,若是分这海浪他都做不到，再言搭救岂不是笑话！他强催真元，剑气在周身流转，商刻羽猛然再出掌："流微，破！"

弱水学宫的弟子都已经语无伦次地在和闻人枫商量撤阵了，却见那堵巨浪高墙中间的裂口，竟逐渐开阔，真被剑气分为两股。

滔天洪波从村子两侧冲刷而过，只被溅了些浪花，落下了不少鱼虾贝壳。

而这两道洪波绕过小渔村之后，再度汇合，淹没良田，吞噬掉零星散落的人家，最终抵达白鹭城。

人仙中境的大阵法师墨久枢，几乎是赶在最后一刻，强行将法阵修好，不知道是累的还是吓的，直接一屁股坐在了地上。

四象护城大阵启动，四道光柱冲天而起，分别撒下一道耀眼弧光。如四朵花瓣，组成一朵花，将白鹭城当作花蕊，护在其中。

闻人不弃来到靠近东海一侧的城楼上，目望洪水不断冲击"花瓣"。上岸许久，水势已经减弱，应是冲不破护城大阵。重点是那些不断聚集在城外的大量海怪，它们在癫狂之下，撞击的力量不容小觑。

闻人不弃取出真言尺，飞出防护阵，浮在高空。先前为了恢复记忆，他自损过度，但控制这些品级不算太高的海怪，并不需要费太多力气。真言尺横在胸前，闻人不弃双手快速结印。尺身骤亮，符文飞出，纷纷朝下方海怪头脑里钻。

"唰！"却有一道剑气直奔他后心袭来！

闻人不弃慌忙收印，转过身，攥起真言尺抵挡。符文与剑气于半空猛烈相交！只见一名戴着面具的黑袍人从天落下，挡住闻人不弃回城的路。

闻人不弃认识他，高阶剑修是最好辨认的，基本上每个剑修的剑意都不同。他的剑是一柄邪剑，人仙巅峰，非云巅国人，曾经找准时机堵过闻人不弃两次，出手狠辣却不说话，像是受雇杀人。这样的修为甘当杀手，闻人不弃只能想到："你加入了纵横道？"

白鹭城在洪水和海怪的撞击之下，地面嗡嗡震动。

城中闲散的修行者，原本想要出去猎杀海怪，尤其是猎鹿。但城里的情况也不妙，随着飞凰山逐渐靠近，巫蛊师灭杀不及时，已经有至少上百个水蠹虫卵孵化，死去上百人了。那些水蠹虫是龙的寄生物，从人体里爆出来时，可不是什么微小的虫子，足有拳头那么大，而且颇有智慧，专门去袭击巫蛊师和医修。

猎鹿挽着弓，一弓搭五箭，护在休容身边没停下来过，拔高声音："大巫，您还没联络上少君吗？"

绝渡逢舟掐诀掐得都快冒烟了，时不时要摸一下印记，确定这契约还没解开。

地龙腹部世界濒临坍塌，姜拂衣被摇晃得昏昏沉沉，挣扎着清醒过来，又感觉到胸口被压得喘不上气。姜拂衣的眼睛仍然瞧不见，伸手摸到了燕澜高挺的鼻梁，才迷瞪着想起来，阿然自爆真元之前，她被燕澜给摁倒了。她再摸，就摸到一手黏稠的血。

姜拂衣的呼吸越发急促，双手环住燕澜的腰，侧了下身子。她坐起来，让他靠在自己肩头，轻轻拍了拍他的脸颊："大哥？燕澜？"

好一会儿，燕澜剧烈咳嗽了一声，热气喷洒在她耳郭上，鼻腔里涌入的全是血腥味儿。

"你还好吗？"姜拂衣想也知道肯定不好，她被他摁倒，还为阿然的真元之力所伤，如今经脉剧痛，四肢无力。何况燕澜帮她抵挡了更多。

"我没事。"燕澜坐直起来，先检查她，瞧她脸色苍白，但还算好。

他再望向四周。漆随梦陷入了昏厥。易玄光在阿然自毁时，瞬移到她徒弟秦邵身边，护住了秦邵，师徒俩也昏迷着。妖王和万里遥修为高，勉强捡了条命。其他人都死了。

燕澜伸出手，将远处的《归墟志》吸回来："是我慢了一步，没能赶在她自爆真元之前，将她收入竹简中。"

姜拂衣知道他已经尽力了："你不要自责，怪物命长，最明白留得青山在不怕没柴烧的道理，谁知道她会这般决绝。"

燕澜也不是自责，只是有些头痛现在该如何是好。

——"少君？"

脑海里响起绝渡逢舟的声音，燕澜像是抓到救命稻草："外面现在情况如何？"

——"谢天谢地啊，你没事，契约也还在……"

燕澜认真听他讲述。

——"地龙已经遭受重创，少君此时应该可以施展大挪移术逃出来。女凰拉不住飞凰山，很快会有大量水蛊虫卵孵化，杀不完，迟早会钻进地龙体内。地龙一旦崩溃，重新被纵笔江川变回他的伴生宝物，你们都会死在里面，知道吗？"

燕澜手掌撑着地面，一边站起身，将漆随梦几个还活着的人，都挪来姜拂衣周围，一边和她讲外面的情况。

姜拂衣心惊，纵笔江川若不停下来，商刻羽则一直要以剑分水，能支撑多久？白鹭城的护城阵又可以支撑多久？她正不知所措，燕澜在她面前半蹲下："阿拂，我以大挪移术，送你们离开这里。"

姜拂衣抓到重点："送我们离开，你呢？"

燕澜沉默："我……"

双目不能视物，心中总不踏实，姜拂衣伸手朝前摸，摸到他的手腕，紧紧抓住："你不要编谎话了，你打算留在这里。你有绝渡逢舟的契约，你想借这一线生机，赌地龙不会重新化为宝物。"

地龙若化为宝物，那么燕澜会死。契约若要保他一命，天道应该也要给地龙一线生机。地龙得了一线生机，纵笔江川破印而出的可能性，便会减少。

燕澜微微叹气："我知道骗谁都骗不过你。"

不是姜拂衣聪明，是她太了解他的行事作风，她更用力地抓着他的手腕:"想法很好,但你要承担的风险极大,契约解除,危机若不解除,你同样危险。"

燕澜稍作犹豫,忍不住抬起另一只手,覆在她紧抓自己手腕的手背上:"阿拂,我无能,这是我目前能想到的,唯一的办法。"

姜拂衣嘴唇翕动,她还想劝,但也确实找不出更好的办法。换成是她,也一样会赌。

燕澜安慰道:"你要相信绝渡逢舟的契约,相信天道给我的这一线生机,我不会有事的。"

姜拂衣点头:"好。"她心中也已经琢磨好出去之后的计划。

话音落下,姜拂衣半晌没再听见燕澜开口说话,他的手腕还被她握着,无法施展大挪移术,他究竟在做什么?

姜拂衣正想询问,忽然感觉额头有柔软濡湿的触感,极轻,像落叶拂过,但又微颤。姜拂衣的大脑迟钝片刻,心尖好似被滴上露珠的花瓣,也随着微微一颤。

姜拂衣抬起头,举着没有焦距的双眼,想去窥视燕澜的表情,却只望见一片黑暗。她感觉到他的不安:"你怎么了?"

燕澜垂眸不语,他在担心万一赌输了,原本打算好的表明心意,便再也没机会说出口了,考虑要不要此刻说。可是输了之后,除了令她今后想起他时更难过,毫无意义。彼此间少些牵扯,她忘得也会容易一些。

沉默之中,姜拂衣从他掌心里抽出手,攥成拳头推在他的肩头。燕澜毫无防备,被她推得向后一仰,跌坐在地上。姜拂衣说:"既然已经决定,就不要磨蹭了,赶紧施秘术送我们出去。在这里安心待着不用慌,相信我,天道给你的这一线生机,就是我。"

燕澜被她这一推,推得面露几丝茫然,瞧着是将他推远了,却又觉着与她似乎更靠近了几分。她好像,终于打破了心中与他相处的那道界限?

燕澜凝重的表情明朗了许多,从地上站起身:"你出去之后准备做什么?"

姜拂衣暂时不想让他知道："一两句话说不清楚，抓紧时间。"

"好。"燕澜同样非常了解她的性格，她不愿多说，意味着不用他帮忙。想叮嘱她量力而行，又知道这般情况下，她一定会全力以赴。

绝渡逢舟之前问他，对谁动心不好，为何会是姜拂衣。燕澜不曾理会，心中却想反问一句，有什么理由不对她动心？可他也知道，不与她纠缠的人，是不会懂的，又巴不得除了自己懂，谁都不要懂。

燕澜开始飞快地结手印施展大挪移术。以姜拂衣为中心，地面亮起一个八卦图形。八卦图不断向外延伸，将漆随梦几个还活着的人都囊括在内。

燕澜额头浮出汗珠，和血水混在一起，挂在浓密的长睫毛上，目望着被光芒掩映下的姜拂衣，硬撑着完成术法。随着阵图消失，面前的人也一起消失不见。偌大的地龙腹部空间里，就只剩下燕澜和满地的尸体残骸。燕澜精疲力尽，终于不用再强撑，很想直接躺倒在地上休息，但他最终还是盘膝坐下，挺直脊背，如往常一般规矩。

燕澜从储物戒里取出铜镜，镜子里的他，眼珠仍是血红色，不知道何时才会消退。后灵境那个怪物已经没有动静了，但燕澜心中清楚，那道被阿然震开的缝隙仍在。

——"少君，你们出来没啊？"

燕澜说："我已经使用挪移术将他们送出去了，西南方位，无法准确估算距离，不知道那里有没有被洪水淹没，您派人去接应一下吧。阿拂盲了眼睛，我怕她看顾不住那么多人。"

——"什么意思？你没出来？"

燕澜不说话。

——"你……"绝渡逢舟像是懂了，急促道，"你给我赶紧出来，我告诉你，我的天赋不能这样拿来钻空子！你真当我是怎样作死都不会死吗？大道五十，天衍四九，人遁其一，而我就诞生于'遁'。必须是真正的陷入绝境，无计可施，方可得那遁去的一线生机。你明明可以出来，却自寻死路，没用的，知道吗？"

燕澜依然不语。

——"少君难道不信？曾经有个脑子有病的始祖魔人，逼我结了契，故意去引九天神雷，结果你猜怎么着，他直接就被劈死了！若是你这办法有用，不必你待在那里，我进去更好，但不行，我若找死一样会死，何况你只是结了我的契！"

燕澜知道，不然不会留下来赌，直接喊绝渡逢舟入内最好。

燕澜道："您进来的确是找死，是钻空子，因为对您来说，眼下并非绝境。"

绝渡逢舟身为大荒怪物，年纪大，经历过神魔战争，大荒覆灭，心中对这万事万物，应该都少有归属感。

"但我不同。封印怪物，守护人间，原本就是我们巫族的责任。我与封印、与白鹭城众生同命相连。现如今封印与白鹭城众生已经处于绝境，我认为，当可祈求一线生机。"燕澜仰起头，地龙腹部的飞凰山已是动荡不堪，天空一片混沌，"抛开这个不提，纵笔江川若是破印而出，遮的仇，他会不会算在我头上？我们巫族的亡族预言，是不是应在这里？这对我而言，难道还不算绝境？"

——"可是……"绝渡逢舟"可是"了半天，似乎也认为他言之有理，叹了口气，"但往后，当你真正面临生关死劫之时，又有谁来救你啊？"

燕澜想起姜拂衣方才说，她是天道给他的生机。燕澜苦中作乐地抿了抿唇："小酒有句话，我觉得说得挺好。饭要一口一口地吃，关要一关一关地过，往后的事情，往后再说。"

柳藏酒原本在道观里养伤，没想到突然被洪水席卷。他心中大惊，赶紧变成狐狸，两条后腿一蹬，跃上葡萄架子，再飞向白鹭城，去寻他三姐。沿途都已经被洪水淹没，飘着众多动物尸体，偶尔也有人的尸体。

柳藏酒心惊肉跳，加速抵达南侧门，但进不去封城大阵。城外下方聚集着大量冲击结界的海怪，上方是被女凰派来诛杀海怪的上千名飞凰山弟子。

那个讨厌的雉鸡精重翼，和他的鸱鸟师姐青袅都在。柳藏酒避开他们，绕去另一侧，又看到面色苍白的闻人不弃正在和一个裹成粽子的高阶剑修斗法。以他二人的境界，柳藏酒插不上手，只能退回去。

重翼看着一只红狐狸在头顶上飞了两趟："你这臭狐狸闲着没事就来帮忙杀海怪，绕来绕去干什么！"

柳藏酒见进不了城，只好在外杀海怪。他变回人形，一伸手，召唤出长鞭，边杀边嘲讽回去："这会儿你怎么不说白鹭城是你的地盘，让我赶紧滚蛋了？"

重翼挥舞羽刃，身上已经多处挂了彩，更是被气得心烦："多你一个不多，少你一个不少，不想帮忙可以滚！"

"师弟！"青袅厉声喝他。重翼闭了嘴，随着飞凰山越来越近，封城大阵支撑得逐渐困难。此时的情况，当真是多一个人，就能减轻一分压力。

"哗！"水下倏然伸出一条粗壮的触手，缠住了重翼的手臂。

"小心！"青袅回身砍断，但旋即又一条更粗壮的触手将青袅紧紧缠住，往水下拖。

"师姐！"重翼急忙去救，却被新伸出的触手拦腰击飞。

柳藏酒眼皮儿一跳，以青袅人仙境界的修为，竟然无法挣脱。这只海怪显然是上岸的海怪里，修为比较拔尖的。

柳藏酒朝水下抛出鞭子："缚！"这鞭子其实是他父亲赠他的法宝，万物锁。作为兵刃使用时，力量随他的修为。但当作法宝时，威力不容小觑。

只见鞭子幻化形态，成为一条狐尾，无限延长，钻入水中，捆绑住了那条触手怪。柳藏酒掐诀："收！"狐尾倏然收紧。

"嘭！"那触手怪被勒得爆成两截！触手自然而然地松开，青袅得以逃出。原本她就精疲力尽，又被勒得难以喘气，一时反应不过来，朝下方坠落。

柳藏酒的万物锁从水里飞出来，瞬时捆住她的腰身，将她提了起来。青袅被万物锁带着，朝柳藏酒飞去。

万物锁重新化为鞭子，被柳藏酒握在手中，反手又抽死一只撞击结界的海怪。

宝物形态虽然更厉害，但是消耗得也快，晶石蕴养需要时间，万不得已才使用。青袅正打算道谢，柳藏酒先说："举手之劳，你千万不要有以身相许的想法，我知道我英俊，可我在家乡早有妻子，还有一窝嗷嗷待哺的孩子。"

青袅微微一愣，忍不住笑了一声。这狐狸可真有趣！

姜拂衣被术法环绕，等术法完成，耳边是呼呼的风声。风中席卷着浓烈的潮气，应是远处洪水带来的。

姜拂衣喊："漆随梦？"不知道他在哪儿，连喊几声都没反应，她改喊，"沧佑！"

沧佑剑原本已经钻回了漆随梦的储物戒中，又"哧溜"钻出来。感知到姜拂衣的意图，沧佑剑敲了几下漆随梦的后脑勺。

漆随梦支吾一声，逐渐恢复了些意识，又猛然惊醒，坐起身："珍珠？！"瞧见姜拂衣正在不远处站着，散开的长发被风吹得四散，衣裙沾血，颇为狼狈，但站姿挺稳，才算安了心。

漆随梦趔趄着站起来，艰难地朝她走过去："你有没有受伤？"

姜拂衣只问："这是哪里？"

漆随梦打量四周："山顶上，不是飞凰山，但能看到飞凰山……"他瞳孔紧缩，"飞凰山在飞，朝着白鹭城的方向。"目视再拉远一些，漆随梦更是震惊。洪水已经淹没到白鹭城的腰线位置，而封城结界，被数之不尽的海怪撞击得不断扭曲。

姜拂衣抬起一条手臂："飞凰山在哪个方向？"

漆随梦推着她的手肘:"那里。"

姜拂衣取出画卷飞行器,跃上去。漆随梦提议:"我带你御剑飞行更快。"

姜拂衣没打算带他去:"你受伤不轻,在这儿歇着吧。"

漆随梦微微愣了愣:"你这说的什么话?"

姜拂衣可以感知,很多事情漆随梦并不想做,是为了她才去做:"漆公子,从前我们结伴同行,同甘共苦,我做事,你帮忙是应该的。现在不需要了,你做任何事最好都是出于本心,而不是为了我,我并不想欠你。"

漆随梦听罢,没有任何反应。她失去了从前的记忆,会这样说很正常。漆随梦跃上她的画卷:"你尽管放心,和你没关系,我身为神族的剑灵,自天灯来人间的使命,不就是为了怪物?"

姜拂衣心知是借口,却无从反驳:"水会不会淹到这里?"漆随梦也一起离开,她担心易玄光。话音落下,就听见易玄光微弱的声音:"我没事,做你们该做的。"

"前辈醒来我就放心了。"姜拂衣没了顾虑,控制画卷起飞,提醒漆随梦,"你看着点方向,我要去找女凰。"

漆随梦眺望白鹭城:"我看飞凰山弟子都在白鹭城外诛杀海妖,女凰会不会进城了?"

姜拂衣觉得不会:"不到最后一刻,她应该不会放弃定山的,至少能够拖延一点时间。"

画卷升空,朝着飞凰山飞去。

地龙体内的飞凰山幻境,四处弥漫起浓重的雾气。燕澜正闭目打坐,感知到异常,倏地睁开眼睛。他仰起头,只见前方高处的一团雾气,逐渐凝结出一个人影,仿若虚幻,看不真切。

纵笔江川?地龙是他的伴生法宝,当他能在地龙体内凝结出一抹虚影时,是不是说明,地龙正在失去龙神点化时注入的神力,距离重新化回法宝不远了？

那道虚影似乎怕雾气消散，压抑着怒气，冷冷质问："你是什么人，是你逼死了我的阿然？"

原来阿然还真是她的名字，燕澜站起身："我也不想她死。"否则岂会导致这般田地。

虚影喝道："只需回答，是不是你！"

"纵！"暮西辞的声音突然也在雾气中响起。

燕澜已从绝渡逢舟口中得知暮西辞来了飞凰山："你……"

暮西辞跃来燕澜身边："不必担心我，即使地龙重归法宝，我也死不了。"

燕澜："那就好。"

暮西辞："你留在这儿干吗？赶紧离开。"他原本是进来救燕澜和姜拂衣的，没瞧见姜拂衣在此，说明燕澜有办法离开这里。

燕澜摇头："我现在不能出去。"

暮西辞不知他的意图，提醒道："再不出去，可能会来不及。"

纵笔江川停顿片刻："焚琴？"

暮西辞抬头怒视那团雾影："你接连欺骗我、算计我，竟然还有脸叫我的名字？"

纵笔江川冷笑道："原来真是你这个蠢货。当年不敢来找我报仇，现在却想来阻止我打破封印，你拿什么阻止？你的劫火，除了助我一臂之力，还能做什么？"

"我还能克你！"暮西辞不是来找他动手的。纵笔江川尚在封印中，也动不了手。暮西辞盘膝往地上一坐，"我要距离你近一些，克你永世不得翻身！"就像当年被他欺骗着犯下大错之后，暮西辞虽忍着不去报仇，却没少诅咒纵笔江川。

暮西辞的话点醒了燕澜，他留在这里也不是全然无用。

燕澜跟着坐下来，从储物戒里摸出一个没写名字的小木偶，咬破手指，以鲜血在木偶胸口写上"纵笔江川"。

巫族的诅咒之术,燕澜从未使用过。他总觉得不够光明磊落,而且用处也不大,纯粹是弱者对于强敌的一种心理安慰。此时闲来无事,聊胜于无吧。

画卷距离飞凰山越来越近。

山上瞧不见羽族弟子,他们全部去了白鹭城帮忙。

漆随梦将目视放到最远,四处寻找,终于眼前一亮:"珍珠,我看到女凰了,她还在试图拽住飞凰山,不过看样子已经没有几分力气了。"

"哪里?"

漆随梦又推了下她的手肘,告知她方位。

姜拂衣操控画卷飞过去:"女凰身边有谁?她旧疾尚未康复,应有徒弟陪伴。"

漆随梦不太认识,猜测:"看着修为,估计是她的大徒弟越长空。"

姜拂衣来到女凰附近,不知正确位置,也没拱手行礼:"女凰前辈。"

女凰对她并不陌生,抽空看她一眼,虚弱无力地道:"姜姑娘,你的眼睛怎么了?"

姜拂衣说了声"无碍":"我来找您,是想问您求取一件宝物。"

女凰:"何物?"

姜拂衣:"大荒凤凰族留下的至宝,涅槃火。"

女凰蹙起了眉,而她身边的越长空则面色巨变。没有时间说废话,姜拂衣单刀直入:"前辈不必瞒我,我在地龙体内见到了妖王,知道妖王在寻涅槃火,也知道涅槃火就藏在越公子体内。"

女凰的眉头蹙得更深。

姜拂衣问:"看样子,您已知晓地龙的存在?"

女凰微微颔首:"巫族派人告诉我了。"

姜拂衣:"那您也该知道飞凰山内有个即将破印而出的大荒怪物,

其强悍程度，无须我再多言。如今，只剩下涅槃火有希望挽救局势，还望您忍痛割爱。"

女凰迟疑着说："非我不愿拿出来，是我必须先知道，涅槃火该怎样解决当下危机？"

姜拂衣听她声音找准位置，朝她拱手："飞凰山曾是凤凰族的聚集地，传闻只有拥有凤凰血脉的人，方可定住飞凰山。"

女凰怅惘着叹了一口气："你想用涅槃火来定飞凰山？没用的，我方才已经试过了。实不相瞒，可以试的法子，我全部试过了……"

姜拂衣摇头："现在定山用处不大，距离白鹭城太近，纵笔江川一样可以引起海啸，操控海怪，水蛊虫卵也一样会孵化。"

女凰询问："依姜姑娘之见，该当如何？"

姜拂衣却沉默下来，微微侧耳，倾听熟悉的海浪声音，隐约能听到夹杂其中的哭喊声。姜拂衣拿定主意："过往三万年，飞凰山始终在东海上空飘荡，近些年逐渐靠岸。"

根据九天神族连环大封印术的核心，飞凰山是其中的变数，才导致闻人不弃无法推算。但燕澜告诉她，这个变数也是按照一定的规律在变。

而神族令飞凰山一直在东海上空飘荡，东海上空就是这条锁链的轨道。近些年，飞凰山飘向岸边，试图登陆，已算是脱离轨道。

再说地龙体内拥有龙神之力，它待在东海上空，估计可以吸收力量。只要飞凰山能够回到东海中心，不但地龙会增强，飞凰山同样会重归神族连环大封印术原本的轨道。纵笔江川的封印也应会自动修复才对。

只不过以姜拂衣目前的能力，想要完成这庞大的任务，付出的代价未知。

姜拂衣没敢告诉燕澜，更不能告诉女凰太多，只说："咱们使飞凰山飘向东海，切断水蛊虫卵与地龙的感应。等飞凰山去到东海中央，纵笔江川就再也无法操控海水上岸攻城，因为他的天赋释放是有一定距离的。"

越长空忍不住开口："你说得容易，现如今连定住飞凰山都办不到，如何让它飘向东海？"

"所以，还请女凰前辈割爱。"姜拂衣再次拱手，微微躬身，"让我以家兄赌命求来的天道护佑，斗胆尝试以涅槃之火，铸我家传的十万八千凤凰剑，搬山，定海，救城。"

话音落下，不止越长空的表情耐人寻味，连漆随梦都诧异地望向她。

见女凰犹豫，姜拂衣继续说："前辈，如今唯有涅槃火才能迁动飞凰山。既然单独使用不了，只能尝试融入我家传宝剑中，通过控剑来控火。"

女凰揿酌："你有几成把握？"

姜拂衣："不知，但会拼尽全力。"

女凰吩咐："长空，将涅槃火给她。"

"师父！"越长空难以置信。他知道姜拂衣是凡迹星的义女，也听闻凡迹星手中那柄双形态的伴月剑，出自姜母之手。但莫说年轻的姜拂衣，便是姜母亲自来了，以涅槃火临时铸剑迁山，也像是天方夜谭。

越长空劝女凰三思："师父，一个不知胜算的尝试，却要毁掉凤凰族遗留人间的唯一至宝，这……"

女凰看向他："如今这局面，除了死马当作活马医，你且说还能如何？"越长空答不上来。

女凰比谁都舍不得，她从妖王手中偷走涅槃火，是想汲取其中的凤凰之力，试试看能不能提纯她体内的那一缕凤凰血脉，助她精进修为。

可女凰精进修为的原因，是不想屈居于任何人之下，立于山巅，为世人尊敬。今日飞凰山若毁，她从前努力营造的光环就会消失。

交出涅槃火，女凰已是牺牲颇多，此战是输是赢，便全系在姜拂衣身上，最终是赞誉还是诋毁，也由姜拂衣来承担。这对女凰来说是件好事儿。

"给她。"女凰再次吩咐。

越长空无奈："是。"他反掌横在丹田处，随手掌上移，涅槃火从丹田不断上升，最终被他从灵台内抽了出来。

一簇火焰在越长空掌心跳跃，被他装入一个容器内，他恋恋不舍地递过去："收好。"

姜拂衣朝前方摊平手掌。

越长空将容器放在她手心里，提醒道："三个时辰够不够？这容器顶多三个时辰就会被火焰融化。"

姜拂衣说："不够也得够。"至多两个时辰，飞凰山估计就能抵达白鹭城上空。

越长空又忍不住问："姜姑娘，你在山上居住的这段日子，我们从未打过交道，你如何知道涅槃火在我体内？莫说是妖王告诉你的，他若知道，就不会进入山体内部寻找，被地龙吞噬。"

姜拂衣得了人家的至宝，不好说谎欺骗："我早知飞凰山有怪物，又懂得点儿巫族的偷窥术法，见你每日赤身跃入水池，猜的。"

越长空瞪大双眼，吃惊程度不逊于听见她打算搬走飞凰山："你说什么？你连着偷窥我一个多月？"

姜拂衣避而不答，再次拱手："两位先去白鹭城帮忙吧，飞凰山交给我。"

越长空还想说话，被女凰给喊走了。

姜拂衣又对漆随梦道："漆公子也一起去。"

漆随梦原本想拒绝，但回忆起姜拂衣赠剑给他时，让他去墙角面壁，不准他看，知道她铸剑的过程是不容窥视的秘密。

漆随梦低声说："万一有人趁你铸剑时偷袭你怎么办？我离远一点帮你护法，保证不会偷看。"

姜拂衣思索了下，点头："那麻烦你了。"

漆随梦先跟随她一起去飞凰山顶，边飞边问："珍珠，你铸的这柄凤凰剑，是打算赠给你大哥使用？"就算真能将涅槃火熔炼入剑，一般人谁能承受得住凤凰火，他只能想到燕澜。燕澜有修剑的根骨，且根骨极佳。从前漆随梦还不懂燕澜为何舍剑道而修秘法，自从在万象巫见识过大巫的本事之后，懂了。

姜拂衣："谁也不送，我自己控剑。"剜心赠剑，让剑傀来使用剑内的涅槃火，引动飞凰山，短时间内根本办不到。目前也没有合适的剑修人选，女凰，包括女凰的几名弟子，都不适合修剑。石心人的剑，并不是谁拿着都威力惊人，也存在"师父领进门，修行看个人"的道理。

即使此时能寻到一个好苗子，得了凤凰剑，同样需要长时间的磨合和修炼，才有指望精准控制剑内的涅槃火，释放凤凰神力。因此，赠剑这条路走不通。

漆随梦又疑惑地道："你控剑？你不是修不了剑道吗？"

不是姜拂衣修不了剑道，是石心人没有修剑的天赋。

"你不是瞧见了吗，我会控制小剑。"她可以将小剑视为法宝，石心人能够操控法宝，释放剑意，算是一种投机取巧吧。

漆随梦明白了，她要将涅槃火融入小剑中，他小心翼翼地提醒："但小剑容量有限，融入不了太多火焰。"

"多铸一些就是了，要不我外公这门功夫，怎么能被戏称为十万八千剑呢。"这名字，姜拂衣还是从棺木隐口中得知的。

落在飞凰山顶后，姜拂衣收回画卷，摆了摆手，催促漆随梦赶紧离开："我要开始了。"漆随梦不再打扰她，御剑去往飞凰山外围。

姜拂衣盘膝在山顶坐下来，将承载涅槃火的容器摆在面前。她凝神倾听，确定四周已经安静下来，准备剜心铸剑。

没错，虽然不赠剑，她仍然要剜心。之前使用的那些小剑，都是姜拂衣拿剑石化出来的。但普通剑石，承受不住涅槃火的威力，就算造出来了，引动如此壮观的飞凰山，也容易中途碎裂。

人间，已知的涅槃火仅一簇，为确保万无一失，姜拂衣必须使用自己的剑石之心。而最难的一关，是她在以意识铸剑时，要将完整的一颗石头心，强行碎成小块儿，分别灌注涅槃火，铸造出一批蕴含涅槃火的石心小剑。

姜拂衣紧张到浑身颤抖。她刚才对女凰撒谎了,在她的血脉记载里,没有石心人强行碎过自己的石心,也没有凤凰剑。但血脉里的那些记载,全部是先祖尝试、苦修、印证之后传承下来的瑰宝。

姜拂衣当然可以添点新的内容进去,一边继承守成,一边扩展疆域。或者,留下失败的经验。

呸!她打了一下自己的嘴巴,一定会成功的!

稳了稳情绪,姜拂衣伸出微颤的手,覆在自己的心口处。这颗曾经受过重创的心脏,才刚成熟,摘下来还真是有点舍不得。而且,燕澜在她额头印下那沾了血的一吻时,姜拂衣感受到了这颗石心的轻颤,像是一颗深埋地底的种子,终于出现一丝发芽的迹象。难以捉摸,令她深感好奇,很想去探究。

也不知道摘下之后,再次生出的石心,还会不会保留那抹迹象。

虽是这样想,姜拂衣已经干脆利索地将石心从胸腔里取了出来,感受它在掌心之中彻底变为一颗沉甸甸、发烫的石头。

身体没有任何痛感,却涌上很多杂乱的怅然若失,她极力压制住。

铸造沧佑的经历,姜拂衣已经全部忘了,但不碍事。不久前,她才刚突破过,铸造心剑的过程,应当更简单才对。

姜拂衣闭上眼睛,凝聚意识。须臾,她仿佛遁入虚空。无边黑暗里,有一点星芒跳跃了一下。盲了眼的姜拂衣,沉浸在自己的意识之中,能够看到这点星芒。

姜拂衣朝星芒走去,距离越近,越能清晰地看到,是一团闪烁着星光的气体。意识为剑炉,那这团气体,应该就是"炉火"。她抬起手,一颗心脏模样的剑石,被她推入那团气体中。

剑石被星芒环绕,慢慢开始吸收星芒。等剑石变得璀璨夺目,光华万丈,如太阳一般照亮这黑暗的意识虚空时,姜拂衣知道,可以准备铸剑了。

她引涅槃火入内,定在剑石旁边。是时候立刻碎掉剑石,她却迟迟不敢动作。涅槃火仅这一簇,石心如今也只有一颗。肩上的担子不同,她的压力,远超之前铸造沧佑。

姜拂衣默念,自己不是神明,掌控不了结局,除了母亲,没有拯救任何人的责任。她只需要在本领范围之内,全力以赴。其他的,交给天意,交给燕澜的那一线生机。

漆随梦浮在飞凰山外围,背对着姜拂衣。手中沧佑倏地颤动,他想,那柄凤凰剑应是铸成了。

漆随梦转身,却恰好瞧见盘膝而坐的姜拂衣,颤抖着向前倾身,像是吐了一口血。他虽想立刻上前,因没见到凤凰剑,不敢有所动作。不知道是失败了,还是铸造过程出现了波折,漆随梦犹豫着转身,打算重新背对她,手中的沧佑却颤动得更加剧烈,几乎要脱手而出。

漆随梦控剑的短暂时间里,听见一阵剑鸣声,宛如凤鸣。他惊讶望去,只见一柄手指长度的小剑,从姜拂衣前面,飞到她的头顶。隔了一会儿,再是一柄小剑升空。随后几乎没有间隔,一柄柄小剑首尾相连,飞向上空,围着姜拂衣旋转环绕。

漆随梦原本无神的双眼逐渐明亮,她成功了!

姜拂衣捂着胸口艰难地从地上站起身,实在想不到,剜石心没有痛感,石心碎裂时,竟将她痛得灵魂颤动,发疯扭曲。

"众剑听令!"姜拂衣两指夹着一柄小剑,朝山脚下一甩。小剑飞出之后,似大雁的头雁,原本盘旋在姜拂衣头顶上空的一众小剑,有条不紊地追着头雁而去。

它们从山顶飞到下方,围绕着飞凰山的底部边缘,散开成一个环形。远远望去,这些小剑像是托举起了飞凰山。等固定好阵形,姜拂衣深呼吸,调动体内的血气,操控众剑,喝道:"起!"众小剑通体泛出红光,是融入剑内的凤凰神力。

白鹭城位于飞凰山的正南方,因此飞凰山一直在朝南边缓慢移动。

而姜拂衣要将它往东北方向引，等同背道而驰。

凭借一簇涅槃火，引动飞凰山飞回东海已是艰难，还要对抗纵笔江川的力量。一时间僵持不下。飞凰山停在原地，山体不断晃动，山脉上数之不尽的参天古树，开始剧烈摇摆。苍翠的绿叶被对冲的力量席卷脱落，似雪片一般，漫天飘散。

无论是白鹭城还是渔村，都在疲于应对危机，并不是时刻关注逐渐靠近的飞凰山。

柳寒妆置身于北门附近的广场上，正提着自己的本命宝灯，为刚拔除水蠱虫卵的城民医治，抽空望向飞凰山。

"啊！"突然，她听见一声凄厉尖叫，位于柳寒妆十几步远的位置，孵化了一个水蠱虫卵。成虫自一位老翁体内爆出，朝她冲过来。

柳寒妆的身体本就虚弱，又不停操控宝物救治城民，早没有力气抵抗，却也不慌。她身旁的绝渡逢舟提着一柄铁叉子，叉鱼一般，一叉将水蠱虫叉了起来。他的修为是不怎么样，但总不至于连一只水蠱虫都杀不死。

柳寒妆慌忙收回紧张乱跳的心，继续认真救治。随着飞凰山靠近，水蠱虫孵化的速度越来越快，巫蛊师杀灭虫卵的手段也越来越激烈，她动作稍慢一点，可能就会有人爆体而亡。

柳寒妆自小在温柔乡长大，出门历练，也是待在安稳的修罗海市，还真不曾见过这样的惨状，体会这样的无能为力。

此刻，洪水早已攀升到了头顶，被封城结界挡住。她仰起头，甚至能看到狰狞的海怪在上方游动，结界一旦破除，瞬间会从头顶落下。

他们这些修行者有本事飞起来，城中十几万的百姓，又能救几个？

柳寒妆以往对大荒怪物的恐惧，全部来源于父亲对怪物的讲述，才会畏惧兵火，二十年战战兢兢。

知道兵火留在她身边的真相之后，柳寒妆恍惚之中，又觉着怪物好像也没那么可怕。父亲是不是有些危言耸听了？大哥甚至还为此一直拒绝李南音，想要转修无情道。如今见识到纵笔江川翻江倒海的破坏力，柳寒妆才终于懂得家族一代代的牺牲，究竟是因为什么。

"北门怎么打起来了？"绝渡逢舟仰头询问猎鹿。

猎鹿正挽着弓站在高处，射杀附近的水蠱虫，保护巫蛊师和医修："有一批修行者担心被水蠱虫寄生，试图冲出护城结界，逃离白鹭城。有些修行者则担心结界受损，拦着他们冲，便发生了争执。"

绝渡逢舟已经逐渐联络不上燕澜，心情正不悦，冷笑道："那你还等什么？"猎鹿会意，旋即侧身，拉紧手中弓弦。

"嗖——"

带头冲击结界的男修，被猎鹿一箭破掉防护，射穿了肩胛骨。

那男修循着箭音，惊怒地望向猎鹿："你知道我是什么人吗？"

猎鹿转而瞄准他的心脏，眉目写满野蛮："你是什么人和我没有关系，不想成为一个死人，就给我老实点！"

那人感受到他的箭威，不敢再还嘴，退了回去。其他试图冲击结界的众人，也犹豫着一起退回去，但口中仍然吵嚷不停。

猎鹿低声道："大巫，如今只能震慑住一时，飞凰山一旦飘来，想逃的人只会越来越多，不然等山崩了，逃都逃不掉。我们也需要提早做好准备……咦，飞凰山是不是停下来了？"

头顶飘散的落叶，逐渐引起不少人的注意。

"飞凰山停住了？"

"山脚下那一圈红光是什么？"

绝渡逢舟也随着众人一起抬头，视线穿过头顶的水流，真瞧见飞凰山停了下来。他看不清楚是谁在控山，但当看清山底那些小剑时，明白过来，那是石心人的剑。

绝渡逢舟难掩惊叹，时移世易，大荒怪物几乎都在不断弱化，石心人怎么反而更强了？

只不过现在将飞凰山定住，用处并不大啊，顶多让水蠱虫卵孵化的速度不再继续加快。

纵笔江川一样可以操控海水攻城，城破之后，他便能以怨气破封印。

"少君？"绝渡逢舟已经彻底联络不上燕澜了，真的是，生关死劫了啊！

动不了，一寸都移动不了！明明是站在山顶上，姜拂衣却如同头顶着一座大山，拼尽全力，至多也只能定住飞凰山。

姜拂衣皮肤表面遍布血线，忍不住告诉自己，这已经是极限，不要再继续拼了。然而剑心已剜，涅槃火也用尽，走到了这一步，倘若失败，后果是什么她已经抛诸脑后，单是这口气，她实在是咽不下去！

姜拂衣从同归里取出一双翅膀。燕澜将他常用的法器，基本都放在了同归里。

姜拂衣不再原地站着控剑，"唰"的一声，她展开翅膀，飞向高空，飞向东海。

前行引路，并与剑中的凤凰神力沟通。

"这一簇涅槃火，不知归属于哪一位凤凰族前辈，还请您与晚辈融合，赐我神力！"

飞凰山既然是凤凰的聚集地，当年将纵笔江川彻底降服的，也应该是凤凰族。

"晚辈和您的凤凰族，可能颇有些渊源。"

纵笔江川改变地貌的天赋，必须脚踏实地，才能发挥到极致。所以神族将他封印到空中，令他远离地面。

纵能克制龙神，龙神唯有做出牺牲，点化他的伴生法宝，削弱他一部分力量。而凤凰族不畏惧他，当年应是对阵他的主力。

阿然说，纵笔江川杀了姜拂衣的外婆，说明她外婆和纵可能是对立关系。女凰体内有一丝凤凰血脉，且女凰与她母亲的眉眼略有几分相似。燕澜占卜得来的名字里，又预示着她是一只"鸟妖"。结合以上种种线索，姜拂衣大胆猜测，她外婆即使不是凤凰族，也可能是身怀一些凤凰血脉的羽族。只不过身为石心人,姜拂衣感知不到除了石心人之外的任何血脉。但感知不到,不代表不存在。

姜拂衣这才敢尝试引涅槃火铸剑。

万幸并未失败。

"前辈,还请您与我融合,借我神力,引飞凰山回东海,重修神族大封印术轨道,共拯危亡!"

"飞凰山好像又动了!"

"那是凤凰?"

白鹭城内的众人,在飞凰山突兀地停下来之后,便密切注视着山的动静。

山体摇晃之中,山脚边缘那些散发红色光芒的小剑,竟逐渐化为一道道凤凰虚影!凤凰们振翅鸣啼,引颈向上。飞凰山被它们抬高了数十丈,随后向广阔的东海飞去。

此时众人才注意到,飞凰山的东面,早有一道女子的身影,背生一双巨大、虚幻的凤凰影翅。她迎着东海初升的朝阳飞去,牵引着背后无数只凤凰虚影,搬山前行。

这一幕,如梦似幻,甚至有修行者掐了个醒脑手诀,想确定自己是不是坠入了海妖的术法之中。

"是女凰吗?"

"不像,不过太远了看不清。"

"能借凤凰神力,迁动飞凰山,不是女凰还能是谁?"

绝渡逢舟远远听见人群里的窃窃私语,虽知道人家石心人未必在乎虚名,仍然举叉子指了下猎鹿:"去告诉他们,那是我们万象巫的圣女。"

猎鹿回过神:"是!"

绝渡逢舟环顾四周,心中感叹现在的人族真是没见识,这样的场景,从前在大荒随处可见,竟将他们震撼得一个个合不拢嘴。但"从前"两字,又惹得绝渡逢舟一阵怅惘。

而女凰原本是要来白鹭城帮忙的,可旧疾复发,走到半道停了下来,盘膝在鸟背上打坐。

越长空一边为她护法,一边关注着飞凰山,诧愕许久,惊呼出声:"师父,她竟然真的办到了!"

他师父身怀一丝凤凰血脉,能定山,之前也可以将飞凰山拖拽十数里,可得到涅槃火几十年,始终无法使用。姜拂衣一个铸剑师,竟能将涅槃火内的凤凰神力,发挥到了极致!

女凰仰着头,望着山脚边缘那数之不尽的凤凰虚影,微微凝眸,并未说话。

同样无言的还有漆随梦。见到姜拂衣铸剑成功后,他原本满心欢喜,但当那些小剑化为凤凰虚影,在姜拂衣的引领下,搬山飞向东海之后,漆随梦停在海岸线上,心境倏然大乱。

他已经彻底认清楚,她不再是以前那个需要他保护的江珍珠了。他们要面对的困难,也不是从前的小打小闹。

漆随梦举起沧佑,凝视手中的剑。身为神剑的剑灵,在神族无法降世的情况下,无上夷将所有希望都放在了他身上。

漆随梦很不稀罕这个身份。

现在却又非常困惑。他的神力呢?他相较于人族的特殊之处呢?珍珠凭借一簇涅槃火,能做到这般地步。而他,竟然像个真正的凡人一样,只能在旁守护?

回想一下,珍珠将赌注全部放在涅槃火和她的家传剑法上,从头至尾,都没央着让他也跟着一起想想办法。这令漆随梦感到恐慌。

他自小最害怕自己无用,无用就会被人弃如敝屣。在珍珠眼里,他已经是个无用之人了吗?

恐慌过后,漆随梦脑海里顿时被一个念头充斥。他要发掘自己灵魂内潜藏的神力,努力追上她的脚步。问题是,该怎样发掘?

他记忆刚恢复，突破人仙之后也没时间稳固，还身受重伤，全靠强撑。心境纷乱之下，漆随梦逐渐失去意识，从高空坠落。

随着飞凰山逐渐离岸，进入东海，远离白鹭城，水蛊虫卵不再继续孵化。疯狂涌上岸的海啸，也在逐渐平息。

众人眼中仙女一般的姜拂衣，其实已经如同一件濒临碎裂的瓷器，皮肤表面布满蛛网状的裂纹。但她依然不能停下来，且还在不断加快速度。

涅槃火内的凤凰神力是会耗尽的，若赶在耗尽之前，无法令飞凰山步入封印轨道，纵笔江川仍有可能卷土重来。

姜拂衣通过涅槃火，已能确定自己体内存在羽族的血脉。纵笔江川杀她外婆这事儿，可能性变得更高。无论出于哪种理由，姜拂衣必须将他再次封印，让他被封印消磨至死！

倏然，下方海域凝结出无数水刃，向上飞射。纵笔江川外泄的力量，原本都在操控海水攻城。远离岸边之后，他便全力来攻她，想要熄灭涅槃火。

姜拂衣咬了咬牙，扇动翅膀，斜着向上飞。众剑化为的凤凰虚影，也再次跟着昂首，合力将飞凰山继续抬高，一直抬到水刃攻不着的高度，才继续向前。

一道声音冷厉传来："你是奚昙的后人？"

姜拂衣没有回答。她忍着身体剧痛，还要奋力飞行，已没有力气说话。不然，她很想从纵笔江川口中打探外婆的事情。

"嘭——"飞凰山顶上的岩石爆开，地龙自地底钻出，似是极度痛苦，疯狂蜿蜒着向上飞行，又摔落在地，在地面一连砸了几十个坑，尾巴甩坏了几座宫殿。

姜拂衣知道，纵笔江川在拼最后一把，强行将地龙变回他的伴生法宝。姜拂衣不清楚他尚存的实力，也担心还在地龙体内的燕澜。

而此时，两道身影忽然出现在地龙附近，燕澜和暮西辞从地龙腹中出来了。

燕澜之所以能出来，是知道契约已经用掉。出来之后，燕澜万万不曾料到，竟然看到这番景象。

飞凰山被凤凰虚影抬着，疾速飞在东海上空。当发现那些凤凰虚影，向外散发着他熟悉的剑气时，燕澜慌忙去寻姜拂衣的身影。待瞧见她前行引路，仿佛一碰就要碎的脆弱模样时，他逐渐想通了她究竟做了什么。顷刻间，燕澜的心脏像是被一只手紧紧攥住。

暮西辞仅是稍微惊讶了片刻，很快又觉得理所当然："我早就说过，石心人很强。"他又看向眼前挣扎的地龙，"纵笔江川，你不是觉得我可笑？我焚琴诞生于劫数，专程来克你，你竟觉得我可笑，现在你倒是说说看，咱们究竟谁可笑？"

暮西辞虽不能指定去引动任何人的劫，但他相信心诚则灵，念着纵，就会克制纵。

地龙发出极力隐忍怒意的声音，是对暮西辞说，也是对姜拂衣说："我知大荒已成人间，再无怪物容身之处，我和你们种族不同，却属于同类，怪物们落到这般地步，难道不该抛弃往日恩怨，对付我们共同的仇人吗？"

瞧见地龙被操控着，想去攻击前方的姜拂衣，暮西辞倏地甩出火麟剑，跃去边缘："无论在大荒还是人间，我的仇人就只有你！"现在位于海上，远离陆地，暮西辞不再担心会将劫运释放出去。

"这里交给你。"燕澜嘱咐过他，立刻取出《归墟志》。

燕澜知道姜拂衣是想让飞凰山重回轨道，虽不知道轨道在哪里，但只需要沿着一条直线渡海，总能遇到那条轨道。

燕澜不想她坚持得这样辛苦，希望可以找出轨道，判断出此时距离轨道最近的方位。这是他目前唯一能帮上的忙，一点小忙。但燕澜不知怎么做，短时间内，也根本计算不出来。

燕澜唯一能寄希望的，唯有神族留下的这本《归墟志》。父亲说他获得了这件神器的认可，他能够使用更多。他恰好趁此机会，探究一番。

燕澜也从同归里取出一双黑色的翅膀，像这样的翅膀飞行器他有很多。他跃出飞凰山，超过姜拂衣，与她快速擦肩时，说道："阿拂，我去尝试找一下轨道。"他知道姜拂衣没力气说话，并未停留听她回复。

姜拂衣引山前行，速度比他慢上一大截，燕澜手握着竹简，在前方呈扇形飞跃，感受竹简是否有异常波动。轨道是有神力的，《归墟志》与轨道接触时，可能会有反应。但燕澜大范围飞跃了很久，手中竹简半点反应也没有。稍作考虑，燕澜决定破釜沉舟，将竹简扔飞出去，施法定在高空中。

燕澜伸出手，寄魂之力在他手中逐渐化为一张金光长弓，凝气拉弦，随着弓弦弯曲，逐渐凝聚出一支金色长箭。

"咻！"那支长箭飞向《归墟志》。

燕澜放下弓，目光追着长箭，心口"怦怦"直跳。此番尝试，可能会如他所想，也可能会导致《归墟志》毁坏，风险未免太大，但姜拂衣都敢冒这样的风险，他又有何不敢？

最终，金箭射在竹简上。巨响过后，金光向外爆发。

燕澜捏了满手心的冷汗，见竹简并未受损，松了口气。他立刻闭上双眼，先令自己镇定下来，开始感知方圆万物之灵在神力爆发下的流动，标记异常之处，再将那些异常之处串联起来，大致在脑海里勾勒出一幅轨道图。

燕澜逐渐摸索出一个距离姜拂衣最近的点，朝那里飞去："阿拂，来我这里，不一定对，咱们赌一把！"

姜拂衣不想赌，控剑转向太过费力，不如直行，迟早会碰上那条轨道，却又担心纵笔江川收服地龙，造成阻力。

算了，赌！燕澜嘴上说着不一定，以他的谨慎程度，成功的概率绝对不会小。

"这里！"燕澜已经落在封印轨道附近，"我在这里！"

姜拂衣通过声音判断出他的方位。她又咬了下牙，控剑转向，朝他飞过去。

背后的飞凰山上,纵笔江川感知危机将至,不顾遭受反噬,下手越来越狠。

地龙仍在剧烈挣扎,暮西辞只在边缘站着,防止地龙失控,飞向姜拂衣。

"阿拂,来!"

"阿拂,来我这里!"

"阿拂……"

燕澜每隔一下,就会高声呼喊,方便盲眼的姜拂衣锁定他的位置。

涅槃火即将燃烧殆尽,虚脱无力的姜拂衣,听着燕澜的声音逐渐响亮,在心中默默数着与他之间的距离。

近了。

越来越近了。

封印轨道终于近在眼前了。

胸腔内虽然已经空空荡荡,失去心脏的姜拂衣,却恍惚生出一种奇怪的感觉。她好像一只飘在海上迷失方向的船,在燕澜一声声的呼唤中,即将穿越风暴,再次上岸,开始崭新的征程。

然而,当距离燕澜不足百丈远时,姜拂衣撑起力气:"让开!"她打算释放残存的全部涅槃火,加速朝封印轨道撞过去,以免纵笔江川也放手一搏,节外生枝。

燕澜心想这样短的距离,她应该不会偏航,听话地飞向高空。他低头看着姜拂衣周身倏地燃起火焰,似一支利箭,朝他之前停伫的位置射去。而跟在她背后,正托举飞凰山的那些凤凰虚影,同样火焰暴涨,极力追逐。

飞凰山加速前行,最终驶入封印轨道。山体明明已经进入封印轨道,却继续向前飞行,并无停下的迹象。

燕澜的心提到了喉咙口,难道他勾画有误?岂不是帮了倒忙?

就在山体即将完全穿过封印轨道时,燕澜泛红的双眼,被一道骤起的光芒刺激得不得不蹙眉闭目。他强撑着再次睁开眼睛时,飞凰山已经停了下来,且被一条光影穿过山体。

这条光影就是飞凰山封印的轨道,似雨后的彩虹,绚烂夺目,又柔软得如同仙女双臂上的轻纱披帛,两端飘逸地延伸,在东海中央的上空,逐渐勾勒出一个磅礴巨大的图形,像是符文。

封印轨道和极北之海息息相关,燕澜想要看清符文的全貌,顶着上行的雷云不断升空,将符文牢牢印刻在脑海里。

而飞凰山步入正轨之后,山脚边缘的凤凰虚影重新变为小剑,且失去光芒,接二连三地向下方坠落。

姜拂衣蝴蝶骨处的凤凰翅膀消失,也随着一众小剑向下坠落。

累,好累,她实在是太累了,累到头脑麻木,连身体的疼痛都快要感知不到。

但在下坠的过程中,姜拂衣借着风的力量,朝上方伸出一条手臂,因为她知道在自己坠海之前,一定会被燕澜给捞起来。

燕澜记好符文,快速俯冲向下,去追姜拂衣。终于在距离海浪不足百尺的位置,他握住她布满裂纹的手,向上一提,将她打横抱了起来。两人惯性下沉数米,燕澜绕了个弯,抱着姜拂衣浮在了海面上。

姜拂衣靠在他肩上,耳畔除了滚滚海浪声,还听到小剑聚拢在一起的噼里啪啦声。

燕澜在以术法收集周围散落的小剑。

姜拂衣知道他也接近力竭,挣扎着说:"涅槃火用尽,这些小剑已经没用了,没必要捡。"

燕澜这次不听她的,将小剑全部收起来:"你歇着。"

姜拂衣原本也以为自己会立刻晕过去,但内心的不安,令她仍撑着一口气:"飞凰山怎么样?"

燕澜仰起头:"已经被轨道牵引住了,地龙还在挣扎,不过以纵笔江川现在的状态,他抗争不过封印。飞凰山至多绕轨道一周,动荡的封印就会自然修复好，放心。"

隔了一会儿，姜拂衣才又有力气说话："极北之海的封印，是不是也会修复？"

燕澜"嗯"了一声："会。"

姜拂衣预料到了："但飞凰山回到轨道之后，对于算出极北之海前后的两个封印，是不是简单了一些？"

燕澜本想点头，想起她看不到，便说："是会简单一些，但是……"

姜拂衣浑身紧绷："什么？"

燕澜如实说："通过飞凰山的封印轨道，我发现整条锁链的复杂程度，远超我的想象。"不等姜拂衣回答，他又说，"你不必担心，我已有思路，稍后见到闻人不弃，我会告诉他。"

姜拂衣微微一怔，旋即，麻木的头脑清醒了一点："你……"

燕澜知道她想问什么："阿然不是说了吗，因为纵杀了你外婆，你外公报错了仇，导致了一些严重后果，才会被神族封印。你今日所为，当论功行赏，抵你外公的过错。"

姜拂衣声音低沉："如果不是呢，如果我娘确实对人间有害呢？你身为神族在人间的守护者……"

"我相信我的判断。"燕澜很想低头，以额头去抵住她的额头，让她感受自己的真诚，"你无须为我担心，我知道自己在做什么，不会反悔，不会后悔，更不怕承担后果。"无论对是错，都是他深思熟虑的结果。

姜拂衣心知他不是个冲动的人，仍想解释："燕澜，我可不是为了让你帮忙，才故意表现。其实我心里也没谱，就是觉得这条路或许有希望，我可以努力下试试，能行就行，不行也没办法。"

"嗯。"燕澜都懂得，但她的尝试，向来是不计后果的拼命，明明生了颗石头心，却拥有满腔的热忱，"所以我才说，这是论功行赏，正是由于你的尝试，才让我看到那道符文。"

"什么符文？"

"稍后再说。"燕澜手臂收紧,将她抱紧一些,"好好休息,不要再耗费精神了。"

姜拂衣这会儿哪里还能平心静气地休息,燕澜答应帮忙,并且已有思路,等于在救出母亲这条荆棘路上,窥见了隐藏在乌云后的曙光。不管是碎掉剑石之心那一刻,还是咬牙搬山这一路,她都坚强顽固得像个真正的石头人。此刻在猎猎海风中,她鼻子一酸,眼睛逐渐湿润。

她被燕澜打横抱着,又靠在他肩膀上低着头,燕澜看不到她的表情,本以为她睡着了,却感觉手背一凉,是她的眼泪从脸庞滑落,滴在燕澜的手背上。

姜拂衣抹了下眼睛,声音透着哽咽:"你不要误会,我没有哪里不舒服,是开心。真的,自从十多年前我娘将我送上岸,现在是我最开心的一刻。"

燕澜没有误会,只是在怀疑自己,早知答应帮她救母,会令她这样开心,之前为何反复纠结,不肯松口呢。

燕澜脑海里闪过族规和祖训,又被他抛诸脑后。燕澜认为自己并未辜负肩上的责任,生命中也不该只有责任。

"休息吧。"

"好。"姜拂衣在燕澜肩头闭上眼睛。陷入深度睡眠之前,她脑海里想的是回去见到闻人不弃,先要给他道个歉,再道声谢。

等飞凰山开始稳定地沿着轨道移动后,原本疯狂挣扎的地龙逐渐安静下来,钻回了山体内部。

此时已经临近日落。

燕澜之前一直待在地龙腹中,不知岸上的情况。上岸后,他一路飞向白鹭城,目睹下方洪水退去后的破败惨况,才明白姜拂衣会拼命的原因。

暮西辞见燕澜停住,也退了回来:"你若见过大荒,就会知道纵笔江川如今有多虚弱。"他不知道是安慰燕澜,还是自己回忆起了当年,"大荒这名字,不是白叫的。本领高强的怪物,连神魔都不放在眼里,一言不合就会打起来,动辄狂风暴雨,洪水干旱,山崩地裂……总之,什么华美建筑和肥沃良田都难以长久留住。"

莫说人族以部落聚集,没有固定居所,经常迁移。其实谁都不容易,神族才会想着划分地盘,制定规则,因此引起魔族和众多怪物的不满,最终爆发那场旷日持久的战争。

暮西辞沉默片刻:"我确实不适合在人间逗留,稍后就去你们巫族。"因为渡海之时,姜拂衣已经靠在燕澜肩头睡着了,他的声音很轻。

燕澜摇摇头:"你去我族中没用,你从封印里出来了,封印也已经加固,我族没人懂得神族的大封印术,没人可以重新将你封印,枯疾还在《归墟志》中。"

暮西辞一愣:"你们不会?"

燕澜坦白:"不会。"

暮西辞:"那怎么办?"

燕澜:"等着吧,等我学会。"

暮西辞问:"你多久能学会?"

燕澜不知道:"说快很快,说慢很慢。"他方才看到神族的符文,有了些头绪,需要参悟。但是知识容易学,"悟"这个字则比较随缘。

暮西辞皱起眉:"你这说了等于没说,那我现在该如何是好?"

燕澜看出他有一些不太对劲,先前在修罗海市,对于回去封印,他已经产生了一些抵触。以至于用了一个多月,他才从修罗海市来到飞凰山。今日,他竟想着赶紧回封印里,似乎是在逃避什么。

燕澜垂了垂眼睛,猜他可能从绝渡逢舟那里,知道了柳寒妆真正的身份。兵火得知真相的反应,比燕澜预估的要好。

"焚琴前辈。"

暮西辞看向他:"何事?"

燕澜请教:"方才听你说起那些本领高强的怪物,连神魔都不放在眼中，其实我心中一直有个疑惑。"

暮西辞："你说。"

燕澜问道："有些大荒怪物的天赋，其实和上神的神通差不多。那么，怪物和上神的分别究竟是什么？"

暮西辞解释："诞生来源不同，神族、神兽，统一诞生于九天清气，而怪物诞生的原因五花八门。所以修炼时，获取力量的来源也不一样。"

燕澜假装思索："就像神族里，拥有情感神通的上神，修炼时汲取的是九天清气。而温柔乡英雄冢下镇压的那个怜情，则是汲取众生灵的寿元？"

暮西辞瞳孔一缩："你说什么，温柔乡里封印的怪物是怜情？"

燕澜点头："没错。"

姜拂衣听李南音说，况雪沉打算转修无情道。燕澜立刻就知道温柔乡里封印的，是《归墟志》第一卷第一册里的怜情，排在纵笔江川前面。

因为怜情不只可以操控情感，催化情劫，她最大的本领，是"情深不寿"。

怜情能汲取方圆千里之内，一切有情生灵的寿元。情感越深，寿元被汲取得越多。她也是唯一一个，在神魔战争之中，让神族和魔族先将恩怨放到一边，联手封印的怪物。

燕澜之前和姜拂衣说起怜情时，姜拂衣还问他除了"情深不寿"，是不是还有个大荒怪物的天赋是"慧极必伤"。

真的有，只不过他比起怜情差得太远，甚至排不上甲级怪物，被放逐进了五浊恶世。

姜拂衣询问燕澜原因。燕澜支吾半天，才解释说，因为情感不分物种，智慧却参差不齐。尤其是大荒时代，人心更为单纯，他没饿死就不错了。

燕澜看向暮西辞："你知道她？"

暮西辞无语："我再孤陋寡闻，隐居避世，也不可能不知道怜情。"又狐疑问道，"况雪沉究竟是个什么出身，竟能被神族委以重任，看守怜情？"

燕澜是从柳藏酒口中打听来的："况前辈祖上都是长寿人，机缘巧合吃过长寿果。"

暮西辞微微一怔："看来真是怜情。"听说长寿果能够克制怜情的天赋，果树全被她毁了。暮西辞默默叹了一口气，怪不得夫人在知道他是怪物后，会畏惧到不敢疗伤，装疯卖傻地与他周旋。

在大荒，连怪物都对怜情闻风丧胆，神魔都杀不死的大怪物，能被怜情活活吸死。她几乎是大荒怪物里最强的存在。家族世代看守怜情，夫人对怪物的恐惧可想而知。

"走吧。"燕澜抱着姜拂衣继续飞向白鹭城。

暮西辞原地停留，想通了燕澜告知他此事的原因，心内颇有些感动："多谢。"

燕澜扭头看他："你迟早会知道。"

暮西辞却说："我是谢你愿意费心思开解我。"这很难得。

入夜，白鹭城的封城大阵已经撤除，一天过去，城中的情况也基本稳住。

排查水蛊虫卵和治疗伤者的事情，燕澜帮不上太多忙，再加上他伤得不轻，在挨过绝渡逢舟的训斥之后，又被催促着带姜拂衣去城中客栈休息。

燕澜将姜拂衣小心放在床铺上。她皮肤表面的裂纹稍稍淡了点，但看上去依然很可怕，以至于他想伸手摸一摸她的脸颊，都怕将她摸碎了。

燕澜凝视着她，在床边坐了大半个时辰，直到胸口一阵剧痛，即将咳出一口血，才赶紧捂着唇起身，走到窗边去。等压下喉咙这口血腥，燕澜取出矮几和纸笔，盘膝坐在矮几后面。他将封印轨道显示的符文画了出来，又取出古籍，来回翻阅。

大半个时辰过后，听到轻微的敲门声，燕澜知道是凡迹星，是他请绝渡逢舟去寻的。

凡迹星从昨天夜里忙碌到现在，气色没比受伤的燕澜好到哪里去。凡迹星进门后先抓住燕澜的手腕，为他把脉："你的眼珠是怪物天赋所伤，我治不了，而你这内伤，问题也不大。"

凡迹星扔给他一瓶药："伴月精力不足，那些中过水蛊虫卵的人更需要出剑，你自己先养着，我过二日再为你医治。"

燕澜接过药："我没事，前辈留着精力帮阿拂瞧瞧。"

直到现在，燕澜眼珠仍然是血红色，幸好阿然的天赋是攻击双眼，没人怀疑他的眼睛。

凡迹星正是为姜拂衣来的，他绕开燕澜快步去到床边，同样是亲手诊脉，瞳孔一缩："她的心脏怎么没了？"完全是尸体状态。

燕澜熟悉她这副状态，说道："阿拂睡着和昏迷时一直是这样，醒来就会好。"

凡迹星这才想起她是大荒怪物，松了口气："我听说她失明了？"

燕澜关上房门，也走过去："眼睛倒是不打紧，十天半个月应该就会复原，但是您看她的皮肤……"

"力量超越了极限导致的，不知道医剑能不能为怪物疗伤，应该可以，原本就是她们家族的剑。"凡迹星起身退后半步，拔出伴月，朝她虚虚挥出一剑。

这一剑看着轻松，凡迹星却打了个趔趄。

剑气挥洒而出，如云露般落在姜拂衣脸上，蛛网消退了不少。

凡迹星收剑之后，又俯身伸手，轻轻探了一下她的额头，心疼得直叹气："不敢用力过猛，让她先歇着吧，你看好她，有事儿传音符喊我。"

"好的。"燕澜答应下来，送凡迹星出门。

燕澜重新在矮几前坐下，古籍才翻了几页，又听见轻微的敲门声。

燕澜此番开门，门外站着的是闻人不弃。燕澜一瞧见是他，态度俨然变得极差，却也不能阻挡他入内探望姜拂衣，一言不发地让开一条道。

闻人不弃却没进去，只朝床铺的方向看了一眼。姜拂衣现如今的情况，他已经听凡迹星仔细讲过了："燕澜，你出来一下。"

燕澜并不想和他单独聊天，拒绝道："闻人前辈，我此时身体不适，您若没有要紧的事情，能不能稍后再说？"

闻人不弃微微颔首："既然如此，我将阿拂接回我府里照顾，让你好好休息。"

燕澜紧绷着下颚，脸色逐渐沉了下来。

闻人不弃转身去往走廊："不要问我凭什么接走她，你该知道我凭什么，有没有资格。"

燕澜伫立片刻，回房间拿起那张画了符文的纸，迈过门槛，将门轻轻关上。

封印大阵关闭之后，城中住宿的客人几乎全部走了，余下没走的，也正在外面帮忙。这间客栈里只有他们三个人，两人站在房门外的走廊上，面朝栏杆。

燕澜将纸张递过去："闻人前辈，我今日见到了飞凰山封印轨道上的符文，关于阿拂母亲的封印，我有一些想法……"

闻人不弃只是淡淡看了一眼："你觉得我会信你？"

燕澜面无表情："您先听我讲完，信不信由您自行判断。"

闻人不弃道："即使你是正确的，我也不需要你告诉我，我可以解决，无非需要一些时间。"

燕澜知道闻人不弃可以："但是阿拂不想等，她已经等很久了。"

闻人不弃听他提到姜拂衣，眉头蹙得更深，像是压着心头的怒意："知道她心急，你和你父亲就想方设法地利用她，是不是？"

燕澜微微垂着睫毛，维持着基本礼貌："闻人前辈，莫说您不一定是阿拂的亲生父亲，即使真的是，巫族和闻人氏之间的恩怨，也不要牵扯到我和阿拂身上。"

闻人不弃侧目睨他一眼："你说不牵扯就不牵扯？燕澜，离她远点，否则,我不介意和你们巫族拼个鱼死网破,两败俱伤,不要觉得我没这个能力,不然,你们也不会屡次派人钻空子想杀我。"

燕澜回望过去,目光坦然:"我族是采取了一些措施,但都是防备之策,从未主动出过手。"

"没错,你们巫族是从不主动出手,却养了纵横道代替你们出手。"闻人不弃冷笑道,"昨夜情况危急之时,我遭纵横道邪修刺杀,之后又冒出一人,若不是水患平息,商刻羽刚好从渔村回来,我险些死在那两个纵横道剑修手里。"

"纵横道?"燕澜从未听过。

闻人不弃盯着他血红的眼珠,没有错过他眼底的疑惑:"你不知道?一个为了资源结成的组织,七境九国各色修行者都有,而将他们聚拢起来的首领,就是你们巫族,除了你们,我想不出谁还有这么多法宝和钱财。"

燕澜本想说欲加之罪,何患无辞,但忽然想起地龙腹部那两位帮助阿然的秘法师。他们手中有巫族的宝物,风雷帜。原来他们都是纵横道的人?

燕澜皱紧了眉:"既然如此,我不怕告诉您,我族可能真有人拿了宝物出去牟利。我也正准备回族中彻查,但是您说的纵横道和我们没有关系,更不曾派人去刺杀您,您也瞧见了,我族为了平息此次祸端……"

闻人不弃打断他:"水蠹虫卵就是纵横道散播出来的,这一切都是你们巫族的阴谋,你们一贯如此,先祸乱人间,再出来拯救苍生,赢得威望,就连搬山救人的都是你们巫族的圣女,真是打的一手好算盘。"

燕澜的下颚线越绷越紧:"您这就真是欲加之罪,巫蛊师是我……"

闻人不弃道:"你没必要和我解释,我自有我的判断,纵横道的首领绝对是你巫族人,最有可能是你父亲剑笙,这些年他干了什么,他心里有数,我心里也有数。"

燕澜沉默。

闻人不弃警告他:"我不管你是在和我装模作样,还是真的毫不知情,都请你离阿拂远一点,身为巫族人,剑笙的儿子,你配不上她。"

燕澜听不得他一再诋毁巫族和自己的父亲:"我看在阿拂的面上,对您多加忍耐,还请您慎言。"

"你认为我诋毁他?"闻人不弃喊道,"漆随梦,你进来说。"

漆随梦走进客栈,仰起头看向燕澜,目光晦暗难辨:"闻人前辈没有说错,你父亲是真的居心叵测,当年,就是他将年幼的我从无上夷身边偷走,扔去北境的,我全部想起来了。"

燕澜眸光一紧,目望漆随梦从客栈门口走进来。刚经历过苦战,从苍白的面色来看,漆随梦同样是重伤强撑的状态,只不过,他换了身干净的衣裳,不再是之前天阙府飘逸的弟子服,束腰收袖,看上去挺拔凌厉。

"你不信?"漆随梦没上去二楼,就在大堂站着,"我记得他的面具,据我所知,你们巫族每一个人的面具都不一样。"

燕澜道:"是不一样,但仿造一副面具并非难事。"

漆随梦说了声"没错":"但你父亲的身形、声音,都和将我扔去北境的贼人感觉相似,不,是熟悉至极,这又该怎么解释?"

燕澜凝眸盯紧他:"你当时只有两岁多,还不到三岁,就这样相信感觉?"

漆随梦半步不退地回望:"因为我对他记忆深刻,当我在那老乞丐手里遭受折磨时,全靠记得他,才能撑下去。只不过,当年我以为他是我的家人,无意将我丢失,满心期待着他来接我回家。直到期望变成绝望,又化为憎恨。"

燕澜一手拿着画着符文的纸张,一手搭在栏杆上,默不作声。

"不然呢,你以为我因为珍珠故意污蔑你父亲?"漆随梦通过栏杆之间的缝隙,看到燕澜腰间坠着的珍珠和铃铛,回想之前种种,攥紧了拳头,"我承认,我不是什么正人君子,但也没有你那么阴险。"对于"阴险"这个评价,燕澜并没有出声反驳。

闻人不弃再次开口:"燕澜,我本该带着漆随梦直接去见君上,状告剑笙，但此事牵扯到阿拂，我不得不放弃这个铁证，私底下来找你。"他指着燕澜，沉声警告，"最后再说一遍，远离她。"

燕澜收回看向漆随梦的视线，转过身："关于纵横道的事情，我会回族里查清楚，给您一个交代。但回去之前，我必须等到阿拂醒来，不能不告而别。至于剑灵被盗，凭漆随梦两三岁时对面具的记忆，算不得什么铁证。"他顿了顿，"但我也再说一遍，无论发生任何事，都不会改变我对阿拂的态度。"

闻人不弃微勾嘴角："看来，你也想试试真言尺。"

燕澜确实怕他的真言尺："您来强迫我主动远离她，应该也是不想和她起太多争执，您敲了我，您且看看她的反应？"

闻人不弃道："你说得不错，但你若冥顽不灵，我也会不顾一切。"上次和姜拂衣说起剑笙父子，闻人不弃便知道她内心完全偏向巫族，说太多，会遭她讨厌，起到反作用，令她更站队巫族，最好慢慢来。但是通过白鹭城这场危机，他发现巫族已经越来越丧心病狂了，必须立刻出手制止。

燕澜往回走，眼前倏然激荡起一道剑气。漆随梦出现在他前方，握着沧佑剑的那只手，手臂展开，挡在房门前："你要铁证，好，我们去找你父亲，我正想当面去质问他，为我自己讨个公道。"

燕澜看向沧佑剑，他攥着纸张的手，手背经络清晰可见："你想讨什么公道？"

漆随梦冷冷地道："你看过珍珠的记忆，我自幼流落北境，和野狗抢饭吃的那些苦，难道不该去讨个公道？"

燕澜问道："所以，你更希望在天阙府长大，让出肉身给那位神族，重新变回神剑？"

漆随梦一怔。这正是令他心烦之处，虽说吃尽了苦头，却因此没被神君占据身体，还让他遇到了珍珠，也算值得。可是现在珍珠将剑笙当成父亲，燕澜又以大哥的身份接近珍珠、霸占珍珠。珍珠已经被燕澜骗得晕头转向，他不能忍。

漆随梦换了个理由："点天灯请神族下凡救世的，是你们巫族。说不懂剑道将我送去天阙府的，也是你们巫族。偷走我，在我识海里面塞始祖魔元碎片，阻断神君下凡救世的，还是你们巫族。你且说，我有没有资格，代神族之名，去质问你巫族究竟想做什么？"

"你当然有立场，有资格。我不是阻拦你，只是提醒你，不管你是被谁偷走，阻碍神君下凡这事儿，在一定程度上有利于我，也有利于你。"燕澜望向房门，"等阿拂醒来，我会通过传送阵回去万象巫，你可以和我一起。如果非得现在和我动手，那咱们出去打。"燕澜出门时，给房间施了秘法结界，外面的声音穿不进去。若动起手来，结界可能会破碎。

漆随梦没说话，他其实快要站不稳了，动不了手。

燕澜又看向闻人不弃，诚恳中含着一抹请求："闻人前辈，我说到做到，一定给您一个交代。"

闻人不弃转身下楼去："记住我说的话，若是再将阿拂卷入你们的阴谋里，像今日这般遍体鳞伤，千年前的鸢南之战一定会重演，这次你们万象巫，不一定抵挡得住。"

燕澜绕开漆随梦，推门入内，将门关上，一气呵成。他走去床边，姜拂衣依然是"尸体"的状态。

燕澜重新回到矮几后面，拿出一本册子，将关于极北之海封印的想法写下来。不管闻人不弃信不信，他答应了姜拂衣的事情，就要做到。

写完之后，燕澜放进同归内的匣子里。燕澜没有休息，静坐片刻，开始从自己的储物戒里挑选出合适的材料。这就是他们巫族的习俗，男子一方表明心迹时，都会亲手做一件适合对方的饰品，以确定这份表白，不是临时起意，突发奇想。做饰品，是每个巫族少年人的必修课业。

因此，哪怕少年时的燕澜，认为自己根本用不上这门手艺，也有这一技傍身。姜拂衣的孔雀簪子用掉了，燕澜决定做一支发簪，却不知该做个什么款式的发簪，才更适合她。

挑选时，燕澜听见床铺传来动静。燕澜连忙起身走到床边去，瞧见姜拂衣睁开了眼睛，望着床顶发呆，视线没有焦距。

燕澜走近，在床边坐下，她都没有任何反应。他不禁担心："阿拂，你感觉如何？"

姜拂衣仍是木讷的表情，半晌突然回神，紧张询问："你是谁？"

燕澜的脊背猛地一僵："你听不出我的声音？"

姜拂衣皱起眉："我认识你？"

燕澜如坠冰窖，视线从她脸上，移到她的心脏位置，嘴唇颤动半晌，一个字也说不出口。难道剜了心之后，她又失忆了？可怕的沉默之中，他却见姜拂衣紧绷的脸色憋不住绽开一丝笑意。

燕澜立刻明白她在戏弄自己，憋了许久的气儿好不容易喘上来，姜拂衣忽然循声伸出手，恰好摸到他的喉结。

燕澜这口气又卡在了喉咙里，有股窒息的感觉。

姜拂衣失明之后，无法观察对方的表情，想得到反馈，只能通过触摸。她原本是想去摸他的胸口，一时没找对地方。细长的手顺着喉结往下滑，按在他胸口上，感受到他疾速且强烈的心跳，姜拂衣笑："你还真被我吓到了啊。"眉梢一挑，像是对自己的演技很满意。

若是往常，燕澜会避开她的手，否则他这张脸会烫得没办法看。但如今她看不见，燕澜的胆子也变大许多，且知道她是通过触摸，来寻求对周围环境的安全感，便由着她胡乱摩挲。

"我不经吓，你不要吓我。"

"有这么可怕？"姜拂衣按在他胸口的手，顺势抓住他的衣襟。她原本想要借他的力气坐起身，没想到像是拉动柳枝，将他给拽得趴倒在床铺上。

万幸，燕澜及时反应过来，撑起手肘，上半身才没整个压在姜拂衣胸口。姜拂衣感觉到有股热气洒在脸颊和脖颈处，另一手下意识又去摸，摸到他高挺的鼻梁，这才知燕澜的脸距离自己有多近，不由得愣了愣。

这个瞬间，她竟回想起先前额头上那一吻。姜拂衣忽然蠢蠢欲动，很想勾住他的脖子，去亲一亲他的唇，追溯一下那种感觉。但燕澜已经领会了她原本的意图，他直起身的同时，将她也扶坐起来："对不起，我刚才跑神了。"姜拂衣依然拉着他的衣襟，那股冲动仍在，朝他倾身过去。

燕澜说："阿拂，我有些急事，要回族里去。你跟在凡迹星身边养伤，关于封印的事儿，我已经写了下来，放在同归里，你等会儿拿去交给闻人不弃。"

姜拂衣闻言停顿住："什么要紧事儿？"她还失明，他就着急要走。

"关于一个名叫纵横道的组织，我必须回去查个一清二楚。"燕澜将风雷帜的事情告诉她，以及闻人不弃的指责，"还有漆随梦，他指认当年将他从无上夷身边盗走的人，是我父亲……"

姜拂衣惊讶："这怎么可能？漆随梦那狗东西发疯乱咬人？"但冷静下来一想，好像也不是不可能。她和燕澜一直怀疑盗走漆随梦的是魔神，但魔神之前来白鹭城，还需要借用刑刀的身体，且无法使用修为，轻易就被柳藏酒一脚踹飞，更别提十几年前，从无上夷眼皮子底下偷走漆随梦，根本办不到。而她又询问过亦孤行，亦孤行完全不知道漆随梦是神剑剑灵这回事。

二十多年前，神族天灯在云巅国库内预警，燕澜的母亲奉召入神都，点天灯请神明下凡的事情，是一个只有云巅高层知道的秘密。

剑笙前辈不仅有身份知道这个秘密，还精通巫族秘法可以避开无上夷。至于剑笙阻止神君下凡的动机……燕澜原本的宿命，是被下凡的神君杀死。神君无法下凡，最受益的人就是燕澜。

毕竟，剑笙前辈已经和大荒怪物合作，请绝渡逢舟给燕澜一道契约，帮绝渡逢舟隐瞒身份，混在巫族。

完蛋。姜拂衣越寻思，越觉得剑笙前辈真可能是盗走漆随梦的人。

"我知道你在想什么，我起初也是这种想法，但又被我给否定了。"

燕澜笃定地道，"在漆随梦识海里塞始祖魔元碎片，除了会阻断神君下凡，还可能导致神剑堕入魔道，对于人间来说，同样会造成难以预估的浩劫。我不相信父亲只为了保我一条命，如此不计后果。"

姜拂衣不知该怎样告诉燕澜，她对剑笙的信任，全部来源于剑笙对她发自真心的爱护。一柄拔不出来的心剑，对剑笙的影响应该并不是很大。但他对姜拂衣的心疼和关爱，甚至还要超过真正的心剑剑主。由此可见，亲情、父爱，绝对是剑笙最大的软肋，做出什么都不稀奇。但这只是私心，不是祸心。

燕澜见她沉默，音色微变："阿拂，你难道也和闻人不弃一样，觉得我父亲是个奸邪之辈？"

姜拂衣忙道："当然不是了，我能够打包票，纵横道的首领不会是你爹，水蛊虫的事情也一定和他没有关系。"巫族有没有问题不知道，剑笙和燕澜肯定没问题。

她听到燕澜似乎暗暗松了口气："你相信我们就好。"

姜拂衣深深蹙眉："看来闻人不弃将你刁难得不轻。"

燕澜也不怕他刁难，除非这刁难与她有关系。燕澜摇摇头："也不能怪闻人不弃怀疑我和父亲对你有所图谋，魔神和我们有关，纵横道也和我们有关，他不怀疑我们才奇怪……"燕澜自己心中都忐忑不安，疑心重重，"而且闻人不弃一贯喜怒不形于色，以往见到我父亲，哪怕心里恨得要死，都能言笑晏晏，让我们捉摸不透。这次，他可谓气急败坏。"

姜拂衣想了想，想不出瞧着温文尔雅的闻人不弃，气急败坏是个什么模样。失去心脏后，姜拂衣更加畏寒，打了个寒战："看来不是刁难，是羞辱。不过，你也没必要和他生气……"

燕澜将被子提起来裹住她："不，我说这话的意思是，我虽受他一通羞辱，但仔细想来，他会气急败坏，也是因为过分担心你，才会失了分寸，我没有理由生气，我也不生气，甚至为你感到开心。"

姜拂衣一通安慰的话被堵了回去，屈起膝盖，裹紧被子，寒着脸开始替他生气："大哥，有时候我很喜欢你的心境，好像任何事情都似云烟，影响不到你几分。你就像一株万年古树，往你身边一站，别提有多心安。但有时候，又觉得你少了点血性……"

她话未说完，手被燕澜握住。燕澜揉开她攥着的拳头，横着手掌，覆在自己通红的双眼上："我的血性，都在这儿了。"

燕澜的眼睛半睁半闭，姜拂衣感受到他长而浓密的睫毛，在她指缝之间轻轻颤动，挠得她手心有些痒，浑身不扭。

"怎么，你的眼睛也不舒服？"姜拂衣想起来，阿然通过眼睛，强行攻过他的后灵境，"是不是怪物的封印出了问题？"

燕澜好一会儿才说话："曾经我以为，是体内这个怪物在引诱着我堕落，而我竟然没能抵抗，为此羞愧过。"从生出妒心，眼珠第一次泛红开始，他原本密不透风的心境墙，裂开了一道口子，才给了怪物可乘之机。

"如今又想安慰自己，这未尝不是一种新生。"

方才，姜拂衣说他像万年古树，燕澜竟觉得有些贴切。从某些方面来说，从前的他，循规蹈矩得像是一株枯木，从眼珠变红开始，才逐渐长出了血肉，焕发了生机。

姜拂衣不懂："你在说什么？"

"没什么。"燕澜将她的手从眼睛上移开，放回被子里，站起身，"外面有人守门，你继续休息，我先回族里去。"

姜拂衣拽住他的衣袖："上吊都要喘口气，你也歇一歇。纵横道存在也不是一天两天了，回去调查又不是回去救火，着什么急？"

燕澜垂头看着她："没关系，我答应了闻人不弃和漆随梦，等你醒来就回去。"

姜拂衣想说管他们那么多，但她了解燕澜很少食言："他们又不知道我醒了，我马上躺下来继续睡，你就当我现在是在梦游，等我真睡醒了你再回去。"

燕澜一愣。

姜拂衣这话说得并不假,她此番醒来,真有梦游的感觉。她刚才发呆,也不是为了演戏吓唬燕澜,千真万确是在发呆。她恍恍惚惚的,一时之间想不起自己是谁,身在何处,直到燕澜来到她身边,将她唤醒。姜拂衣猜,可能是剜心的后遗症。这一次剜心铸剑,因为没有剑主,不会触发两相忘的失忆症,但姜拂衣还是隐隐感觉到了一些异常,具体异常在哪里,目前她还不清楚。

其实,姜拂衣最怕的并不是失忆。失忆对她的影响不是很大,何况如今还有闻人不弃的真言尺。她最怕的是疯癫。

母亲的疯癫,和封印太久无关,也不知究竟是什么导致的。姜拂衣之前才会急啊,怕自己万一也疯了,该怎么去救母亲。现在心态平稳了很多,毕竟已经看到了曙光。再说,母亲哪怕疯癫,始终记得有个女儿,待她眼珠子一般疼爱。她也应该不会忘记母亲。

姜拂衣说:"燕澜,我现在眼睛看不见,就只信你,你不守着我,我睡觉会睡不安稳,复原也会慢下来,你说,究竟哪个更重要?"

燕澜察觉到她倏然流露出的一抹慌张,连忙答应:"好,我先不走。"

姜拂衣重新躺下:"你可不要趁我睡沉之后,偷着跑了。"

燕澜也在床边重新坐下:"不会的,你放心睡,我在房里守着你。"

姜拂衣往里侧挪了挪,本想拍拍身侧的位置,让他也躺下来一起睡会儿,告诉他,睡眠是养神最轻松的方式。

但姜拂衣忽然想起来,上次燕澜为枯疾所伤,高热发烫,她为了帮他降温,好心在他身边躺下了,还侧身抱着他睡了一觉。当时明明坦然以对,甚至感叹一个男人的腰,竟然这么细。她以手做尺,隔着轻薄凌乱的里衣,粗略丈量了一番。现在回忆起来,她竟莫名生出几分尴尬。这算不算占了燕澜的便宜?还好他不知道。

姜拂衣将邀请他一起睡觉的话又咽了回去,心虚地闭上眼睛。身体透支得太厉害,疲倦涌上来得极快,她开始昏昏沉沉。

燕澜安静坐着，一直等她睡熟了，才轻缓起身，再次回去矮几后面盘膝坐着，继续寻思该做什么款式的簪子。思来想去，他打算做一支水滴形状的流苏簪，寓意自然是"水滴石穿"，以此来表明自己的决心。

燕澜先在纸上画出簪子的外形，在脑海里预想簪在姜拂衣发髻上的模样，废了几十张纸，才选中一支还算满意的。他又从储物戒里翻找合适材料，挑选出一块成色极佳的水灵晶。最后，燕澜取出一本书册。

根据族中习俗，做饰物时，要一边做，一边念诵祈福。祈福书中，祈求永结同心的篇章，燕澜没背过，需要临时学习。于是，他将图纸和材料全部放一边，先默背。背诵得差不多之后，燕澜拿起工具和材料，正准备动手，瞧见窗外有个挺拔的身影反复徘徊，似乎想敲门，却又不知在犹豫什么。

燕澜起身去开门，朝楼梯口望过去，瞧见一个熟悉的背影，和他猜的一样："商前辈，您是来探望阿拂？"

商刻羽才刚下了一个台阶，闻言顿住，转过身，脸上表情很不自然。

瞧见燕澜的红眼珠，他又微微一愣，蹙了蹙眉："阿拂怎么样？"

商刻羽和纵横道的邪剑修打到现在才回来，手里的剑告诉他姜拂衣在这里，还没来得及去询问凡迹星。

燕澜劝他放心："睡下了，并无大碍。"

商刻羽微微颔首："那你照顾好她。"说完，下楼离开了客栈。

一城之内，商刻羽寻找姜拂衣非常简单，抓凡迹星更简单。凡迹星正在白鹭城最大的医馆里炼药。

距离水蠹虫卵爆发，已经过去两三日了，情况基本稳定，只剩下一些善后的工作。凡迹星已经用不着出剑，炼药就行。至于药材，全是闻人世家提供的。

医馆里的医修，比来看诊的病人还多，围着凡迹星看他炼药学习。凡迹星平时不会给他们这种机会，但此番水蠹虫的事情，这些小医修出了不少力，他也就顺手点拨一二。

伴月剑感知到商刻羽靠近，凡迹星将满眼写着崇拜的小医修们全部赶走，有损他的形象，更有碍他的发挥。

商刻羽走进炼药室："阿拂伤得真不重？"

凡迹星姿态翩然地拿着柄扇子，给药炉子扇风："她好像使用了大荒怪物的天赋，这我不懂，其他的，瞧上去只是脱力，不算严重。"他淡淡地睨了商刻羽一眼，"三哥你也一样，分洪水导致脱力，不要到处跑了，最好闭关静养几日。"

商刻羽听见这声"三哥"，磨了磨后牙槽，别提有多想将凡迹星扔进药炉子里去，但他确实乏力，今日没心情计较："对了，燕澜的红眼珠是怎么回事？"

凡迹星道："应该也是怪物天赋导致的吧。"

商刻羽沉默片刻："我出城去，有事你以剑气喊我。"

"又去山上？"凡迹星被他追杀三十年，最清楚他喜欢待在郊外山上，没山哪怕待在破庙里，也不去住客栈。大概是嫌客栈房间住过五花八门的客人。

商刻羽冷哼："你管我。"

凡迹星笑着说："不想住客栈，你可以去闻人府上，咱们距离近一点，有事儿容易商量。都是自家兄弟，你不用跟闻人客气，我忙完也会过去。"

商刻羽原本没打算搭理他，转身往外走，眉毛一皱："什么自家兄弟？"又想起凡迹星之前说闻人不弃是"老五"。

商刻羽逐渐反应过来，更多是不解，倏然转身："闻人不弃懂剑道？"

"不懂。"

"那我……那她为何赠剑？"

凡迹星猜测："仙女估计是看中他够聪明，闻人早在几十年前，就找出了神族大封印术的核心，下午还在和我说，以目前的情况来看，要将斩断极北之海的锁链提上日程了……"

商刻羽思索片刻,想到什么,凌厉地看向他:"你这意思,是说我们愚蠢?"

凡迹星摇着扇子,"啧"了一声:"亦孤行和无上夷,你就说他们蠢不蠢?"

商刻羽无法反驳,他们俩一个蠢得可笑,一个蠢得该死。可恨的是,无上夷说去万象巫,竟然没去,失踪至今,没办法去找他算账。

凡迹星挑眉:"不过也能理解,他俩年纪大,脑袋不中用了很正常。咱们兄弟俩不至于,只能说没有闻人学识渊博,但咱们比他善战,尤其是三哥你。术业有专攻,咱们和闻人正适合通力合作,你说是不是?"

有道理。商刻羽原本都默认了,又恼火道:"你这贱人,谁和你是兄弟俩!"

凡迹星卷了卷衣袖,望向他疾步远去的背影,笑道:"三哥,你若是想救仙女,就去闻人府上,不想,就继续出去散心。大可不必去郊外山上待着,因为如果你不出力,对于阿拂来说,你就是个陌生人,她不稀罕你的关心,也不需要。

"而且洪水刚过,山上蚊虫多,可别怪弟弟没提醒你。"

明明谈的都是正事儿,凡迹星一股子说风凉话的态度,商刻羽每次都要被他气得半死,偏偏还说不过他。

离开医馆,商刻羽走入残破待兴的长街上,并没有犹豫,在夕阳的笼罩下,选择去往闻人府。

此刻,柳藏酒在医馆门口蹲着研磨药粉,商刻羽进去和出来,他都起身想问个好,奈何这位大佬目不斜视,来去匆匆。

柳藏酒起身又蹲下,脑袋一阵晕。他也中了水蛊虫卵,还杀了半天的海怪,原本来医馆是接受治疗的,但柳寒妆在医馆忙忙碌碌,瞧见他好些了,就开始使唤他帮忙做事儿。

这倒是让柳藏酒想起从前在修罗海市里的日子,三姐开药铺,他也是蹲在门口研磨药粉。二十多年过去，不仅位置从修罗海市换到了白鹭城，身边还多了一个大荒怪物和他一起蹲着干活。

"没想到暮前辈不只是剑快，做粗活也很麻利啊。"柳藏酒跑神的工夫，发现暮西辞已经比他研磨得更多。

"还好。"暮西辞心道他储物戒里什么都缺，就药材和药粉数不胜数。因为柳寒妆装病，自从来到人间，他几乎快将几万种药材全部辨认清楚了。

柳寒妆从医馆里走出来，伸出手指，在柳藏酒脑袋上轻轻戳了一下："还好意思说，明明是你一直在偷懒，瞧你这速度，甚至还不如你小时候。"

柳藏酒大吐苦水："你也不瞧瞧我杀了多少只攻城的高级海怪，不然指望那些鸟人，结界恐怕就被撞破了。"

柳寒妆朝暮西辞努了下嘴："我夫君还去和纵笔江川苦战了呢。"

暮西辞突然不好意思解释，他去飞凰山只是静坐，几乎没动用过武力。

柳寒妆弯腰拿走他们研磨好的药粉。

暮西辞看向她疲惫的面容："夫人。"

柳寒妆："嗯？"

"我知道需要你的地方多，但你自己也是个病人，要注意休息。"

"凡前辈为我出剑斩过痼疾了，你不是都瞧见了？"

柳寒妆往医馆里去，入内之后，又绕到窗口，探身去瞧自己的夫君。暮西辞自东海回来之后，有些奇怪。她为了救治城民忙碌不停，没有机会和他私下里相处。

暮西辞对她懂医术视若寻常，看着她和小酒亲近，也无动于衷，就好像已经看穿了一切。但他一句也不问。柳寒妆交代他做什么，他还是尽心尽力地照做，对她的态度，也和以前没有任何分别。

柳寒妆和他演了那么多年戏，现如今愣是摸不准他了。难道是暴风雨前夕的平静吗？她想让小酒去客栈告诉燕澜，问问燕澜的意见，又听说他们受伤不轻，又不好去打扰。

客栈里,燕澜的水滴流苏簪已经捏了个模子,又被他彻底否定。

不行。

水滴石穿的寓意对于燕澜是一种天长地久的决心,但对于姜拂衣来说并不好,是一种克制。因为燕澜忽然意识到,这大概正是九天神族将石心人封印在深海中央的重要原因。燕澜宁愿这颗石头始终坚固,永远也焐不热,也不要她脆弱不堪,千疮百孔。

燕澜毫不犹豫地将水滴流苏簪的模子毁去,连带着所画的一摞子图纸也毁掉。然后,他又重新开始挑选。

燕澜朝床铺望过去,姜拂衣的一只手垂到了幔帐外,手背皮肤上的裂纹依然触目惊心。燕澜脑海里又闪过她之前那句话。她说他像一株古树。或者,并不需要那么花里胡哨才能显示诚意,一支木簪就好。因为巫族的祈福篇章里,刚好有向春神和木神祈求健康新生的《万木春》。

燕澜拿定了主意,但这支木簪,需要回去巫族才能做。万象巫里才有至今仍然生机昂扬的万年古树。燕澜先站起身去到床边,想将她滑落出来的手臂放回被子里去。他握住姜拂衣手腕那一霎,感觉到她浑身颤动了一下。燕澜慌忙停住动作,怕惊醒她。

这几日养魂休息,姜拂衣没少做梦,多半时候都是梦见极北之海。

正在伴着鱼群嬉戏时,眼前场景突然转换,她从蔚蓝的大海,站在了一堵破败的大门前。门后尽是重重雾气,向外散发出令人窒息的压迫感。姜拂衣不禁有一些毛骨悚然。

这里还是她的梦境?应该是,毕竟现实里她失明了,梦里的视力才是正常的。为何会做这种奇怪的梦?姜拂衣朝前试探着走去,轻而易举地穿透了那扇古怪的门,走进雾气之中。她转了一圈,似乎是片空地。

倏地,一只手从背后按在了她的肩膀上,明明是在梦中,姜拂衣却从头麻到脚,浑身僵直,难以动弹。背后之人慢慢绕来她面前,姜拂衣先看到一双通红的眼,鲜血一般红。此人的脸是模糊虚化的,唯独一双红眼极为明显,从他影影绰绰的身形来看,是个男人。而这双红眼睛,让姜拂衣想到燕澜。

她梦到了燕澜？好像是第一次梦到他，怎么会是这样可怕的场景？

姜拂衣被他盯得浑身发毛，试探着喊："燕澜？"她喊过之后，他有片刻的停顿，原本模糊的轮廓逐渐清晰，的确是燕澜的外形。但姜拂衣能够分辨，他不是燕澜。燕澜也爱板着脸，却只是不苟言笑，没有这般阴郁。

姜拂衣开始怀疑这不是梦，质问道："你是谁？为何入我梦中？"不一定是大荒怪物，人族法术也有入梦术。她就曾经铸造过一柄能入梦的剑。

"燕澜"开口："这不是你的梦，是他的后灵境。"

姜拂衣微微一愣："你是那个怪物？"被封印在燕澜后灵境里的怪物？所以燕澜的红眼，和眼睛受过伤无关，是被怪物影响的？

他不答，转身朝浓雾里走去。

被定身的压力骤减，姜拂衣四肢僵硬的状态解除了。踟蹰片刻，她抬脚追上去。她跟着红眼怪物穿过迷雾，面前豁然开朗，是一片漫无边际的汪洋大海。他在海边停下来。

姜拂衣和他保持距离，也停下来。正莫名其妙，眼前忽然星移斗转，大海消失不见，出现一片焦土。而焦土之中，矗立着一棵即将枯萎的树。

红眼怪物说道："他原本打算做一支蕴含水灵力的簪子，又觉得滴水穿石的寓意不好，想要改做一支蕴含木灵力的簪子，愿你百病消，千帆过，万木春……因此后灵境内的世界，随着他的念想变了又变。大概又因为他虔诚的愿力，我才能将你拉进来。"

姜拂衣只问："你拉我进来做什么？"

怪物声音冰冷："他从幼年起就一直排斥我，极力克制自己，拒绝和我交流，而我当时也不够强大……如今我足够资格，可是他的意志也更坚定，我依然被他拒之门外。我想请你转告他，真正需要《万木春》的不是你，是他。希望他打开这扇门，接纳我，与我融合，我来保护他。"

姜拂衣觉得好笑:"你知不知道,你是神族天灯所示的人间浩劫?是被封印在燕澜后灵境里的,他怎么可能会放你出去?"

怪物转头看向她,明明是火红的眼睛,却似寒潭般冰冷:"他不愿,所以你打算眼睁睁看着他死?"

姜拂衣道:"放你出去,燕澜一样会没命。"

红眼怪物道:"不,你可以将我视为他被囚禁的天赋,我为保护他而生!"

"阿拂!"

姜拂衣猛然惊醒,直接从床上坐起身,大口喘着气。

"做噩梦了?"燕澜原本以为是自己想将她滑出来的手腕放回去,惊到了她,却见她眉头深锁,嘴唇也微微颤动,像是被噩梦魇住了。他轻喊两声,见她没有醒来的迹象,更觉得异常,便朝她灵台施展了凝魂术。

姜拂衣逐渐平复下来,点了点头:"算是噩梦……"

等一下,姜拂衣眨了眨眼,看向燕澜,从他泛红的瞳光里窥见自己披头散发、狼狈的倒影。

燕澜目露喜悦:"你的视力恢复了?"

姜拂衣正要笑起来,脸色倏变:"不是噩梦,我应该真被那个怪物拉进了你的后灵境。"

燕澜瞳孔紧缩:"你见到了那个怪物?阿然都攻不进去,你是怎么进去的?"

姜拂衣也不懂:"他说,是你做簪子太过投入和虔诚?我睡觉养神的时候,你不好好休息,竟然在做簪子?"浪费她拦下他的苦心。

燕澜沉默。姜拂衣看他又躲闪又后怕的眼神,确定了这不是梦。燕澜既然躲闪,她也不问簪子的事:"怪物没有形体,只有一双血红的眼睛,就和你现在一样。我喊过你的名字,他才凝结成你的样子,似乎是从我意识里看到了你的容貌,你能不能分辨是什么怪物?"

燕澜:"莫要忘记,《归墟志》有几页被撕掉了。"

姜拂衣："除了被撕掉的，第一册内其他怪物都不符合？"

燕澜摇头："第一册就只有几个怪物，特征和手段都很明显，没有妒心强的红眼病。"

姜拂衣纠正："我只说他有一双红眼睛，没说他有红眼病。"

燕澜沉默。

姜拂衣抱着膝盖，只顾着回忆刚才的"梦境"，没注意他的反常。

燕澜询问："他还说了什么？"

"他让我转告你……"姜拂衣详细复述了一遍，"最后一句，我听得不是特别清楚，他好像说，他是你被囚禁的天赋，是为保护你而生的？"

自小被这个怪物纠缠，燕澜语气中透出一抹对他的厌烦："他最擅长蛊惑。"

刚才的经历犹如做梦，且和怪物交流较少，姜拂衣分辨不出来："总之，这怪物的天赋真的很强，而且好像对我很有利？"

上次燕澜在她胸口吐了一口血，她对战之时突破了。这次进入燕澜的后灵境，她被阿然所伤的双眼又提前复明。

燕澜道："不必多想，等我此次回族里询问清楚。"他要赶紧回族里去，不只是为了查纵横道，更多的是担心那怪物再将姜拂衣给拉进去。

姜拂衣瞧他气色，比自己以为的好得多，不再拦着他："你若不嫌累，动身吧，我也去将你写的建议拿给闻人不弃。"她已经复明了，不再是累赘，其实很想跟着一起去万象巫，盯紧漆随梦，不让他太刁难剑笙前辈。但姜拂衣仔细想，漆随梦有资格去讨个说法，是她没资格拦着，并且漆随梦不会将事情闹大，不然阻碍神君下凡救世的事情一旦闹开，闹去云巅君上面前，会牵连到她。

再一个，姜拂衣和她的"父亲"们，该商讨着去救她母亲了。燕澜给出了建议，还是关键性的建议，已经足够。

斩断极北之海封印锁链这件事，是在对抗九天神族。即使闻人不弃信任燕澜，姜拂衣也不能让身为巫族少君的燕澜亲自参与。燕澜回去万象巫,与她分开行事,对他更好。同样的,漆随梦身为神剑剑灵,更不适合参与,就让他们一起去万象巫吧。

姜拂衣掀开被子,穿鞋下床。

燕澜将凌乱的被子叠整齐,劝道:"阿拂,你不要因为我,和闻人起争执,我已经还击过了,并没有吃亏。"

姜拂衣摆了下手:"我有分寸,我还指望他救我娘呢,不会和他闹僵。"

燕澜又说:"关于封印的事儿,若有疑惑,通过同归问我,我可以帮着参谋下。"

姜拂衣:"我会的。"

燕澜心中不舍,还有话想说,但他和姜拂衣之间有同归,可以随时传递消息。

两人走出客栈,外面下起了小雨。

姜拂衣一眼瞧见对面屋檐下站着的漆随梦。兴许是穿衣打扮换了风格,从他身上,已经瞧不出多少从前身为天阙府弟子的光风霁月。之前觉得他迂腐得讨厌,如今看来,还不如迂腐时讨人喜欢。

漆随梦原本靠墙站着,见她出现,站直身体,却并未上前:"你的眼睛复明了?"

姜拂衣朝他走过去:"我的身体差不多复原了。"

漆随梦松了口气:"真好。"

姜拂衣来到他面前:"漆公子,我想请你答应我一件事。"

漆随梦知道:"你若想劝我不要去找剑笙,我会听你的话。但是珍珠,我咽不下这口气,不问清楚,此事将在我心里堵着,我怕我会生出心魔。"

姜拂衣摇头:"我没想劝你,你想怎么做是你自己的事情,和我无关。"

漆随梦蹙眉:"那你想我做什么?"

姜拂衣道:"当你忍不住对剑笙前辈动手时,不要使用沧佑剑。"

漆随梦沉默。

姜拂衣盯着他:"身为沧佑的铸造者,我有资格这样要求吧?"

漆随梦颇无语:"你也未免太抬举我了,你觉得我有本事伤到剑笙?"

姜拂衣说了声"这不重要":"我铸的剑,我不希望它指向我在意的任何人。毕竟我家的剑,并不是送出去就归剑主所有,依然属于铸剑师。"

她在意的人不只是剑笙,还有燕澜,漆随梦听明白了,她是指责自己对燕澜拔了剑。藏在背后的手攥成了拳头,漆随梦脸上并未表露不满,也不去争辩什么:"没问题,我答应你,今后再也不用沧佑对付你在意的人。"

姜拂衣朝燕澜挥了下手:"那你们出城,我去闻人府了。"说完就走。

道观位于西郊,要走西城门。而闻人府位于白鹭城内的东北方,背道而驰。燕澜和漆随梦都没动作,分站街道两侧,目望她的背影。又几乎是同时,他们转身朝西城门方向走。

道观虽被洪水淹了,但法阵没受损害。

绝渡逢舟和巫蛊师全部累得够呛,前两天已经先回族里去了,只剩下猎鹿和休容还留在白鹭城。休容在医馆帮忙,猎鹿则守在道观里。

燕澜说要启动传送阵,猎鹿还有些不解:"少君您要带着漆公子一起回去?"

燕澜点了点头,看了猎鹿一眼:"你也跟我回族里,帮我去查一件事。"

猎鹿行礼:"您说。"

燕澜并没有告诉他:"回去再说。"猎鹿朝他望去,他已经取出了象征少君身份的面具,遮住了脸。

猎鹿放出消息通知休容,又请求道:"我不放心休容一个人在外面,少君先回去,我们随后跟上。"

燕澜:"可以,正好我也要先去魔鬼沼,再回万象巫。"

猎鹿去启动传送阵："您请。"

燕澜入内："漆公子，请吧。"

漆随梦这才从院子里走入密室，走入法阵之中。

两人并肩站在发光的阵中，和一起从白鹭城来道观一样，一言不发。

魔鬼沼内。

无上夷已经被剑笙用法阵困在沼泽地里很久。因为剑笙警告他，这困阵的阵眼连接着五浊恶世的大门，无上夷始终不敢使用法力，只能无奈地念叨："剑笙，你究竟要将我困到几时啊？"每天都要念叨很多次，剑笙心情好的时候，会陪他说两句话。

今日剑笙的心情还算不错，坐在洞口外烤鸟翅："怎么，有我陪着你还不够啊？要不要我去抓几个修合欢术的女妖进去陪你？"无上夷闭上了嘴。

剑笙笑了两声，忽然感知到魔鬼沼周边结界出现了波动，一拂袖，面前的万物之灵凝结出一幅影像，燕澜前行带路，漆随梦紧随其后。

剑笙的笑容僵在了脸上，又逐渐放松下来，往鸟翅上撒了些调料。这一天，终于还是来了。

第四章
红眼睛的秘密

燕澜许久没来魔鬼沼,刚一踏入地界,就察觉到了灵力波动。

以往父亲若非出远门,很少设防。因为魔鬼沼内地形复杂,遍地是毒瘴,且距离地面三百丈之内,除了父亲豢养的传信黑雀,无法飞行。

五浊恶世的大门,不是谁来都能打开的,巫族人自己都没这个本事。世代在此看守,是以防万一,同样是防止无知者误入,遭大门封印伤害。

燕澜望向魔鬼沼深处,目光幽深。之前漆随梦将封印枯疾的《归墟志》送来万象巫,大祭司受无上夷所托,擒住了漆随梦,关在牢房里。他父亲将漆随梦救出来后,无上夷至今没来万象巫,销声匿迹。燕澜怀疑,无上夷可能是被父亲困住了。

心中想着事情,燕澜的脚步不由自主地慢了下来。漆随梦停下脚步,望向前方带路的身影,沉沉道:"怎么,反悔了?"

燕澜回过神,扭头看向他:"抱歉,我方才想事情想得过于专注。走吧,家父知道我们来了,已经扫清前方障碍,我们一刻钟便能抵达他的洞府。"

漆随梦冷漠道:"只有我们两个,你也要装模作样?"

就是只有他们两个,燕澜才更坦然,不用担心自己轻易触发红眼病。燕澜没有理会,继续往前走。

漆随梦又说:"燕澜,我比闻人不弃更清楚,哪怕你存了利用珍珠的心，但你对她的爱慕，并非虚情假意，是不是？"

燕澜淡淡地道："我的私事，没有必要和谁交代。"

漆随梦追上他，和他并肩："你身为富可敌国的巫族少君，自小被众星捧月，什么都不缺，过得简直是神仙日子。而我一无所有，就只有珍珠这一线光明，为何你要费尽心机和我抢？"

"谈不上费尽心机。"燕澜之前虽不否认他说自己"阴险"，却没觉得自己使用过龌龊的手段，任何心思都是合情合理，"至于抢，更是无稽之谈，她原本也不归你所有。"

漆随梦咬了咬牙："可是我们被迫分开之前，我是除了她母亲，她最重要的人，你既看到了她的记忆，该知道这是她亲口说的。"

燕澜沉默了一会儿："你与她相伴五年，她这样对你说。我与她认识还不到一年，她也对我说过差不多的话。若她多赠几柄剑，多失忆几次，你信不信，她对每个失忆之后陪伴她的男人都会这样说。"

漆随梦："……不可能！"

燕澜："我比你更希望这样的事情不要发生。"他不想继续和漆随梦谈论姜拂衣，加快了步伐。

一刻钟后，两人抵达剑笙洞府门口不远处。

燕澜先告诉漆随梦："我父亲脾气古怪，你最好让我先去说明情况，令他了解一下来龙去脉，贸然去质问他，他发起脾气，我也拦不住。"

漆随梦觉得他多此一举："我认为没有这个必要，你爹做了什么，他自己心里有数。"但燕澜走上前，他并没有跟着。

"父亲。"燕澜摘下面具，拱手躬身。

剑笙在火堆后面盘膝坐着，抬头瞟一眼他的红眼珠："我听说阿拂的眼睛也为怪物所伤，暂时失明了？"

燕澜点头："但您不必担心，她已无大碍。"

剑笙说了一声"那就好"，遂将燕澜晾在一边。

燕澜解释道："父亲，孩儿此次回来，是因为闻人家主认为白鹭城水蠱虫的祸端，是由一个叫作纵横道的组织造成的，洪水攻城时，闻人更是遭到纵横道的高手刺杀。他指责纵横道与我们巫族有关系，而您就是他们的首领……"

燕澜讲述了风雷帜落在纵横道手中的事儿："父亲怎么看待此事？"

剑笙却看向前方站在枯树枝下的漆随梦："他来，是以天阙府的身份查纵横道？"

燕澜摇头："他找您是为了其他事情。"

漆随梦对上剑笙的视线，朝洞口走去，踟蹰了下，虽不太情愿，还是拱手："前辈，咱们又见面了。"

夕阳西下，天色逐渐暗了下来。剑笙朝火堆里扔了块火灵晶，火焰顿时暴涨，将周围照耀得更为明亮。漆随梦距离他太近，险些被火舌触碰，不得不后退。

剑笙漫不经心地道："瞧你这比我还欠打的臭脸，应是已经恢复了从前在边境当乞丐时的记忆，找我做什么，讨饭吃？"

燕澜在旁蹙眉，父亲说话向来难听，却很少踩着"陌生人"的痛处羞辱。更何况漆随梦不是陌生人，是巫族请下来的神剑剑灵。

漆随梦绷紧脸色，质问道："剑笙，我来是想问你，当年将我从无上夷身边偷走，扔去北境的人，究竟是不是你！"

剑笙好笑："你都说是'偷'，那便是见不得光，哪个做贼的会主动承认啊？"

漆随梦隔着火焰指向他："你既这样说，还不算承认吗？"

"少说点废话，拿出证据，你们天阙府在云巅君王手底下，不就是执掌律法的？"剑笙朝无上夷被困住的方向飞快地瞧了一眼。

燕澜追着望过去，心中有了数。

剑笙又看向漆随梦："你找回了人生前十六年的记忆，最近五六年的记忆难道被你抹去了？即使你觉得天阙府漆随梦是个假身份，不是真正的你，但你学会的那些法则和道理，以及令你一战成名的问道墙，你当时孤身一人退敌护苍生的信念，也全是假的？"

漆随梦皱起了眉。

剑笙双手拢在袖子里，疑惑地道："才过去短短时间，从你身上竟然看不到一点之前的影子，这不应该。你将两个时间段割裂开了？究竟是飞凰山变故丛生，令你无暇融合，还是你在逃避，潜意识里选择停在了五六年前？"

"除魔卫道，难道比当乞丐还辛苦？"

"漆随梦，你不愿意往前走，是想要留住什么？"

"你可曾留住了？"

剑笙的声音不急不缓，平平淡淡。漆随梦却如遭雷劈地愣在那里，他好像真如剑笙所言，刻意地将这两个时间段割裂开了。漆随梦忽然有一些混乱，也有一些难堪。

燕澜则紧盯着父亲。比起羞辱漆随梦的痛处，这样费心点拨，更令燕澜疑惑不解。燕澜自己都不曾得到过这般点拨。只不过，他也用不着点拨。

山洞外这片静谧之地，一时间，只剩下火灵晶燃烧的"噼啪"声。

被入夜的寒风一吹，漆随梦如梦初醒，再次说道："我没有证据，但我就是证据！"

剑笙："哦？"

漆随梦指了下被剑笙挂在左侧腰带上的诡异面具："我记得你的面具，你可以说是魔人假扮你，意图嫁祸你，但那个贼人将我带去北境，一路都牵着我的手，帮我穿衣，喂我吃饭。若是魔人假扮，恐怕不会这样待我，也不会令我怀揣希望，我是和父母走散的。"

然而始终没人来寻他，漆随梦才确定自己是被父母遗弃了。

"所以，不是你还能是谁？你的修为和无上夷不相上下，有本事偷走我。我又是你们巫族请来人间救世的，你不敢怠慢我……"

剑笙打断："我都将你扔了，还不敢怠慢你？你自己听听，说的这是什么话?"

漆随梦喉结滚动了几下,又陷入了难堪之中,不知该怎样辩驳。这正是他想不通,想来讨说法的原因。剑笙既然狠心将他偷走,扔去北境苦寒之地,又为何会一路细心地照顾他。

剑笙却又点了点头:"但你说得没错,你的确是我从无上夷眼皮子底下偷走的。你们可不要小瞧无上夷,他不是个省油的灯。"

"父亲!"燕澜忍不住出声提醒。

剑笙置若罔闻,反而还诉苦道:"你知道耗费了我多少工夫?我在天阙府外蹲守了将近一年,才终于寻到一个机会。若不然,你一岁多的时候便被我扔了,就不会记得面具,不会记得神都,不会南下。"

燕澜无语:"兹事体大,您不要乱说话。"他怀疑父亲是故意在气无上夷。

剑笙轻飘飘地道:"看来是我平时太不正经,说实话反而没人信了。"

漆随梦压住自己的怒意:"给我一个理由!"

"理由?"剑笙指着燕澜,"还能是什么理由,我儿子后灵境里封印了一个会引起人间浩劫的怪物,我不将你从无上夷身边偷走,几年之后,等你适应了躯壳,稳定下来,那位神君就要降世,杀我儿子,我能让他下来?"

此事漆随梦知道,之前燕澜讲述姜拂衣的记忆碎片时,并没有瞒着:"但封印是你们封的,请神君也是你们请的……"

"不是我。"剑笙朝万象巫望一眼,"是我夫人和那群王八蛋的决策,我没资格参与,对这些全部一无所知。"

"孩儿不相信。"说话的是燕澜,"就算您一无所知,也不可能单单为了救我一命,无视母亲付出的心血和牺牲,做出这样不顾人间安危的错事。"

剑笙继续拢起手,凝视眼前的火焰:"当然不只是为了你,更多是为了我自己,因为我实在做不到,神君下凡之后,用我一个儿子的身体,亲手杀了我另一个儿子。"

这次不只是漆随梦愣住，燕澜也微微怔了怔。

"漆随梦，你下凡使用的这具肉身，属于我大儿子。"剑笙平静得如同讲故事一般，"他比燕澜大了十岁，可惜先天不足，异常羸弱。我们夫妻俩想尽了一切办法，也找不到治他的法子，凡迹星说他活不过一岁，因此在他五个月大时，我们便将他封印了，想着今后兴许会有能超越凡迹星的医修出现。神君下凡，需要献祭一具肉身，当时已经选定了族中一对夫妻的幼子，算是我夫人的表侄子，天赋颇高，但那对夫妻带着那个孩子连夜逃离了万象巫……我夫人没再挑选新的，将我们被封印的长子献祭了出来。"

漆随梦呆呆地站在那里。

剑笙看向他，目光晦涩难辨："我扔的是你，也是我那已经死去的长子的躯壳。我心胸狭窄，罔顾大局，自私自利，这样的说法，你满意不满意？"

漆随梦双唇微颤许久，却对燕澜道："我还不能离开，闻人前辈嘱咐我，要我以天阙府的身份，来巫族查纵横道，你既承诺要查，你查，我等着就好。"

漆随梦这样说，等同是不再追究当年被偷走扔掉的事情。

但燕澜的表情越来越古怪，他怎么记得小时候曾在古籍上看到过，神族通过天灯下凡来，只能降生在未出生的胎儿体内，和转世投胎差不多。燕澜被封印的大哥，是五个月婴儿的形态，还能接受剑灵下凡吗？究竟是父亲说了谎话，还是时间太久他记错了？燕澜告诫自己不可以轻易对父亲生出疑心，准备再去藏书楼找一找那本残破不堪的古籍。

回万象巫的路上，燕澜比来时心事更多。漆随梦同样是魂不守舍，忍不住道："燕澜，这件事，你为何都没有反应？"

燕澜回过神："嗯？"

漆随梦有些烫嘴地道："你父亲说的那些话，我这具躯壳，是你的亲哥哥，你的反应呢，好像一切都与你无关一样。"

燕澜沉静地看向他："我父亲简单几句，你就接受了？不怀疑他在找理由骗你吗？毕竟在闻人不弃口中，我们父子俩道貌岸然，诡计多端。"

漆随梦反问："闻人前辈说错了？抛开原因，剑笙将我偷走扔掉，算不上诡计多端？而你不和我解释，让我也误认为你是珍珠的大哥，对你放松警惕，你难道称不上道貌岸然？"

只不过……先前从闻人不弃口中得知，珍珠不是剑笙的女儿，和燕澜不是亲兄妹，漆随梦异常愤怒。此刻，他又无比庆幸，若他们是亲兄妹，自己和姜拂衣也成了亲兄妹。

燕澜不辩解："那你为何轻易相信我父亲的说法？"

"怎么，你怀疑我另有打算？"漆随梦是真的相信，"就凭剑笙将我扔去北境时，路上对我的悉心照顾。"以至于他一直记得，剑笙的手很暖。

剑笙都决定将他扔掉了，没有对他演戏的必要，也不会在一个两三岁的孩子面前演戏。燕澜真的有一个好父亲。

比起优渥的成长环境，漆随梦更羡慕他有剑笙这样敢为他对抗九天神族、背叛族规、抛弃使命的好父亲。而这个父亲，是他年幼时记挂在心中、期盼过的父亲。期盼落空之后，漆随梦破烂不堪的生活里，终于又有了珍珠，岂料这一切再次被推送到燕澜身边去。天下间所有好事，似乎都被燕澜一个人占全了。

漆随梦自嘲一笑："命运实在非常偏爱你。"

燕澜"嗯"了一声："你说是便是吧。"

漆随梦又说："我真想充分挖掘自己的神力，履行来人间的使命，将你给杀了。"

燕澜默不作声。

"但我绝对不会因为所谓的使命去杀你。"漆随梦望向前方泥泞的道路，"几乎在所有人心中，我都好像是一件工具，而我不想成为工具，只想简单做自己。"

燕澜的声音有些低沉:"对于我们这些身处旋涡之中的人来说,做自己,恐怕才是最难的。"

漆随梦没听清楚:"你说什么?"

燕澜道:"没什么,你有这种想法,阿拂应该会很高兴。"姜拂衣也常常"蛊惑"他,让他不要揽责上身,走自己的路,修自己的道。

漆随梦拧巴着说:"我占了你大哥的躯壳,说我是你的大哥,也说得过去……但是剑笙将我丢弃,害我受尽折磨,自此恩怨抵消,我们之间再无亏欠。关于珍珠,我绝对不会让你。"

燕澜心道"躯壳"之事尚且没有定论,没必要现在"称兄道弟":"我不需要你让。"

离开魔鬼沼范围,燕澜开启星启阵,回到万象巫,将漆随梦安排在寝宫偏殿,自己则去往藏书楼,寻找那本古籍。

白鹭城。

姜拂衣前往闻人府的路上,顺道先去了趟全城最大的那家医馆。她走到屋檐下,将伞收拢,甩了甩水。这柄伞,是之前燕澜用来抵挡风雷帜的法器,又交给姜拂衣防身。姜拂衣醒来后,忘记还给他了。雨越下越大,她拿来充当雨伞,还挺好用。

姜拂衣走进拥挤吵闹的医馆里,找到坐在右侧墙角正煎药的柳藏酒。柳藏酒面前摆了几十个煎药炉子,手里拿着柄蒲扇,忙得不轻。

姜拂衣走上前,拿起一旁闲置的蒲扇:"你一个人要看这么多炉子?"

柳藏酒抬头,对上她明亮的眼睛,疲惫一扫而空,惊喜道:"小姜,你眼睛复明了?我这几天想去看你,但是我三姐不让我去打扰你们。"

姜拂衣在他身边蹲下来,挽起袖子,帮着扇风:"这不是明摆着的,你呢,听说你喝了不少井水,肚子里有大量水蛊虫卵,取出来之后大伤元气?"

柳藏酒尴尬:"我又丢脸了。"

姜拂衣笑道："怎么能说丢脸呢？若不是你，就不能及时发现水蠹虫卵，要我说，你才是功不可没。"

"是吧？"柳藏酒原本也想这样自夸，又觉得太不要脸了，毕竟这只是凑巧的事儿，"我也是有用的。"

"谁说你没用了？"姜拂衣从来没觉得他是累赘，并不是能力接近，才配成为朋友。愿意与他们共同进退，这份心才最难能可贵。

姜拂衣话锋一转："只不过，你不要总想着追赶我，应该按照你自己的节奏修炼。上次不是告诉过你，你这辈子都不可能追得上我，当务之急是放宽心，慢慢习惯这种差距，否则迟早会崩溃。"

"行了，我知道了。"柳藏酒无语地摆摆手。他承认之前自己是有些心急，自从瞧见姜拂衣搬走飞凰山，他已经有了一个清醒的认知。

姜拂衣还想说话，但蒲扇摇的力度过大，她被蹿起的炭火味呛得咳嗽了几声。

柳藏酒在她背上拍了几下，抢走她的蒲扇："别说我报复你，煎药需要控制火候，你不懂，纯粹是在捣乱，待会儿被我三姐瞧见了又要骂我。"

柳寒妆已经瞧见了："小酒，姜姑娘重伤未愈，你还偷懒让她做事？"

姜拂衣赶紧站起身："是我自己闲着无聊。"

柳寒妆穿过人群走过来，左顾右盼："姜姑娘，你大哥呢？"

姜拂衣回道："我大哥有些急事需要处理，先回万象巫去了。"

柳寒妆蹙眉："他回去了？"

姜拂衣见她好像忧心忡忡的模样："有事儿？"

柳寒妆把姜拂衣拉去角落，压低声音道："兵火好像已经知道我骗他的整个始末，但他的态度，让我捉摸不透……"她讲了讲暮西辞的反常之处，"所以，我想请教一下你大哥。"

姜拂衣摩挲指腹："暮前辈在哪儿呢？"

柳寒妆指向后院："厨房。"

柳藏酒感叹道："他比我辛苦多了，我只负责煎药，他除了煎药还得炖汤。你刚才拿的蒲扇就是他的,只不过到点炖汤去了。就这,还要被我三姐怀疑别有用心。"这几日,柳藏酒将暮西辞遭受的"折磨"看在眼里,越发觉得自家三姐有些过分。

柳寒妆瞪了他一眼:"你小时候乖巧懂事,怎么长大以后也变成和大哥二哥一样的臭男人,越来越讨人厌。"

柳藏酒自小听三姐数落这个是臭男人,那个也是臭男人,觉得这个词侮辱性极强,不服气地争辩:"我哪里是臭男人了?"

柳寒妆指责道:"好男人都会心疼女人,而臭男人就只会帮臭男人。你才认识暮西辞几天啊,就开始帮着他数落自己的亲姐姐了,你说你是不是臭男人?"

柳藏酒想翻白眼:"我哪有数落你,就是提醒你,不要总是欺负人家老实巴交。"也是奇怪了,柳藏酒自己都很纳闷,为何会用"老实巴交"来形容一个危险性极强的大荒怪物。

"你懂什么,我就是故意多使唤他,逼一逼,看他的反应。"柳寒妆又愁眉苦脸地看向姜拂衣,"但他还是老样子,我心里害怕,会不会是他发怒之前的平静?"

柳藏酒无法理解:"你既然担心他在隐忍克制,干吗还一直逼迫他?想试探,不会用其他方式试探?"

"认真煎你的药!"柳寒妆懒得和他说,拉着姜拂衣,"姜姑娘,我告诉你,想要试探男人,这是最简单的方式,不管发生什么事情,只要他还听话,任劳任怨,就说明问题不大。"

姜拂衣原本面露笑容地听他姐弟争执,柳寒妆忽然指点,她忙点头称"是"。

姜拂衣哪怕不认同,也不会说柳寒妆不对。因为在她心目中,柳寒妆在御夫之道上,称得上吾辈楷模。姜拂衣往后院走:"柳姐姐先别急,我去找他聊聊。"

厨房里，暮西辞正站在窗后切菜，长发悉数绾成了髻，簪在头顶上。

落雨声中，暮西辞听见熟悉的脚步声，抬头瞧见姜拂衣撑着伞正朝自己走过来："你眼睛好了？还挺快。"

姜拂衣收伞，钻进厨房里："前辈，有什么现成能吃的？我饿了好几天了。"

暮西辞盛了碗粥递给她。

姜拂衣端着碗，单手拉了条长凳过来，贴着墙角坐下来。她品尝了一口香甜软糯的粥，赞叹道："您这手艺，今后开个酒楼铺子，我一定天天过去捧场。"

暮西辞背对着她忙碌："一碗粥而已，你未免形容得太过夸张。"

姜拂衣笑道："这烹饪和剑道应有相似之处，将基础的剑招修炼成杀招，可不是一件容易的事情。"

暮西辞："我不过是熟能生巧，若让燕澜来学，两三年就能超越我。"

姜拂衣再吃一勺："别老是拆穿我啊，吃人家的嘴软，总得让我夸几句。"

暮西辞切好了一盘红萝卜，转头看她："不停地说好话，你是不是专程来道歉的？"

姜拂衣故作迷惘："道歉？"

暮西辞洗干净手，转身面对她："我第一次找你聊天，请你帮忙给凡迹星说好话，让他答应为我夫人医治，你就知道我夫人是因为畏惧我，一直在装病，才会说我夫人的病，凡迹星根本治不好。"

姜拂衣眼神飘忽了下，决定坦白："前辈，当时咱们才刚摊牌，我对您并不了解。您告诉我，九天神族将您封印，您一点也不冤枉，的确做过一件错事。我和燕澜商量，摸不准您做了什么错事，又为何失控，于是告诉柳姐姐，让她先不要露馅，继续和您伪装，直到您回到封印里去，将风险降到最低……"

暮西辞听完，微微颔首："我想着也是这样。"

姜拂衣现在已经认识到,当时她和燕澜有些杞人忧天了。自控能力达到兵火这种强度,不可能因为这点欺骗而失控。

但姜拂衣继续替柳寒妆辩解:"这件事从一开始……"

暮西辞知道她要说什么:"从一开始就是我误会了,她并没有做错什么,相反,因为恰好遇到封印动荡,害她遭了一场大罪。"

姜拂衣试探:"那她欺骗你?"

暮西辞道:"我不是也在欺骗她?何况燕澜告诉了我,温柔乡里镇压着怜情,我能理解她对咱们这些大荒怪物的恐惧。"

姜拂衣舒了口气:"真好,你们之间这个误会,终于不用堵在我的心口上了。"

暮西辞重新转身,面对灶台:"给你们添麻烦了。"

姜拂衣提醒道:"您最好和柳姐姐开诚布公地聊一聊,将误会说开,省得她总是猜测。"

暮西辞沉默片刻:"我知道了。"

姜拂衣和他聊着天,一连吃了两碗粥,撑开伞准备离开时,又退了回来:"对了,您之前说我们石心人很强,我不信,现在我是真信了。"

暮西辞好笑道:"难道你认为我说你们强,只是因为你外公情人遍布大荒?"

姜拂衣讪讪一笑:"那您也不曾告诉过我,我外公还有什么其他本事啊。印象中,他整天除了求饶就是挨打。"

"你真当我们俩打不过那些女人?是你外公自知理亏,我也觉得他理亏。至于他的本事……"暮西辞认真回忆,"我的领地被那些女人毁掉之后,你外公陪我找到了一处勉强合适的新领地。我觉得有座山挺碍事,你外公一拂袖,直接将那一整座山化为一柄剑,悬挂在腰间,带走了。"

姜拂衣震惊:"一整座山,化为一柄剑?"她没听错吧?

暮西辞笃定:"是我亲眼所见。"

姜拂衣难以置信。不过,按照道理来说,石心人可以将剑石化为小剑,大荒时代的山，吸收天地灵气，说是一块大剑石都不为过，将山化剑是可行的。

姜拂衣感叹："若我有外公的本事，直接就可以将飞凰山化为一柄剑，带去东海。"

暮西辞抬起手臂，轻轻摆了摆手："那倒是不行，飞凰山不是普通的山，内含神族法力，封印着纵笔江川。你外公亲自来也办不到，若不然，我会提醒你去试试。"

姜拂衣摇着头走远了："不管怎么说，我还是差得远啊。"她原本觉得，石心人的潜能，自己已经发掘得差不多了。听到外公的能力，才明白差得远，差得太远了。

回到医馆里，姜拂衣找到柳寒妆，告诉她暮西辞没有问题，同样提醒她开诚布公地和暮西辞聊一聊。毕竟暮西辞性格比较闷，不太主动，可能会拖拖拉拉。

等姜拂衣离开，柳寒妆去到后院，站在走廊里，隔着细细密密的雨幕，看向厨房窗子后面的暮西辞。来不及思考，暮西辞已经朝她望过来，眉梢顿时紧蹙："夫人，有事让小酒喊我，你出来吹风作甚？"

"我已经没那么虚弱了。"柳寒妆顺着游廊来到窗外，想将廊下的两盏灯笼点亮，"日落许久，厨房里乌漆墨黑，你也不点灯。"

"我看得到。"暮西辞放下手里的活计，目光紧追着她，像是廊下有妖风，生怕她被妖风刮跑。

柳寒妆一边点着灯笼，一边在心中合计着该怎样和他开诚布公地聊聊。可是他这声"夫人"，令柳寒妆又犹豫起来。

姜拂衣告诉她，巫族没人会九天神族的大封印术，短时间内，暮西辞回不去封印里。自己和他挑明之后，这"假夫妻"就做不成了。他要去哪儿？这家伙的脑袋不清不楚的，当年都能被纵笔江川欺骗，万一再被人骗了，犯下什么错，自己这次是不是也有责任？

等两盏灯笼都亮起，柳寒妆收起萤火石，转过身，正对上暮西辞看向她的目光。柳寒妆看出他的欲言又止，犹豫着问："夫君，你有没有话想和我说？"

暮西辞摩挲着手里的盘子，几乎要掰断。听姜拂衣说，自己的"若无其事"，引起了柳寒妆的猜测，考虑着要不要和她说清楚，但她这声"夫君"，令暮西辞打起了退堂鼓。说清楚之后，他们两个人之间，是不是就再也没什么关系了？

他来人间二十多年，都是在伪装做一个令她满意的夫君。卸掉这层伪装，又无法回去封印里，他要去做什么？像姜拂衣说的，去开一家小饭馆吗？暮西辞陷入了迷茫之中。

柳寒妆见他目无焦距，这样重要的时刻，竟然跑神了，不高兴地道："夫君？我问你是不是有话想和我说。"

暮西辞回过神，连忙道："今夜风大，你赶紧回屋里去。"

柳寒妆松了口气，进到厨房里："我累了，想歇歇。刚才姜姑娘对你煮的粥赞不绝口，你盛一碗给我尝尝。"又说，"近来常听小狐狸说起他的故乡，温柔乡好像是个很美的地方，这里的事情快要忙完了，咱们过几天启程去一趟温柔乡怎么样？"她已经二十多年没回故乡了，想念得很。

暮西辞端碗的手微晃，粥盛得太满，险些洒出来："好，夫人想去哪里，咱们就去哪里。"

姜拂衣没在医馆里看到凡迹星，听说他出门找药引去了。离开医馆之后，她去到闻人府邸，点名要见闻人枫。她将雨伞夹在腋下，站在游廊里等。

闻人枫过来之后，姜拂衣将燕澜写的建议，塞进一个信封中，以法力封住："闻人公子，麻烦将这封信转交给你叔父，告诉他，此信绝对可靠，为了我母亲，请他务必看。"

姜拂衣现在不能去见闻人不弃，因为两人八成会因为燕澜的事情起争执。姜拂衣虽知分寸,但她的性格不像燕澜那么冷静,她会冲动,也会发脾气。

万一将闻人不弃说恼了,他将燕澜的建议撕掉,坚决不采纳,姜拂衣当真没辙。毕竟闻人不弃不受她母亲心剑的影响,对她并没有特殊的感情。

闻人枫看着她手里的信封,并不接:"我当你喊我出来做什么,竟是让我为你跑腿送信。救了白鹭城,成了功臣,先来对着我摆谱?"

姜拂衣奇怪地看向他:"我又怎么惹你了,哪儿来这么大怒气?"明明上次问他讨要上榜的奖励,他给得挺痛快。

闻人枫以折起的扇子,轻轻敲着掌心,不屑地道:"你是替你母亲送信的?你母亲是觉得吃定我叔父了?"

姜拂衣眨了眨眼睛:"你叔父和我娘的事儿,你已经知道了?"这般丢脸的事情,闻人不弃竟然会告诉闻人枫。

闻人枫冷笑:"好事不出门,坏事传千里。"

姜拂衣惊讶:"都已经传出去了?"

闻人枫道:"那是自然,你搬走飞凰山,如今名头响亮得很,谁不知道你是女凰和剑笙的女儿,这无所谓,竟然还牵连上我叔父,说他是因为……"闻人枫像是咬了舌头,"说他就是因为觊觎女凰,才会针对万象巫。"

真够扯的。这一路的经历告诉了姜拂衣一件事,传言一句都不能信。

姜拂衣"哎"了一声:"少听他们胡扯,我和女凰一点关系也没有。也不能说没关系,按照辈分来说,我勉强算是女凰的祖宗。"

女凰的一位老祖宗,和姜拂衣的外婆同宗。女凰和那位老祖宗肯定不止隔三代,三万年时光,十几二十代都是有可能的。姜拂衣当然算是她的祖宗。

闻人枫嘴角一抽:"你还真是大言不惭。"

姜拂衣笑道:"很离谱是吧?很多时候,听着越真的事情越假,听着越离谱的,反而是真的。"

闻人枫又蹙了蹙眉,像是相信了:"但这样才合理。"

姜拂衣引飞凰山去东海时,他在渔村,头顶被分流的洪水包围,并没有瞧见当时的景象。这几日,他听了不少绘声绘色的描述。关于传闻,他将信将疑。

女凰有多少本事,闻人枫颇多了解。姜拂衣若是她的女儿,大荒凤凰血脉只会更淡,哪儿来这般惊为天人的能力?

闻人枫又狐疑着问:"既然不是,我说起你母亲,你为何问我是不是已经知道了?"

她都住进来了,稍后免不了和闻人枫抬头不见低头见的,姜拂衣实话实说:"我和女凰没关系,但是你叔父和我母亲,是真有关系,他是我母亲的情人……"她故意停顿了一下,"之一。"

闻人枫脸色瞬变,折扇倏然指向她:"你胡说八道什么!"

姜拂衣挑了挑眉毛,绕过去往前走:"算了,我稍后自己送信过去,麻烦先给我找间客房,我跟着我大哥住的都是上等房,太差的我可不住。"

闻人枫快步上前,又挡在她面前,折扇指在她的眉心:"你凭什么住在我家?"

姜拂衣又想起第一次见面时,被这个小王八蛋带人围堵时的场景了,磨着牙齿道:"凭什么?我本不想来,是你叔父请我来的。你没听懂啊,你叔父没准儿是我亲生父亲,那我就是你们闻人世家的大小姐,你说我凭什么住这里?至于你,你比漆随梦大两岁吧?按照我破壳的年龄来说,你算是我的堂兄,对着堂妹大呼小叫,你的家教呢?"她伸出两指,将眼前的折扇拨去一边,歪着头看向闻人枫,"脸色不要那么难看,这只是一种可能。就算是真的,我也不会和你争这个未来家主之位,尽管放心好了,我一点也不稀罕。"

"姜姑娘。"一名佩剑的仆人沿着游廊匆匆赶来,"家主已为您备好了住处,您这边请。"

姜拂衣客客气气地拱手："多谢。"

闻人枫望着她的背影，一双眼睛睁得极大，手中扇子险些落在地上。他快步追上去："姜姑娘，信给我，我帮你去送。"

这家仆不是一般人，在他眼皮子底下，姜拂衣不怕闻人枫从中作梗，将信递给闻人枫："有劳了。"

等姜拂衣被仆人带着走远后，闻人不弃倏然出现在闻人枫身边："将信给我。"

闻人枫又被吓了一跳，抚着胸口道："叔父，她刚才说的是不是真的？还是巫族对您耍的计谋？"

闻人不弃接过那封信，调侃道："之前不是总说凡迹星那伙人丢人现眼吗？我拿真言尺敲过自己之后，才知道我也是其中之一。难怪总是遇到他们，冥冥之中，自有天意。"

闻人枫惊得说不出话来。

闻人不弃好笑道："怎么了，你不是一直都很恼火我太惯着飞凰山的人，现在知道我和女凰没关系，你又不高兴了？"

闻人枫脸上青一阵白一阵，怪不得商刻羽住到他们府上来了。

闻人不弃默不作声，打量他的反应。

闻人枫回过神，立刻躬身："叔父，如果姜姑娘真是我的堂妹，家主之位自然是她的，我定会从旁辅助，绝无二心。"

"你想多了，她不是说了嘛，她不稀罕。"闻人不弃慢条斯理地拆开信封，"她并非说说而已，是真不稀罕。"

姜拂衣被仆人领进一个院子里。闻人府并不奢华，处处透着雅致，布景以挺拔修长的竹子为主，一看就是儒修的居所。

仆人侧身站在门外，介绍道："商前辈住在对面那间房里，他先前耗损过度，正在静修，家主说，您若无要事，先不要打扰。"

姜拂衣朝商刻羽的房门望过去。商刻羽和闻人不弃，一个肯来，一个肯招待,说明已经达成了共识。对于他们来说,都挺不容易。无论结果如何,这份恩情姜拂衣记在心里。

姜拂衣推门进屋,望见宽敞房间内精美的布局,不由得微微一怔。屋里好多摆件都是来自海洋,尤其是床铺,竟然是由一个巨大的贝壳雕琢而成。床上叠放着几件簇新的衣裙,拿起来比一比,大致符合她的身形。她再去看一侧的梳妆台上,首饰盒里的饰品在微光下,绽放着各色光彩。

姜拂衣坐在梳妆台前,一个个拿起来比画试戴,不愧是儒修世家,这审美还真是高级,她喜欢极了。等到全部试戴过一遍,姜拂衣有些累了,趴在桌面上,摩挲着手腕上的小铃铛,寻思着问问燕澜那边怎么样了。

万象巫,藏书阁外。

"谁?"守卫被骤然出现的身影吓了一跳,认出面具和穿着,纷纷行礼,"少君!"

燕澜疾步走进藏书阁。

万象巫本身是一个防御法宝,内部很多建筑则是空间法宝,比如藏宝阁和这藏书阁。

藏书阁从外观看,只是一座普通的宫殿,内部却另有乾坤,藏书极为浩瀚,且分层分等级,第一层的藏书,巫族人都可以借阅。越往上,需要的身份等级越高,藏书越少,越是精贵,多半是些罕见的功法秘籍。

但燕澜要找的古籍,位于第一层,是巫族一位先祖写的杂记,极厚的一本书,记录的都是日常生活,养花种树,钓鱼捕鸟,平淡又琐碎。

那位先祖大概生活在五千多年前,在巫族不算重要人物,因此他的日常生活,也没有被研究的必要,借阅者不多。但燕澜觉得他的心态很好,从日常窥他的生活态度,颇有意思,耗费了大半个月时间,看完了整册。其中后半部分,就有提过九天神族通过天灯来到人间,必须选择胎儿的事情。总共就只有几行字,且还使用的隐喻,夹在烦琐的日常里,很难被发现。

否则这本书不会被摆放在第一层，关于天灯和神族的一切，在巫族都属于等级最高的秘密，只有大祭司和三位隐世族老知道，就连少君，都得是必要之时，才会被告知。

燕澜凭着记忆，找出了那本杂记。他翻阅了下，证实没有记错。先祖既用隐喻，理应是真的。也就是说，神君下凡，不可能借用燕澜大哥的躯壳。

但燕澜还要再去确定一下，他将这本古籍放入储物戒中，离开藏书楼，去找大长老愁姑。她是休容的母亲，也是燕澜母亲从前的金兰姐妹。

父亲说，当年第一个被选择献祭的，是燕澜母亲的表侄子。那孩子的父亲，应是燕澜母亲的表哥或者表弟。燕澜不记得有谁逃离了万象巫。

愁姑听到来报，赶紧去到院中："少君，您几时回来的？"

燕澜道："有一会儿了，先去见了父亲。"

愁姑心头一跳："您既然回来，我家休容是怎么回事？"她担心燕澜亲自前来，是要告诉她什么不好的消息。

燕澜解释："休容安然无恙，和猎鹿稍后就回。我来找您，是有些旧事儿想问您。"

愁姑放心之后，又指责道："我告诉过您几次了，您找我，应该派人来通传，召我去见您。而不是您纡尊降贵来见我。"

燕澜避而不谈，问道："大长老，您知不知道我母亲有一个表兄弟，二十多年前，带着妻儿逃离了万象巫？"点天灯请神这事儿，愁姑是不知道的。族中机密大事，是由少君、大祭司和族老决定。愁姑身为大长老，是协助少君处理事务的长老，不是族老。族老辈分高，修为强，多半是从长老晋升上去的。

但愁姑已经没有资格成为族老或者大祭司，因为她已经成婚生子。

大祭司和族老的职位，要求不曾娶妻或者嫁人，甚至族中没有他们三代以内的血亲。据说，这样才能做到不偏不倚，不藏私心。

愁姑不明白他为何突然问起这些，捏着眉心仔细想："你母亲的表兄弟不少,有十几个,没出息的也挺多,但我印象中,没有谁逃离过万象巫。"

燕澜心道这就对了。父亲口中被献祭者逃跑,拿大哥顶上,是在说谎。

"我知道了。"燕澜告辞。

愁姑觉得他有些奇怪,关切地看着他离去的背影。一个温润的声音在她背后响起:"夫人,少君回来了?"

愁姑回头望去,正提着衣摆拾级而上的男子,是她的丈夫沈云竹。

沈云竹不是巫族人,巫族的女子通常是不外嫁的,尤其是以愁姑的出身与天赋,在那一代排在前列。于是,沈云竹入赘进了万象巫。

巫族的族规森严,也不是什么男人都能入赘。沈云竹出身云巅四大富商之一的沈家,而沈家从几千年前就和巫族有生意往来,交情匪浅。剑笙那柄配剑,就是沈家家主从修罗海市买来送给他的。

但愁姑和沈云竹的婚姻,并不是联姻。两人少年相识,两情相悦,结为夫妻算是皆大欢喜。唯独他们的女儿休容不高兴。

以愁姑的天赋,若是选择巫族人,休容的天赋也定然不会低。但愁姑选择了至今连人仙都突破不了的沈云竹,导致休容觉醒的天赋极为一般。休容当年追着燕澜跑的时候,总觉得眼高于顶的燕澜是嫌弃她的天赋低等,才一再拒绝她,便对自己的父亲横挑鼻子竖挑眼,瞧不起他入赘。

愁姑虽觉得女儿的思想有问题,看不惯女儿嫌弃自己的父亲,但休容天赋一般,确实是受她连累。夫妻俩都觉得愧对休容,对她向来宠溺,才将她养成了骄纵的性格。

愁姑点头:"对,少君刚回来,说休容也快回来了。"

沈云竹听到女儿,露出笑容,又问:"不过少君匆匆来,匆匆去,是不是族里出了什么事儿?"

愁姑也正担心:"莫名其妙的,这孩子忽然跑来询问二十年前的事情。"

沈云竹追问:"什么事情?"

愁姑道："关于他母亲的表哥和表弟……"

"爹、娘。"休容打断了他们的谈话，好奇道："你们站在门口做什么？知道我回来了，在等我？"休容走上前，挽住母亲的手臂，又对父亲莞尔一笑，亲昵之中藏着淡淡的疏离。

埋怨父亲导致她天赋不高这事儿，休容放下燕澜之后，早就看开了。但她依然与父亲亲近不起来。她实在不喜欢父亲在面对羞辱时平静的态度，说得好听点是不在意世俗眼光，与世无争。但以休容的观察，父亲的心胸并没有那么豁达，还愿意忍着，那就是窝囊。

燕澜回到寝宫时，猎鹿已在宫外候着了。猎鹿见他走来，快步迎上去："少君，不知您要我去办什么事情？"

燕澜摘下面具："你去藏宝阁彻查下丢失的宝物，我怀疑族中有人私自将宝物借给一个叫作纵横道的组织。"

猎鹿的声音从面具下透出来："纵横道？"

燕澜看向他："你也听过？"

猎鹿躬身："略有耳闻。"

燕澜讲述："我之前遇到两个纵横道的秘法师，手中拿着咱们的法器，"他将闻人不弃的控诉说了一遍，"如今漆随梦以天阙府的身份，要我们给个说法，赶紧去查一查，给他们个说法。"

猎鹿却站着不动。

燕澜："怎么，这件事情有难度？"

猎鹿忙答应："没有，我这就去彻查。"

燕澜暗暗蹙眉，纵横道存在好几百年了，甚至还有个存在几千年的前身，现如今的首领是一位地仙境界的高人，和猎鹿不会有关系，但猎鹿的反应颇为奇怪。

燕澜不动声色，依然决定将此事交给他去办。他若当真知道点什么，更容易露底。

"猎鹿,你秘密去查,先不要走漏风声。"

"是。"

等猎鹿离开之后,燕澜在原地伫立良久,黑夜在他苍白的脸上洒下浓重的阴影,唯独一对红眼珠格外分明。

月上中天,他转身回去寝宫,将侍女遣走,独坐在鱼池前的矮几后。这片鱼池,以宝剑造景,形似剑池,是为了弥补燕澜放弃剑道,精修秘法的遗憾。

从前他在剑池前打坐,是为了提醒自己这世上有失有得,万事万物,最忌贪得无厌。如今瞧见那些剑,燕澜脑海里先蹦出姜拂衣那张明艳动人的脸。

燕澜从同归里摸出纸笔,然而抬头望月,这个时辰,她应该已经睡着了,又放了回去。

片刻后,腰间的铃铛竟然出现了响动,燕澜连忙取出宣纸。

姜拂衣的字歪七扭八的:"怎么样,见过你爹了吗?"

燕澜望着这一行字,心道这莫非就是心有灵犀?他提笔回复:"见过了,事情有些复杂。"此事最适合传音细说,但白鹭城距离万象巫实在太远了,传音符距离有限,且不清晰。

燕澜稳住心神,以工整的小楷娓娓道来。

姜拂衣等了很久,还以为他睡着了。她起身也准备去床上躺着,手腕上的铃铛终于颤动。燕澜几乎写满了整张宣纸。

姜拂衣仔细看完,关于燕澜的疑问,她的脑筋也有些转不过来弯。剑笙前辈有个五月大就被封印的长子,她听凡迹星提过。剑笙又说,漆随梦下凡,占用的是他长子的肉身,他不想看他们兄弟相残,才将漆随梦偷走扔掉。

但燕澜说,神族下凡只能投胎于胎儿,漆随梦不可能是他大哥。然而燕澜又觉得,剑笙对漆随梦确实有着一种很特殊的感情。

姜拂衣一头雾水,提起笔:"我觉得你爹的说法合情合理,而你的判断，只是基于一本杂记，没准儿是你错了。"

燕澜过了一会儿才回复："可能吧，否则我无法解释父亲的反常。"

姜拂衣："你为何不直接问你爹？"

燕澜："我的直觉告诉我，他不会直接告诉我，他好像在等我慢慢发现，逐渐接受。"

姜拂衣："什么？"

燕澜："我有个想法，我才是那个被凡迹星判断活不过一岁的大哥？不只是运气，我的命，也是从怪物那里借来的。所以我命悬一线，绝渡逢舟才总担心我。"

姜拂衣并没有一惊一乍，顺着他的思路慢慢想："你是说，你后灵境的怪物，是你爹从五浊恶世里请出来专门救你的？有这种能借命的怪物？"

燕澜："我不记得，但《归墟志》着重写了危险性高的怪物，甲、乙、丙级之后，记载的都比较简略。"

姜拂衣："有可能，所以那怪物才会说，他是为了守护你而生？而且我与他接触，对他并没有厌恶的感觉。"大概是自己总能从那怪物身上获得好处的原因。

燕澜："如果是这样，我后灵境的怪物是可控的，没有必须杀死的理由。那我父亲为何担心我们兄弟相残，要将漆随梦扔了？九天神族转世投胎，算是他的亲生儿子，为何要狠心扔掉？"

姜拂衣冥思苦想，是啊，完全想不通。

两人讨论了半宿，也没讨论出个所以然。姜拂衣已经在床铺躺下，铃铛再次轻微颤动。

燕澜："阿拂，你瞧一眼今晚的月亮。"

姜拂衣翻身，趴在床铺上写："白鹭城今夜大雨，看不到月亮。"

今夜万象巫的月亮似银盘一般，悬挂在高空。燕澜听着入夜的蝉鸣声，一股越来越浓重的孤寂感涌上心头。

他本想着与她同望一片月，也算是与她相伴。结果看到她的回复之后，燕澜忍不住笑了一声,那抹奇怪的孤寂感一扫而空。

几日后,藏宝阁的事情有着落了。

猎鹿暗中清点宝物,但还是走漏风声,窃宝者半夜时将一些宝物送了回去,因窃宝者修为高,又对藏宝阁极为熟悉,原本可以神不知鬼不觉,却恰好撞到大祭司,被大祭司抓了个正着。窃宝者竟然是他们巫族负责管理藏宝阁的三长老,且三长老对他的罪行供认不讳,说自己是贪图一颗延长寿元的丹药,才将宝物借给一位历练时结识的老朋友,并不知道此人乃是纵横道的首领。

大祭司派人请了漆随梦过去,要他亲眼看着巫族动用刑罚。

燕澜在寝宫听到这个消息,立刻起身去往刑罚堂。他才刚迈出宫殿门口,剑池旁边,猎鹿闪身而出,躬身劝道:"我族刑罚异常残酷,少君您不适合去。"

燕澜凝视他的面具,目光似要穿透面具,窥他此时的表情:"你难道不觉得这件事情很奇怪?"

猎鹿闷声道:"罪证确凿,不知哪里奇怪?"

燕澜指着大祭司所在的宫殿:"大祭司很少走出殿门,大半夜跑去藏宝阁做什么?再说三长老,自从他的妻子和儿子故去,早将生死看淡,他要延长寿元的丹药做什么?"燕澜扔下他继续走。

猎鹿再次绕去他面前,直接伸出一条手臂,强行将他拦下来:"少君,有些事情我们知道,外人却不知道,唯有这样的处理方式,才能彻底撇清我们和纵横道的关系,让闻人不弃无话可说。"

燕澜寒声斥责:"所以呢,为了堵住闻人不弃的嘴,我们就要将无辜的三长老推出来顶罪?"

猎鹿道:"这不是顶罪,三长老是为了我们巫族做出牺牲!"

燕澜不知他为何能说得振振有词:"那为何不努力去抓出真正的窃贼?而是先想着推出一个人顶罪?"

猎鹿解释:"这个内贼咱们可以慢慢抓,私自处理。若是摆在明面上,内贼为了脱罪,或者他早被闻人氏收买,当着漆随梦的面一通乱说,我们就会被闻人氏抓到把柄。大祭司没说过吗?闻人不弃比他的祖宗更有本事,稍有不慎,咱们巫族就会有灭顶之灾。"

燕澜想到亡族预示,又想到闻人不弃说会灭掉巫族的警告:"再怎么样,也不能将三长老害死。"

"三长老是自愿为巫族献身。"

"那不是简单的献身,是要遭受万蛇啃噬,尸骨无存。"

猎鹿闭了闭眼睛,摘下面具,直呼其名:"燕澜,形势严峻之时,你必须习惯这样的牺牲,你不是问我为何要和你抢少君之位?我早说了你根本就不适合当这个少君,现在相信了吗?"

白鹭城,闻人府邸。

雨过天晴,院中石桌前,凡迹星和闻人不弃分坐两边,煮茶喝。

凡迹星朝商刻羽紧闭的房门望去:"三哥,确定不出来一起喝两杯?咱们兄弟难得聚在一起,稍后去寻找封印地,又得好久不见。

"三哥?

"三哥啊?"

商刻羽忍无可忍:"闭嘴!"

凡迹星挑挑眉,暂且闭嘴,等他气消了再继续。

"嗖!"一支信箭飞来,闻人不弃扬手接住。

"喊!"闻人不弃看罢密信,又看着密信在指尖化为飞灰。

凡迹星端起茶盏,抿了一口:"怎么了?一副不屑的模样。"

闻人不弃嗤笑:"没什么,万象巫的老把戏了。"年轻时他也疑惑,先祖为何说抓不到证据,又要找个理由去攻打巫族,是不是为自己的贪婪贴金。等闻人不弃和他们交手,才清楚先祖的无奈。有些事情,明摆着就是他们干的,但他们每次都能洗干净。

凡迹星的脸藏在热茶升腾起的雾气里，笑道："你确定你对剑笙的猜忌，不存在偏见？"

闻人不弃也端起茶："虽有偏见，但不影响我对巫族的判断。神族离开久远，他们已经不是从前的神族使者了，惯会以大荒怪物为武器，四处煽风点火，然后再出来灭火，趁机获得财富和声望。巫族下层或者不知，但巫族决策者，这几千年来一直都在走这样的路线。二十多年前封印大动荡，绝对是他们搞出来的。"

凡迹星凑过去和他碰了下杯："阿拂不是说了，魔神是巫族的叛族者，一个庞大的种族，难免会出几个败类，没必要一竿子打翻一船的人。"

"你说魔神？"闻人不弃反而勾起嘴角，"目前为止，我还真不知道魔神做过什么恶事，他会叛出巫族，没准儿是因为不愿意与巫族同流合污。"

凡迹星道："你这话说得离谱了，巫族那几个决策者，若真敢破坏封印，还敢点天灯请神下凡？"

闻人不弃道："我一直不信他们点了天灯，我怀疑漆随梦是神剑剑灵这事儿，压根儿就是一场骗局。他们动荡封印，引天灯示警，又假借神族之名，当着云巅君王的面，将漆随梦托付给无上夷，日后那小子接管天阙府，掌控神都，操控云巅，全不在话下。"

若是成了，第一个遭殃的就是闻人氏。闻人不弃打起精神，暗中去查，还派了天阙府的内应去接近漆随梦。但没多久，漆随梦丢了，就此作罢。

前几日又听漆随梦指认是剑笙将他盗走丢弃，闻人不弃只能说，巫族内部出现了争斗。于是，闻人不弃以姜拂衣父亲的身份，吩咐漆随梦前往巫族，让他盯紧纵横道的事儿，好让万象巫那几个老东西，体验一下搬起石头砸自己的脚。而且，姜拂衣被无上夷逼死这笔账，闻人不弃始终认为该算在巫族身上。无上夷就是个迂腐蠢货，被巫族教唆和利用了。

凡迹星听这些钩心斗角听得头痛，摆了摆手："你怀疑谁都行，不要怀疑燕澜。你不信阿拂的判断，也该相信我的眼光，他是个好孩子，你不要再阻碍他和阿拂了,也不瞧瞧这几日阿拂对你的态度。"

闻人不弃不认为自己有错:"歹竹能出什么好笋,即使现在是个好孩子,将来也未必。"

凡迹星懒得再和他争辩,朝拱门张望:"阿拂怎么还没回来?"

他们还等着姜拂衣回来商量封印的事儿。

听说柳藏酒他们要回温柔乡,姜拂衣一大早就跑去了医馆。中午,姜拂衣和他们吃过饭,又送他们出城。

柳藏酒依依不舍地给她一支令箭:"有事儿记得联系我。"姜拂衣接过,也给他一支自己的令箭,正想说话,脑海里突然响起一个声音。

——"小石心人。"

姜拂衣吓了一跳:"你是何人?"

——"绝渡逢舟。"

姜拂衣愣了愣,反应过来:"您和我结契了?什么时候的事情?"

——"就燕澜将你从东海抱回来的时候,你不是昏过去了吗?我借口帮你把脉,其实暗中和你结了契约。"

姜拂衣无语:"您和我结契做什么?"

——"指望你救燕澜啊,不想他成为下一个魔神,快来。"

"小姜?"柳藏酒见姜拂衣正说着话,忽然发起了愣,伸出手掌在她眼前晃了晃,"你没事吧?是不是眼睛又出了问题?"

姜拂衣收敛心神:"没事,只是想起来这一别不知多久才能再见,一时感伤。"

柳寒妆拉起她的手:"稍后若有空,可以和燕少君一起来温柔乡,我们兄妹一定会好好招待你们。"自从认识姜拂衣,就一直在受她和燕澜的帮助,柳寒妆也不知该怎样感谢他们。

姜拂衣答应:"说起来,我还不曾见过况前辈的真容呢。"

-178-

柳寒妆稍微恢复些气色的脸上流露出嫌弃:"没什么好看的,除了相貌,一无是处,远不如他那具傀儡分身可爱。"

柳藏酒倒是很认同地点头:"难沟通,唠叨,又特别记仇,陈谷子烂芝麻的事儿,反过来倒过去地说。"

听他们提及况雪沉记仇,一旁的暮西辞眼皮微微跳了几下。他答应去温柔乡时挺爽快,甚至还有些莫名的喜悦,此时才想起来,之前在修罗海市,他得罪了况雪沉。

姜拂衣心里装着事儿,顾不上和他们聊太多,拱手笑道:"那就此别过,愿你们一路顺遂,咱们来日再聚。"

柳寒妆也道:"来日再聚。"

等他们转身离去,姜拂衣脸上的笑容顷刻消失:"前辈,您为何拿燕澜和魔神比较?"

脑海里,绝渡逢舟叹了口气。

——"因为他们两个的处境和遭遇相同,面临的抉择也相同。燕澜如今,就是在走魔神曾经走过的路,只不过这一天比我预估的要早,燕澜也比魔神当年的年纪更小……唉,不需要我多说,很快你就会知道了。"

姜拂衣不忙着动:"您既然要我立刻前往巫族,说明事态严重,却还在和我打哑谜?不说清楚,我可不去。"

——"不是我不肯说,不知燕澜有没有告诉你,我诞生于'遁'。"

"遁?"姜拂衣想到"大道五十,天衍四九,人遁其一"。

——"你也是大荒怪物,该知道咱们的天赋都会受到限制,比如你们石心人身为铸剑师,自己却无法修剑。比如纵笔江川,他的天赋越远离地面越无法施展。而我若想保持我的天赋,就要维持'遁'的状态,通俗点说,是要我游戏人间,心无牵绊,不主动去参与任何人的因果。大荒时代,无论逼我结契的是神是魔,我都无所谓,顺其自然。"

姜拂衣若有所悟,天道这一线生机不是那么容易得的,也不容他随心滥用。绝渡逢舟的长生不死,注定他一世漂泊,不能娶妻生子,赤诚待人。

姜拂衣也就不再逼问他了："前辈如今已经越界了吧？若和燕澜结契是被逼迫，和我结契，应是主动的。"

——"一千五百年前，我就已经越了一次，救下魔神。也因救下魔神，连累到今日的燕澜，于心有愧，才对他多加照顾。"

姜拂衣眉心紧皱。救魔神，为何会连累到燕澜？

——"我掺和的因果越来越多，已经感觉到自己的天赋之力正在减弱，才会选择与你结契，你身为石心人，天生命硬，等你到来，我就要离开万象巫了。"

姜拂衣理解，再不斩因果，绝渡逢舟等同被一团乱麻捆绑，无法再使用"遁"的力量，自身也会有性命之忧。

"我只问一句，此去万象巫，我最大的对手是谁？"

——"可能是漆随梦。"

姜拂衣沉默。

紧接着，绝渡逢舟又补充。

——"也可能是燕澜。"

姜拂衣："嗯？"

前方，变成狐狸飞在半空中的柳藏酒，回了好几次头。他不知道姜拂衣为何一直站在城门口，一副呆滞的模样，越看越不对劲。

万象巫。

燕澜仍被猎鹿拦在寝殿门外。

猎鹿的语气越来越重："你既然不听我的话，不肯将少君之位让给我，那就必须以巫族的利益为重，收起你那些无用的原则和妇人之仁。"

燕澜微微垂眸，看向他拦在自己胸前的手臂，一声不吭地施展瞬移术，绕了过去，前往刑罚堂。

"站住！"背后，猎鹿一扬手臂，本命长弓入手，弓弦拉满，箭尖指向了燕澜的后心窝。箭未出，力量已将燕澜席卷。

燕澜驻足，转身与猎鹿对视，看出他眼底透出的一股狠意。自从两人疏远，乃至决裂，燕澜从未见过他对自己流露出这样的情绪。恍惚中，燕澜脑海里浮现出他少年时，笑得肆意张扬的模样，想起他拍着胸脯说："燕澜，我的心给了休容，但我的忠诚全部给你，我愿为你冲锋陷阵，战死沙场，我相信，巫族一定会在我们两个手中，恢复从前的荣光。"

燕澜下颚绷紧："你突然与我争少君之位，就是因为你突然知道，身为巫族的少君，迟早要面对这种牺牲，没有三长老，还有其他人。而你了解我的性格，知道我绝不接受，才会对休容说，谁都能当少君，只有我不能当。"

亡族预言，是一年前显示的卦象，猎鹿却在三四年前就知道了。

"也就是说，不查真正的窃贼，推三长老出来顶罪，并非谨慎行事，而是根本不存在窃贼，必须要有人站出来顶罪？"

猎鹿握紧弓箭，语气中带了些不易察觉的哀求："燕澜，听我的话，回寝宫去，不要阻止大祭司行刑，不要问那么多。你只需要相信，一切都是为了守护我们巫族。三长老需要牺牲性命，而你我，需要牺牲原则……"

燕澜嗓音低沉："你究竟知道多少？"

猎鹿只喝道："别逼我对你动手！"

休容听闻三长老窃宝外借给纵横道的事情，觉得奇怪，想要寻猎鹿问问。他二人之间有一对宝物，一定范围内，能感知对方的位置。

休容追寻着来到燕澜的寝宫附近，发现一个守卫也没有，心中便有了警觉，飞身连跃好几座高台，远远瞧见猎鹿竟以弓箭指着燕澜，惊了一跳。

"猎鹿，你在做什么？"休容落在他身边，摁住他的手臂，要他将弓箭收回去。

只这一瞬的工夫，燕澜已经朝着刑罚堂的方向，连续瞬移出了几百丈远。

猎鹿想去追，休容又将他拉住，厉声道："你究竟在做什么？怎么能对燕澜动手?"

猎鹿是真要疯了,"哐当"一声将弓扔在了地上,转身坐在了剑池边缘。他弓下腰,双手抱住自己的头。

休容见他这副沮丧的模样,又疑惑又心疼,走过去在他前方半蹲下,轻声询问:"发生什么事情了?"她一直都清楚,猎鹿并不是真心想去抢燕澜的少君之位,但每次问他都不肯说。

"你别问。"猎鹿的声音含混不清,像是在极力压制自己的哽咽,"不要知道,永远都不要知道。"

休容抱住他:"好好好,我不问了。"

刑罚堂外。

"少君!"守卫行过礼,正想要进去通传,却见燕澜直接迈过门槛,走了进去。

几名守卫面面相觑,大祭司在内,通常少君都在殿外候着,得到准许才入内,今日竟然不守规矩?

刑罚堂内,漆随梦看着那满池子的毒蛇,心中正怵得慌。天阙府掌管云巅国的刑罚,其中最严厉残酷的刑罚,是五雷轰顶、万箭穿心,远没有巫族的万蛇之刑恐怖。据说,这些蛇还会先避开要害,让受刑者清醒地感知被啃噬的痛苦,活活痛死。

更听说,万蛇之刑只是个二等刑罚。因为窃宝外借,在巫族还算不上一等重罪,刑罚堂关起门来私下处置,也算留个体面。叛族才是一等重罪,需要当着全巫族的面,受剥皮抽筋放血之刑,意味着与巫族彻底割裂。

漆随梦是听闻人枫说的,当时他还问了一句,若是剥皮抽筋放血之后,人还活着怎么办?记得闻人枫冷笑回答:"按照巫族的族规,受刑之后还活着,说明割裂成功,再也不是巫族人,可以离开巫族。但都被剥皮抽筋放血了,谁能活下来?就算活下来,那还是人样吗?"漆随梦在脑海里想象了一下,也觉得自己问的问题很傻。

监刑长老道:"漆公子,你可还有什么疑问?若是没有,我们开始行刑了。"

漆随梦的思绪被拉了回来,或许是受剑笙点拨,最近几日,他时常想起在神都的生活。

漆随梦看向上首坐着的巫族大祭司:"我没有疑问了。"

监刑长老面具下的脸,滑过一丝犹豫,最终还是喝道:"行刑!"

"我还有疑问。"

堂内一众人纷纷望向疾步入内的身影。除了大祭司,众人忙行礼:"少君。"

燕澜边走上前,边看着跪在蛇窟前的三长老。三长老也扭头看向他,像是知道他的来意,原本灰败的双眼,亮起一簇微弱的火苗,传递着自己的欣慰和感激。同时,三长老又微微蹙眉,告诉燕澜不要多生事端,以巫族为重,他已经了无牵挂,愿意为族献身。

燕澜收回视线,朝上首的大祭司行礼:"我有一些疑问,想私下里请教一下大祭司。"

监刑长老道:"少君……"

谁没有疑问,都有疑问。但也都清楚,闻人氏借纵横道生事,这是迫于无奈的选择。

燕澜又朝漆随梦拱手:"还请漆公子去偏殿稍候片刻。"

漆随梦一点也不想看什么万蛇之刑,转身去往偏殿。三长老被押走,其他人也都退下。

刑罚堂内只剩下燕澜和大祭司,以及蛇窟内"嘶嘶"吐着芯子的蛇。

而燕澜望着大祭司,竟一时难以开口。除了父亲,大祭司是他在巫族内最尊敬的长辈,远超那三位地位更高的族老。

因为族老不常见,而燕澜是跟在大祭司身边长大的。大祭司年事已高,不爱说话,却也会敦促他的学业,关注他的饮食起居。在燕澜心中,他将大祭司视为祖父一般。

"唉！"反倒是大祭司先长叹了一口气，"我知道你想问什么，阿澜，若不是你对闻人不弃说，纵横道手里确实有我们的宝物，答应给他个说法，三长老不必牺牲。毕竟闻人不弃没有证据，我们根本不必理会，云巅君上和世人，也不会相信他对我们无端的指控。要知道，搬山的是我族圣女，救人的是我族巫蛊师。"

燕澜原本凉了一半的心，彻底凉透了。他攥了一下手心，极力维持着镇定："闻人不弃说的全是真的，纵横道背后的支持者，的确是我们巫族。散布水蛊虫卵，以及协助救出纵笔江川，都是我们巫族？"

大祭司缓缓道："你对纵横道的结构，还不是很清楚。"

燕澜略知一二："纵横道的成员遍布七境九国，各有身份，除了首领，他们彼此互不知道底细，需要资源和帮助时，都是请求首领。"本质就是一个见不得光的抱团组织，碍于身份干不了的事儿，请组织里的人去做，互惠互利。

燕澜维持住平静的声线："成员应该也不知道，他们背后站着的竟然是巫族，一边交代他们去放水蛊虫卵，一边又去除魔卫道。"

大祭司解释："闻人不弃是在污蔑我们，纵横道从来不做这些事情。飞凰山和白鹭城这一系列阴谋，我们事先一无所知，是纵横道里混入了一个大荒怪物，水蛊虫卵是他从封印里带出来的。至于那两个与你作对的秘法师，是被怪物看破了出身，害怕暴露师门，不得已才去帮忙。"

燕澜摘下面具，露出一双红瞳直视他："但您承认了，您就是纵横道的首领？"

大祭司摇了摇头："不是我，是我们，除了铜门后你见过的三位族老，还有辈分和修为更高的一位世外族老。你可知道这个烂摊子从五千年前，延续至今，我们巫族早已是不进则灭……阿澜，你不该来的，一旦推开这扇门，眼前就只剩下两条路走，要么，由你来亲自处置三长老，当作加入'我们'的投诚。要么，等待你的将是叛族之罪。我和你的父亲，谁都保不了你。

"还有,不要天真地以为你可以对抗族老,你之前不是写信问我魔神的事儿吗？上一个不愿臣服,对抗族老的人,正是他。你想知道他当年的下场吗？"

燕澜并未被大祭司锋利的言辞震慑到,因为听出他尾音里的轻颤,表露出他的无可奈何,以及对燕澜的担忧。这令燕澜濒临崩溃的情绪,稍稍得到了一些安抚。

大祭司道："你在信中的猜测是正确的,一千五百年前,从五浊恶世逃出一批大荒怪物,被结界困在了魔鬼沼和万象巫,我族死伤惨重,因为此事被处以叛族重罪的少君之子,正是如今夜枭谷的魔神。若不是你说,我们根本不知道他竟然还活着。"

燕澜问："他所犯下的,不是失职之罪？"

大祭司道："起初是失职,后来演变成为叛族。"

燕澜微微颔首："因为魔神发现,五浊恶世里的怪物出逃,其实是你们造成的。"

说"你们"并不合适,人仙的寿元上限是五百岁,大祭司和铜门后的三位族老都没有突破地仙,年龄不足五百岁。至于那位辈分和修为更高的世外长老,算他突破了地仙,若不是像况雪沉那样的长寿人,他的年龄也应该在一千岁以下。

"你们一直通过这种放怪物、抓怪物的方式,来欺骗世人,重塑我族在世人眼中的光辉。"

其实寄魂的存在,也是一种欺骗。但这种欺骗,是燕澜心中能够接受的程度。

以寄魂内留存的金色天赋,安定族民的心,让世人知道巫族还可以点天灯,知道他们有用,这是自保的手段。除了被寄生者会遭受痛苦,并不会伤害到其他人。且寄魂力量强大,这一路,帮了燕澜不少的忙。

大祭司指正："不,我再说一遍,这是闻人不弃的污蔑,我们从来不曾使用过这种拙劣的手段。怪物出逃,是我们打开五浊恶世大门之时,不小心造成的,出于责任,我们不惜一切代价抓他们回来,绝对没有任何故意做戏的成分。"

燕澜质问:"那为何要去打开大门?"

大祭司却沉默不语。

燕澜上前一步:"您想让我做出正确的选择,是不是要先告诉我,先祖们这样做的目的,而我们必须接手这个烂摊子的原因?"

大祭司叹息:"还能是什么原因,当年神族去往域外,无情地切断来人间的通道,留下这个千疮百孔的世界给我们巫族……"

燕澜打断:"可是神族当年本想带我们一起去往域外,是先祖自愿留下,我们身为人,自然要与人类共进退。"他稍微顿了顿,"何况神族已经扫清一切障碍,想将人间变成真正的人间,又怕堕神降世,才会选择切断通道。"

大祭司不否认:"先祖当时留下,是个正确的选择,大荒覆灭,人族重建,各个族群部落,都以我们巫族马首是瞻,我们就是这人间新的神明。可是慢慢地……"

在没有始祖魔和大荒怪物的威胁之后,随着人族一代代繁衍,人类的数量增多,也开始变强,通过战争逐渐融合,从前的部落消失,被强大的国家代替。

大祭司感叹道:"两三万年过去,我们巫族从人间最强大、最高贵的部落族群,开始变得格格不入,被迫隐世在这十万大山之中。体内神族赐予的九天清气,逐渐变得稀薄,能够觉醒天赋的人,也越来越少。世人争名逐利,日渐自私贪婪,莫说记得,连知道那段历史的人都所剩无几了。

"六千年前,最后一位能觉醒金色天赋的先祖,知道在他之后,估计再也没有后人能够点亮天灯,甘愿牺牲自己,抽取天赋力量,封存入寄魂里。但寄魂的力量,用一点少一点,迟早都会用尽的,后代便开始担心,失去天赋的我们,该怎样看守大狱,守护人间。

"五千年前,我们的另一位先祖,扶持起了纵横道,将我们巫族的耳目,渗透入七境九国里,是为了探听各方势力的动向,目的和寄魂一样,都是为了自保。

"除了探听消息,以及这一千多年来,为复鸾南之战的深仇,暗杀闻人氏,我们从未要求纵横道成员为我们做过任何伤天害理之事,一件都没有。他们彼此之间的利益交换,与我们无关。"

听他讲完厚重的历史,燕澜沉默了。

大祭司问:"你不相信?"

燕澜说了声"我相信":"但是,如果只是这样,谈得上您口中的'不进则灭'?谈得上我不加入,就要受叛族之刑?"纵横道俨然不是重点,为何打开大狱大门才是重点,"你们不怕纵横道暴露,最终目的,是想隐藏你们擅自打开大门的原因。"

大祭司缓缓摘下面具,面具下,是一张已经步入天人五衰的苍老面容:"你说得不错,建立起纵横道的那位先祖,还做了一件事情。"

燕澜望着这张熟悉的面容,默默听着。

大祭司道:"先祖打开了大门,进入五浊恶世里,抓出了一种无名怪物,将那无名怪物与我们巫族人融合,能够令我们巫族再次获得金色天赋,焕发新的生机。"

燕澜回想《归墟志》:"无名怪物?"

"《归墟志》里不是少了几页吗?记载的正是这种怪物,我们称他们为无名怪物。虽在第一册,但他们没有多少斗法能力,天赋也是对他人有益,被其他怪物无视。神族偶然发现,战争结束之后,才将他们记载下来……"

燕澜垂眸不语。

大祭司看向他的红眼睛:"你写信说,姜拂衣因你吐在她胸口的血而突破,你竟然不信?"

燕澜瞳孔微缩:"我后灵境里封印的,正是无名怪物?是那位先祖抓出来的?"

大祭司摇头:"先祖和他抓出来的无名怪物,融合失败了,他也因此丧命。又因为开启大门,一些杀戮怪物跑出,造成死伤无数,我们已是罪孽满身。似有天罚,我族天赋加剧衰落,能打开五浊恶世大门的人,更是少有。又等了三千多年,我族才再次开启大门,幸好那无名怪物繁衍出了不少的后代,又抓了一个出来,这次的融合,成功了一半……"

燕澜接着道:"因为开门,同样造成怪物外逃,再添罪孽。"

大祭司:"是。"

燕澜面无表情:"然后是二十多年前,我父亲为了救自己的长子,也就是被封印的我,第三次打开了五浊恶世的大门,抓了个无名怪物出来。"

大祭司听罢他的话,沉默片刻,看向魔鬼沼:"是的,这一代,唯独剑笙有这个本事开启大门,且在你身上获得了成功,你虽未觉醒金色天赋,可是你的能力,自小就远远超过同辈,甚至是几千年来最优秀的,有返祖的迹象,让我们看到了希望。"

燕澜垂眸:"但造成的后果更为严重,直接导致神族的连环封印大动荡,五浊恶世里的怪物没逃出来,那些被单独封印的甲级怪物逃了出来,乃至云巅国库里的天灯都主动预警。"

大祭司没说话。

燕澜逐渐变得平静:"不得已,你们只能让我母亲假装去点天灯,将漆随梦献了上去,谎称他是剑灵。因为真正的九天神族转世,始终和人类是有区别的,你们怕被看出来。"

大祭司开口:"所以你知道了吗?我们巫族已经罪孽深重,不能再与神族联络了。为了种族延续,为了继续守护人间,我们唯一的出路,就是与无名怪物融合,再经过血脉传承,以人造怪物的身份存在下去。"

燕澜"嗯"了一声:"我懂了,我只能加入。若不加入,你们就会在族民面前,将我彻底变成怪物,我说的话没有人信。而我父亲,为了保住漆随梦,也不敢救我。我最终只能是叫天天不应,叫地地不灵。"

死寂过后,大祭司说:"阿澜,你想清楚,我知道你秉性纯良,我们的手段你不太能接受,但我们只是为了生存下去,也是为了更好地守护人间。听话,你去杀了三长老,向族老们投诚之后,可以立刻卸任少君之位,今后天高海阔,你想做什么就去做什么,只需要给巫族留下一道血脉。"

燕澜低垂着头,默然无言。

大祭司再劝:"你父亲违背道义,擅自开启封印大门,只为你一条生路,你真要自寻死路?"

燕澜抬起头,目光镇定:"大祭司,我想先去见一见我父亲,见过他之后,我再回来告诉您我的选择,我一定会回来,可以吗?"

大祭司稍作犹豫:"可以。"

燕澜躬身告退,去往偏殿。漆随梦临窗而站,目望他走进来。

燕澜喊他一起去:"漆公子,随我去一趟魔鬼沼。"

漆随梦蹙眉:"什么事?"

燕澜:"家事。"

漆随梦沉默。

燕澜说完转身走了,漆随梦追了上去。

姜拂衣没有立刻前往道观,通过传送阵前往万象巫,而是先回了闻人府。越是情况危急,越是不能自乱阵脚。

家仆已在门口等候,远远瞧见她,像是担心她只是路过,疾步跃下台阶,去到她身边:"姜姑娘,家主等您很久了。"

姜拂衣心事重重地回到居住的院落里,看到闻人不弃和凡迹星正在围炉煮茶。

凡迹星招招手,示意她来身边的空位坐下:"你总算回来了。"

姜拂衣走上前,并没有落座:"义父,我要先去巫族一趟,你们先去忙,不用管我。"

凡迹星还没来得及做出反应,闻人不弃像是被踩到了尾巴,倏然起身,语气颇为严厉:"你知不知道巫族现在是个什么状况?你不能去!"

姜拂衣转头看向闻人不弃:"无论巫族是个什么情况,我都要去救我的朋友。就像柳藏酒明知危险,也非要陪我来飞凰山,柳家大哥明知我是个怪物,一句也不反对。"

闻人不弃沉声道:"你拿燕澜当作可以舍命相救的朋友,他却未必会在家族和你之间,坚定地选择你。到时候你就是自投罗网,真以为自己是怪物死不掉?"

姜拂衣笃定:"尽管放心,不会的,我相信他。"

闻人不弃深吸一口气:"姜拂衣,你才多大年纪,见识过多少人心险恶?仗着有点小聪明,就以为能摸清楚人性?"

凡迹星伸手拽了下他的衣袖:"世上的人心,也不全是险恶,而且智慧和年龄并无多大关系,商三哥三百多岁了,不也没你一半聪明?阿拂她有判断能力,从头到尾也没说过相信巫族,她相信的只是燕澜,他二人同生共死那么多次,阿拂当然比你更了解他,你应该相信她。"

闻人不弃被他气得不轻:"凡迹星,她既然喊你一声义父,你是不是得有个做父亲的样子?对子女,该惯的时候可以惯着,明知前方是个坑,你还鼓励她去跳,你可真行。"

凡迹星很少见闻人不弃恼火:"就算是坑,为救挚爱亲朋跳进去,何错之有?"

闻人不弃质问:"她掉坑里爬不出来,该如何是好?"

凡迹星摊手:"我去救,商三哥去救,亦大哥也会去救,你不去?为了挚爱亲朋,哪怕死在巫族,我们也是义无反顾。"

闻人不弃明白他的言下之意,是让自己将心比心:"我们当然义无反顾,问题是现在根本不知道燕澜值不值得,那毕竟是他的种族,你真相信燕澜会背叛整个种族?到时候我们全死在巫族,谁去救你的仙女?"

"嘎吱!"商刻羽拉开房门。

姜拂衣看着一抹红衣来到面前,先前商刻羽对她的态度,一直有些逃避,这还是第一次距离她如此之近。

商刻羽低头看着她:"阿拂,我认为闻人说得有道理,你最好离燕澜远一点。"

姜拂衣:"嗯?"

商刻羽想起燕澜的红瞳:"我三百年前见过魔神,他想来收我为徒,当时他还没有被温柔乡的人打成重伤,我见到的是他的真容。他有一双红瞳,不是妖物的红瞳,红得极为特别,和现在的燕澜几乎一模一样。燕澜可能已经在缓慢地堕入魔道,说明他内心出现了罅隙,并不是你认为的意志坚定之辈,不是良配,不值得信任,不值得你去冒险。"

姜拂衣微微皱眉,绝渡逢舟已经提醒过,说燕澜在走魔神的老路。她的反应不大。

闻人不弃跟着劝:"你听见没有,不要再和燕澜继续纠缠,巫族那根歹竹很难会出什么好笋,燕澜就算现在还能保持一些自我,迟早会被同化。"

姜拂衣道:"我回来只是告诉你们一声,并不是征得你们的同意。"

凡迹星竖起大拇指:"做人就是要有这样的自信。"

商刻羽瞪他一眼,又对姜拂衣说:"我没说要拦着你,只是提醒你防人之心不可无,越是亲近的人,背叛起来越是致命一刀。"

闻人不弃此刻看着姜拂衣,恍惚回忆起当年自己非要去巫族偷看藏书,父亲恨铁不成钢,险些被气死的模样:"那你可以先和我过几招,能不能从我手底下离开,有这个本事,我也不拦你。如果没这个本事,你去巫族就是找死,我连剑笙都打不过,更别提那几位族老,你能打得过谁?"

凡迹星终于站起身:"闻人,你过分了。"

姜拂衣话锋一转:"我回来,还想顺便告诉你们,我是心脏碎了都还能再生的石心人,绝渡逢舟又和我结了契。"

商刻羽皱起眉:"绝渡逢舟?"

姜拂衣解释了下他的天赋:"所以我哪怕掉进坑里,也会有一线生机,不用你们来救。"

商刻羽的确放心不少:"但这一线生机,只代表活着,可能会重伤濒死?"

姜拂衣避而不答:"无论如何,我是一定要去救燕澜的。我只希望,三位无论听到任何风声,都不要来巫族救我,不要延误救我娘的时机。绝渡逢舟告诉我,魔神可能会因为燕澜的事情提前出关,前往巫族。趁着巫族内乱,魔神也参与其中,天赐良机,你们尽快去救我娘。"

闻人不弃正要再说话,她忽然提了下裙摆,做出下跪的姿势。

商刻羽距离她最近,下意识去扶她起来,她却硬生生跪下,伏地一拜:"阿拂先在此谢过。"

这回,连凡迹星的脸色都变得严肃不少:"你这样诀别似的,我反而真有些不放心了。"

姜拂衣兀自站起身,笑道:"怎么会呢,就是想提前道声谢,算是预祝你们成功。"

商刻羽紧紧绷了绷唇线:"不需要你谢,这原本就是我坚持半生的事情,你谢我做什么?"

姜拂衣可以感觉到,他已经放下了一些骄傲,逐渐对"现实"妥协了,有些感慨,也放心不少。

姜拂衣朝院外走去。

闻人不弃想去追。凡迹星伸手拦住:"话说到这份上,你真打算对她动手不成?万一是你们两个预估错误,燕澜真就心如磐石,敢孤身为护心中道义而对抗种族呢?燕澜若因此遭受酷刑而死,阿拂恨不恨你不重要,她会自责一世。阿拂十一岁上岸,一路走到今天,我们谁给过她什么帮助了,如今给她点儿信任当真有那么难吗?"

这话将闻人不弃说得愣住。原地伫立片刻，他依然追上去："我告诉她一些巫族的事情。"

姜拂衣步伐极快，已经将要走到闻人府的大门口。

"姜姑娘。"闻人不弃喊住她。

姜拂衣驻足转身："您……"

闻人不弃无可奈何："我不劝你了，是来告诉你，巫族大长老愁姑的丈夫沈云竹，是个值得信任的人，我会请他帮助你。"

姜拂衣诧异，休容的父亲？

闻人不弃说完之后，便要转身回去，不想亲眼看她去涉险。

姜拂衣却问："您之前还喊我阿拂，怎么就变成姜姑娘了？"

闻人不弃停下脚步，自嘲道："我知道你很讨厌我。"

姜拂衣比画着小拇指："其实，并没有很讨厌，只是有一点点讨厌。"

闻人不弃看向她勾起的小拇指。

此去万象巫，姜拂衣心中没一点谱。既然话说到了此处，她心想不如说清楚，不给闻人不弃留什么遗憾："我起初是真的很讨厌你，或者说讨厌你们闻人氏。因为云州城外，我顶着巫族圣女的身份，被闻人枫带人给堵了，幸亏我略胜一筹，不然那天会被他狠揍一顿。我心眼小，非常记仇，谁惹我，我讨厌谁全家。从前在海里，哪只海怪惹我，我娘一定会灭它九族。"

闻人不弃冷下脸："等我稍后教训他。"

姜拂衣继续说："后来你恢复记忆，来飞凰山见我，又一直怀疑剑笙前辈对我好，是别有图谋，令我更讨厌你。"

闻人不弃争辩："剑笙他……"

"我知道，剑笙前辈做了错事，甚至可能做了恶事。"姜拂衣心念一动，音灵花飞出。她望着环绕在眼前的紫色花朵，"就算剑笙前辈对不起这世上所有人，但他给过我一份温暖……您根本无法体会，不久之前，我从棺材里醒来，心脏破损，丧失上岸后的所有记忆，心下有多惶恐不安，是他悉心为我疗伤,还递给我一碗热汤,外出帮我四处寻找法器,回来又传授我傀儡术。看出我对人间的恐惧时,还会讲笑话逗我开心……"

这人间啊,向来是锦上添花易,雪中送炭难。姜拂衣形容不出那种感受,是她记忆中除了母亲,得到的第一份善意,是能够铭记一生一世的恩情。

"您却一直在我面前说他对我别有用心,您说我该不该恼?"

闻人不弃从未与姜拂衣谈过心,知道她的经历,却不知这些细节。听她讲述,脑海里浮现出了画面,以及凡迹星那句话:阿拂十一岁上岸,一路走到今天,我们谁给过她什么帮助了,如今给她点儿信任当真有那么难?

姜拂衣收起音灵花:"但是,当我看到您给我的戒指时,知道您为我娘做了那么多,我就不讨厌您了。"她还因为之前对他的态度比较差,想和他道个歉,岂料当晚就被吸进了地龙腹中。将飞凰山搬去东海,回来的路上,姜拂衣都还挂念着和闻人不弃道个歉,结果昏迷过后再醒来,竟然听闻他来找燕澜的麻烦。

姜拂衣才又对他生出一点点的讨厌:"燕澜命悬一线,从小和绝渡逢舟结了契约,我估计,正是想用在这时候,但他却将那一线生机浪费在了飞凰山……"

姜拂衣简单讲了讲燕澜留在地龙腹中的经过:"我能顺利与涅槃火灵沟通,天道也有助我。燕澜才刚舍了一线生机,转头您又来羞辱他。"

燕澜虽不曾细说,姜拂衣也知道内容,闻人不弃定是指责他利用她,逼迫他远离她,就和刚才闻人不弃气急败坏地让她远离燕澜差不多。

闻人不弃睫毛微颤:"我不知道一线生机的事情。"

姜拂衣笑了:"您当然不知道,我当时还昏迷不醒,谁来告诉您?"

闻人不弃承认:"我确实有些急了。"

"退一步讲,即使燕澜真不是一根好竹子,您怀疑巫族的勾当他也有份,您羞辱归羞辱,是不是该等我醒来,告诉我,让我自己判断要不要远离他,而不是自作主张地替我做决定,趁我昏迷,强迫他离开我?"姜拂衣凝视闻人不弃的眼睛,"哪怕您是将我养大的生父,面对已经成年的女儿,是不是也该拥有最基本的尊重?何况我们根本不熟,您凭什么替我做决定呢?"

闻人不弃被她数落得窘迫,叹了口气:"我没有养过女儿,我不知道……不,是我身为家主,强势惯了,将你视为我家中小辈。但你并不是,需要我的时候,我没像剑笙那般给过你温暖和依靠,却又……"他不再多言,只说,"是我欠考虑,我的错。"

姜拂衣也不是想要他的道歉:"其实,那一点点讨厌不算什么,我对您更多的还是感激。换作外人,讨厌会被忽略,但您不一样,那点微不足道的讨厌反而占了上风。"

闻人不弃茫然不解地看向她。

姜拂衣扬起眉毛,说:"我这人除了小心眼,还爱耍小性子。只是我会分类,小性子只要在亲近的人身上。我默认我娘选择的剑主,都是我的父亲……"她又莞尔一笑,"您就当我这几日给您脸色看,是女儿在和爹爹耍小性子吧。"

闻人不弃微微愣怔,不知何故,眼眶竟会觉得微微泛酸。

姜拂衣挥挥手:"我走啦。"才走出几步远,她又扭头,抬手拨了下发髻上的步摇,笑容粲然,"对了,您布置的那些装饰,还有这些首饰,我都很喜欢,不愧是读书人,真有品位。"

闻人不弃压下心口莫名又复杂的感受:"喜欢就好。"

再次回头朝前走时,姜拂衣脸上的笑容消失了。出了闻人府的大门,步入已经恢复熙熙攘攘的长街,她朝西南方向望去。

燕澜,我来了。

魔鬼沼内。

剑笙负手站在洞口外,望着前方沼泽地中的一条小道。他今日脱去了往常穿的那件褴褛旧袍,凌乱的头发也梳理得规矩,少见地露出了精致的眉眼。终于,他又等到了想等的人。

燕澜和漆随梦并肩出现在那条小道上,两道挺拔的身影在他瞳孔中逐渐清晰。剑笙目望他二人上前,眼睛一眨不眨,写满贪恋。

"父亲。"燕澜若无其事地行礼,像是什么都不曾发生过。

漆随梦道:"现在是不是可以说了?"路上,他问燕澜为何邀他一起来见剑笙,燕澜像是掉了魂,吭都不吭一声。

而燕澜见到父亲今日特意装扮,颜色分明比平时鲜明许多,燕澜通红的眼底,光芒却暗淡了几分。

剑笙问:"你是不是已经逐渐寻到了答案?"

燕澜低低垂着眼睑:"但我怀揣着一丝希冀,这不是正确答案。"

剑笙笑了笑:"先说说看,我来给你评判。"

燕澜抬眸回望:"父亲为何还能笑得出来?"

剑笙又"哈哈"笑了两声:"你这声父亲都喊得出来,我为何笑不出来啊?"燕澜的双唇逐渐抿紧,剑笙脸上的笑意也逐渐淡去。

漆随梦原本纳闷他们父子俩在打什么哑谜,气氛突然又转为肃杀。这份肃杀来自很少表露情绪的燕澜。

漆随梦原本是和燕澜并肩站着的,下意识地挪了些脚步,站在一棵枯树旁,离他远一些。沉默了很久,肃杀转淡,燕澜开口:"我起初以为父亲说谎了,神族下凡,只能使用胎儿的肉身,不可能占用我大哥的躯壳,漆随梦不会是我大哥。我又想,说不定我才是大哥,漆随梦是母亲点天灯时,腹中怀着的那个……"

剑笙:"哦?"

燕澜道:"但父亲并没有说谎,漆随梦的确是您那个命途多舛的长子,是您的亲生儿子,并非什么神剑剑灵。"

漆随梦原本靠着树,闻言站直,惊怔道:"你在说什么?"

燕澜并未理会他:"大祭司说,五千年前,先祖想到了一个办法,开启五浊恶世的大门,进去抓一个无名怪物,与我族融合。那无名怪物,能够焕发新生,重燃我族的金色天赋,但他失败了。"

第二次,是一千五百年前。

第三次,是二十多年前。

"《归墟志》第一册里的怪物,基本都是天地独一份,而这被撕掉的无名怪物,竟能三次入内,每次都抓一个出来,实在是超出我的认知。"

燕澜问:"大祭司口中的无名怪物,其实是下凡救世的九天神族,对不对?"

漆随梦瞳孔紧缩。

剑笙却问:"你怀疑的理由是什么?"

燕澜数那三个时间:"有本事开启五浊恶世大门的大巫,的确很少,但也不至于少到五千年里,一共就只有三个。这个时间,其实是点亮天灯的间隔时间。因为天灯每次点亮之后,都要沉眠一千年到三千年不等。"

闻人不弃指责巫族一边释放大荒怪物,一边抓怪物,以此博得声望,的确是污蔑。他的思维太过局限,巫族根本不屑做这样的无耻小事,要做,就做大事。

巫族打开大门的真正原因,是为了动荡结界,天灯会有所感知。这样,才能点天灯请神下凡。神族是通过天灯,感知到封印确实出现问题,才会下凡来。而不是听巫族人凭嘴说。

至于神族下凡之后……

最初,巫族先祖应该是这样想的,希望神族在借用巫族肉身时,能为巫族留下血脉。但投胎的神族,会随着年纪成长,逐渐恢复神族的记忆。神族应是有族规,下凡者,不能在人间留下子嗣。

或者是,神族都知道现如今的人间浊气丛生,神族下凡,本就容易被污染,尽量做到孑然一身,以免彻底堕凡。这也就意味着,神族已经默认下凡救世,风险极大,回不去,也是正常的。于是,那位先祖,自神族一降世,就取出他后灵境的一滴神血。

燕澜从储物戒中，拿出那本杂记："我年幼时阅读此书，只记得神族降世只能选择胎儿这句话，如今重新翻看，才发现这本杂记里，还暗藏着其他信息，是故意留给后人看的。"

比如神族最珍贵的一滴神血，藏在后灵境内。那滴神血，是神族的神力源泉，一旦剥夺了那滴神血，神再也无法收回神血，失去源泉，将渐渐被污染，堕为凡人。

五千年前，那位先祖胆大包天，趁着降世神族还是婴儿，取了他的神血，想和自己融合，结果失败而亡。婴儿应该也为他们所杀。

第二个下凡来的，估计就是魔神。他的"魔神"之名不是自封的，他从前真的是神族。魔神的神血也被取出，被谁获得不清楚，说是成功了一半。魔神因此没被杀死，当作少君的儿子长大。因为被封了后灵境，成长过程中，魔神没能恢复记忆，他们希望魔神能为巫族留下血脉。即使神血已被剥夺，神族之身，一样不同凡响。但不知何故，魔神突然恢复了记忆，控诉巫族弑神，对抗族老，奈何斗不过他们，反被冠上叛族之罪，处以极刑。

"至于第三个下凡的，就是我吧？"

燕澜卷起手中书册，微微垂头，额头抵在竖起的书卷边缘，闭上自己血红的双眼："父亲应该是被他们骗了，他们也像哄骗我一样，哄骗您，说五浊恶世里有个无名怪物，抓到他，就能救漆随梦，救您被封印了十年的长子，您相信了，打开了大门……"

半响得不到回应，燕澜吃力地掀开一点眼皮，却见面前原本与自己一般高的剑笙，逐渐矮了下去。

剑笙跪在了他面前。这一跪，燕澜的心也彻底沉到了底儿。

"是，我被他们骗了。"剑笙笑起来，笑得比哭还要难看几分，且笑声中夹着哽咽，"我抵抗不住这种诱惑，我想救我的儿子……开启大门之后，跑了几个小怪物，族老命我外出抓捕，他说，他会亲自进入大狱里去抓那只无名怪物。"

开门的后果，导致了神族连环封印大动荡，天灯主动预警。他的夫人，前任巫族少君奉召入神都。前往神都之前，族老交代她务必请神族下凡救世。她不肯答应，一是她身怀六甲，以寄魂之力点天灯，腹中胎儿或将不保。另一个，封印是被她的夫君破坏，神君下凡，她的夫君必死无疑。

族老这才将五千年来，先祖取神血，尝试改造巫族血脉的事情说出来，让她放心，她的夫君不会有事，且神血会拿来救她的长子，并以神族的身份送到天阙府。她得知后既震惊又痛苦，不等点天灯，腹中胎儿便没了。她痛失次子，为了保住夫君和长子的命，最终选择点燃天灯，诓骗神族下凡救世。

等到剑笙抓完怪物回来时，一切都已经尘埃落定，再也无法挽回。

燕澜抬起了头，没看跪在眼前的剑笙，眼睛不知往哪里看，极力维持着平稳的声线："您口中，那一对带着幼子逃离万象巫的夫妻，也确实存在，您是故意告诉我的。这几日我也查了，是您夫人的一个表弟，自小选择成为平民。"

所以愁姑不知道他。只不过，他们夫妻并不是连夜逃跑。选择腹中骨肉成为神族转世，是无上的荣耀，但族老不知出于什么考虑，燕澜出生之后，将他们夫妻秘密处死了，说燕澜是剑笙和前任少君的儿子。

燕澜终于看向早已面无血色的漆随梦："他们先杀了我在人间的父母，又剜出我的双眼，取出我后灵境的神血，治好了漆随梦。因为太过痛苦，我虽还是个初生婴儿，却在那时生出了心魔……"他后灵境里的"怪物"，其实，是从他神格生出的心魔。

燕澜又捂了捂自己的眼睛："我的眼睛会开始变红，是从对漆随梦生出妒心开始的，因为他识海内有我的神血源泉，我在他附近，一对他起妒心，血的力量就会上涌……"

绝渡逢舟从小告诉他，他的情缘是一只滥情鸟妖，整天将滥情挂在嘴边，是为了让他防备女人，不要轻易动心，是怕他失去神血源泉之后，被污染得太快。也是担心，巫族想让他延续血脉的想法太早得逞。

如今燕澜的双眼彻底变红，意味着，他已经完全被污染，失去了神格，成了凡人。而漆随梦与他的神血已经融合成功，终于成为巫族造出的人间半神。

"他说的是不是真的？"漆随梦声音颤抖，询问剑笙，"既然我是你的亲儿子，你为何要将我扔了？"

剑笙以双手捂住脸，凄凉的声音从指缝里蹦出来："我何止想扔你啊，我原本是打算杀了你的，你根本就不该存在！你可知道，你大师兄林危行的夫人，在天阙府负责照顾你的女人，是族老的人，整天都不知道教你什么，留你在天阙府长大，我不敢想象你会变成什么模样！"

但最终剑笙不舍得下手，只将他扔去了苦难多妖的北境。他身怀神血，死不掉，长成什么样子，全凭他的造化。

之后，剑笙又想着自我了断，然而心中不仅念着亲生儿子，还念着那个因他犯下的错误，怀着一腔怜悯下凡救世，却惨遭毒手的假儿子。就这样轻易地死了，真是太便宜他自己了。于是，剑笙折返鸢南，独居魔鬼沼中央，画地为牢，将自己圈禁起来。剑笙没脸见燕澜，也不担心燕澜的培养问题。

敢孤身下凡救世的神族，即使被贪婪之心掠夺得一无所有，信念却不容易被夺走，不会轻易遭人摆布。后来，燕澜逐渐长大，一次次跑来魔鬼沼寻找父亲。

剑笙丢了他一次又一次，越丢，越是丢不开。每次见到燕澜，剑笙只觉得自己罪该万死，却也在不知不觉中，在他一声声稚嫩的"父亲"声中，重新振作了起来。

"漆随梦。"燕澜看向他。

漆随梦从震惊之中逐渐回过神来。燕澜指着剑笙："你前几日不是羡慕我有一个爱我如命的好父亲吗？他真的是位好父亲，世上最好的父亲，而且，是你的父亲。"

漆随梦红着眼睛，想走到依然跪着的剑笙身边去，但他脚步踉跄，险些摔倒。

"不要再埋怨这世道待你不公了,你已是半神之躯,你的父母,都爱你如命,你才是这人间众生之中,最强的大气运者。"燕澜转身离开。他的双眼已经痛得浑身战栗,难以站稳,再多待一刻,或许就要倒地。

"你们父子好不容易团圆,之后我与你们巫族一战,我死我生,希望父亲能够待在魔鬼沼内。求您莫要与我为敌,也请您莫要帮我,我受不起。"

姜拂衣手中持有巫族圣女的令牌,通过道观的传送阵来到万象巫。她使用同归联络燕澜,他根本不回复。她问了守卫,听说燕澜和漆随梦一起去了魔鬼沼,她也立刻前往,心中庆幸还没出事。

不知从何时起,鸢南蔚蓝的天空,逐渐翻滚出厚重的浓云。"哗"的一声,竟下起大雨。

姜拂衣撑着伞,站在飞行画卷上,远远瞧见燕澜一手捂着双眼,从魔鬼沼走了出来。姜拂衣眼皮一跳,先怀疑自己是不是认错了人。她那讲究的大哥,竟就这么蒙着眼,淋着雨,慢吞吞地走在泥泞小道上,长发凌乱地贴在身上,衣衫也湿透,是她从不曾见过的狼狈。

姜拂衣分明没有心,却一阵心慌,加速飞过去:"大哥?"

她望见燕澜停住脚步,放下遮眼的手,抬起头,似乎在隔着雨帘,缓慢追寻她的声音。最终瞧见了她,燕澜喉结滚动,想回应,却又好像一瞬被抽空了仅剩的力气,摔倒在地。

看着他倒在泥泞里那一瞬间,姜拂衣仿佛感觉到一件无瑕精美的瓷器,摔落在地,碎成黏不起来的微小瓷片。

姜拂衣知道出大事了。她落在燕澜身边,边用伞遮住他,边揽住他的肩,想要将他扶起来。

燕澜却只是垂着头,将痛到窒息的双眼,抵在她的肩膀上。他没问她为何会来,也不赶她快走,只说:"阿拂,我有点冷。"

他说冷，姜拂衣却将遮雨的伞给丢了，双手环抱着燕澜的脖颈，让他的脸在自己肩膀埋得更深，一句话也没有安慰，只有陪他风雨同路的决心。

此刻的魔鬼沼，上空布有结界，雨落不下来。

听着轰隆雷音，漆随梦脑海中涌动着狂风暴雨。

最近这阵子，他的心境乱了一次又一次，还没能将阿七、天阙府漆随梦、神族剑灵这三个身份关联起来。如今，他又变成了窃取燕澜神力源泉的贼。他恍恍惚惚，已经有些分不清什么是真，什么是假，什么是对，什么是错。

"能不能告诉我，我究竟是谁？"漆随梦红着眼眶问剑笙，也是在问他自己。

剑笙苦笑了一声："一颗棋子。一个随波逐流，只懂得怨天尤人的废物。"

漆随梦苍白的双唇微颤。

燕澜已经回去很久了，剑笙终于从地上起身，看向漆随梦："孩子，你无须自责，对不起燕澜的是我们，你并没有做错什么。只是你长成这般废物模样，浪费了他的神血。"

漆随梦无力地争辩："谁想要了？是我求着要的吗？"

剑笙不与他争执这些，只说："我为一己之私，遭人利用，造成如今的后果，我痛恨自己，唾弃自己，恨不得将自己千刀万剐。可是，在救活你这件事上，我永远不后悔，哪怕你是个废物，我也要救你，谁让你是我的儿子呢？"

漆随梦望向他湿润的眼睛，又想起梦里他温暖的手，心脏如被紧攥，险些也跟着落泪。

剑笙却避开了他的目光，朝着后方浓雾拂下衣袖。缭绕的雾气逐渐散去，恍惚之中，漆随梦看到一道模糊身影。那身影逐渐形成清晰轮廓，他愣怔着喊了一声："师父？"

被困在阵法之中的无上夷，此刻正处于震惊的状态，震惊到双眼有些呆滞。

"你都听清楚了？"剑笙设下的结界，能够阻隔无上夷向外传递声音，却不阻碍他的耳识。嘲笑完自己，剑笙终于可以嘲笑无上夷，"你也一样是颗棋子，你当年接下的不是责任，是我巫族残害神族的证据，你守护的也不是苍生，是我巫族的野心啊，天阙府君。"

无上夷面色惨白，摇着头喃喃自语："不可能，这不可能。"

"确实很难相信。"剑笙当年知道真相时，何尝不是这般震惊。

大荒时代，先祖们深受九天神族信任，秉性一定是没有问题的。神族离去之后，至五千年前，巫族对这世间的奉献牺牲，也不会是作假。谁会相信，五千年里，竟一步步错到现在的罪无可恕。

剑笙拢起手："以神血改造人身之事，超出你理解的范畴，遭受欺骗很正常，但你竟会被他们三言两语蛊惑，为了他们口中的苍生正义，逼死无辜可怜的阿拂，逼死你恩师的女儿，我是真的无法理解……我拦着你，点了你几次，你依然死不悔改，你说你傻不傻，你可笑不可笑？"剑笙先笑了，"他们就是要你滥杀，要你一错再错，要你回不了头啊，懂了吗？"

无上夷闭上眼睛，以颤抖的手，捏着自己的眉心，下嘴唇被他咬出了血。

无上夷倏然又睁开双眼："不对！"

剑笙看他的目光透着可怜："哪里不对？"

无上夷指向漆随梦："他既然不是剑灵，不需要阻断神君降世，你从我手中偷走他，为何要在他识海里塞魔元碎片？"

剑笙摇了摇头："不是我放进去的，我根本不知道他的识海里有魔元碎片。但这不难理解，人类哪里能够承受住神力源泉，五千年前，我族第一个下手的先祖，那个混账东西，融合之时，直接就爆体而亡了。

我猜，放置魔元碎片，能够起到一定的对抗作用。"

改造的人选，也换成了婴儿。婴儿心境纯粹，漆随梦还疾病缠身，神力源泉的怜悯本性仍在，对抗也会转淡。

无上夷脸上一片灰败，该怀疑之时，他不曾怀疑过。如今拼命找被欺骗的证据，反而找不到。

剑笙见他周身积蓄着力量："我没骗你，这法阵连着五浊恶世的大门，你硬闯，门会开，人间必将大乱。"

无上夷快要被他逼疯了："你究竟是怎么想的？一边说谎话瞒着燕澜，一边又隐晦地提醒他。你将我困在这里，是为了让我了解真相，分明想让我去帮燕澜，却又继续困住我！剑笙，你怎么那么矛盾，你到底知不知道你在做什么？"

剑笙沉寂许久，说了一声："我不知道。"他从袖笼中，摸出一枚阵令。

"儿子。"剑笙将阵令扔到漆随梦面前的地上，"放不放他出去，你来决定吧。"

漆随梦低头，看着那枚阵令。他的脑筋此时浑浑噩噩："什么意思？"

剑笙和他讲明利害："你不放无上夷，稍后等族老将燕澜审判为怪物时，你去帮忙对付燕澜，随后回去天阙府，以你的半神之躯，接管天阙府，再加上巫族和纵横道的运作，从今往后，你将立于这人间最顶端，受万世景仰。你传承的子嗣，也同样具有神力，我巫族又可享数万年的辉煌。"又说，"你若选择放了无上夷，大概有两种后果。第一种，无上夷未必能救下燕澜，活着离开万象巫。燕澜即使逃走，他的恩师乃是大荒怪物，谣言四起，一样能令他声名狼藉。但这意味着你将与巫族为敌，与你的种族为敌，族老虽然不会伤害你，却一定会想尽办法控制你。以你目前的能力，以及对神力浅薄的运用，很难逃开他们的控制。

"第二种后果，万一巫族亡了，你再无后盾，且残害神族之事传出，你身为窃夺者，从今往后，你该怎样自处，何去何从……

"事关重大，仔细问清楚你的心，彻底想通透了之后，再做决定。"

刑罚堂，众人已经等待了很久。

大雨之中，一名护卫匆匆跑来，报："大祭司，少君身体不适，在圣女的陪伴下，先回寝殿休息去了。特令属下前来禀告，三长老偷盗宝物一事，疑点重重，少君不赞成现在行刑，少君说，待他身体好一些，将会重新审问，且天阙府漆公子已经同意。"

堂上众人面面相觑，三长老依然是又欣慰，又叹气："糊涂啊。"

监刑长老皱眉看向上首的大祭司。

大祭司一言不发，缓缓站起身，去往后堂。众人望着他的背影，不知是不是错觉，眨眼的工夫，大祭司似乎又苍老了一些。

"什么意思？"

"听少君的话。"

大祭司沿着连廊，往自己的宫殿里去。拐弯时，身后倏然多出一名男子，行礼："大祭司……"

大祭司知道他要说什么，打断了他："回去告诉族老们，再给燕澜一点时间。"

那人道："事已至此，再留着少君，已经无法给我们带来益处，反而是个祸害，趁他尚不知情，漆随梦也在，当断则断……"

大祭司只道："姜拂衣来了，她是个聪明的孩子，会劝劝他接受种族的瑕疵也不一定。"

那人叹气："少君的性格，您是最清楚的，幼年时，无论我们怎样引导，他都能将强大的神格心魔压制得密不透风。哪怕骗他说将有亡族危机，他也只是急躁了几天，很快就缓了下来。"

大祭司道："姜拂衣不一样，燕澜此番出山，会被污染得那么快，有她的一部分原因，他会听她的话。"

神族不是不能动心，也并非不能产生类似嫉妒的情绪。只是动心和嫉妒，都会令心境动摇，浊气更容易入侵神族的灵魂。神族诞生于九天清气,灵魂无垢,最怕污浊。后灵境内的神血,除了储存力量,还承担着清洗灵魂的作用,才会被称为源泉。没了神血,入侵的浊气无法清除,就算没有遇到姜拂衣,燕澜被完全污染也是迟早的事情。

那人再次叹气:"大祭司,我们也是迫不得已,且我们对少君已经仁至义尽了,在我族给他尊贵的地位,优渥的生活……"

停顿了片刻,他的声音略带一丝警告:"您究竟是想多给少君一些时间,还是多给自己一些时间接受?"

大祭司停下脚步,回头看他:"跟在我身边养大的孩子,我会心软难道不正常?我们都是人,人非草木,孰能无情?"

那人沉默片刻:"我明白了,族老说以三日为限,希望大祭司以大局为重。"

姜拂衣扶着燕澜回到他的寝宫去。他们已经被盯上了,万象巫方圆四处都是结界,想逃是逃不走的,而且燕澜现如今这个状态,也没有办法逃。

猎鹿和休容还在燕澜的寝殿门口,坐在屋檐下。瞧见燕澜回来,休容先站起身,紧紧蹙眉。和燕澜一起长大,休容也从未见过他这副狼狈又失魂落魄的模样。想上前,不知为何,心中怵得慌。隐隐有种感觉,如今除了他身边的姜拂衣,他对周围写满了排斥。燕澜经过他们身旁,目不斜视,一句话也不说。休容忍不住喊道:"燕澜?"

燕澜的脚步微微顿了下,却是看向坐在台阶上,没站起来也没看他的猎鹿:"你知道多少?"

猎鹿手肘支在膝盖上,手掌撑着额头:"不让你去,你非得去,我就说你接受不了,大祭司告诉我时,我这么没原则的人,当时都险些崩溃,何况你。"

燕澜心中有数了,族老是将猎鹿当作继承人培养的,所以早些让他接触这些隐秘。目前为止,应该只告诉了猎鹿无名怪物那套说辞,残害神族之事，猎鹿并不知情。真好。

燕澜走进寝殿里去，等姜拂衣入内，他关上门，将猎鹿两人关在外面。

燕澜捂着眼睛，走到榻边，打算躺下来。

姜拂衣拉住他的手："等下。"

燕澜没有挣扎："阿拂，他们暂时不会动手，我休息会儿，等我有力气了，再告诉你。"

"原因不重要，总之，除了我那几个还算靠谱的爹，谁来欺负你，我就打回去。"姜拂衣来到燕澜面前，解开了他的腰带，将他湿透的外袍脱掉，又帮他擦头发。

燕澜站在床榻边，像个木偶一样，由着她摆弄。他的视线越过她的头顶，环顾这生活了二十年的寝殿。殿内的所有东西，哪怕是一根蜡烛，都是他精心挑选的。忽然之间，这一切竟变得如此陌生。

衣架上就有新的寝衣，姜拂衣取了来，正低头帮他系腰带，一滴微烫的水珠，悄无声息地滴落在她的手背上。不知是从燕澜湿发上落下的雨珠，还是眼泪。

姜拂衣的动作顿了下，装作不曾察觉，没有抬头探究，等系好腰带，瞧见矮几上摆着熟悉的茶炉，转身去帮他煮茶。等她端着一杯热茶回来时，燕澜侧躺在床榻上，枕着自己的手臂，闭上眼睛，似乎已经睡着了。他手边放着一本书。

姜拂衣知道是拿给她看的，便在床榻边的白玉台阶上坐下来。厚厚的一本书，姜拂衣只需要看被他折起来的部分。

姜拂衣却还是先从前面翻了翻，知道这是燕澜提过的巫族先祖杂记。之前她与燕澜通过同归聊天时，燕澜就曾告诉她，要将这本杂记重新看一遍。

燕澜第一次看的时候还不满十岁，不觉得有问题，如今想来，杂记的主人，并不是无意中提及神族的，这些日常琐事之中，估计还暗含着其他线索。但燕澜究竟从中看出了什么，并没有告诉她。她也没问。

姜拂衣原本以为，燕澜此番遭受打击，是因为闻人不弃怀疑巫族做的那些事情，可能都是真的。如今，他既然将这本暗藏神族的杂记给她看，说明燕澜崩溃的根源，与巫族点天灯请神下凡有关。

姜拂衣将书册掀到第一个折页，记录的是这位前辈坐在一片灵气充裕的湖边钓鱼，一条鲛人忽然从湖里冒了出来。

鲛人向他求教，说自己无法离开水源，该怎样将整片湖泊凝结成一滴水，封存入后灵境内。他笑话鲛人异想天开，说这只有神才能办到。

姜拂衣不禁疑惑，鲛人生活在海里，湖里哪儿来的鲛人？她顿时明白，这些错误之处，应该就是他的隐喻。

鲛人无法离开大海，是因为鲛人的妖丹需要吸收海水的灵力。脱水久了，鲛人就会丧失活力和法力。

姜拂衣微微皱眉，燕澜既说此书与神族有关，难道是说九天神族的力量真元不在丹田里，而是藏在后灵境内？为何要特意记载这个？她再掀到第二个折页，与上一个折页，相隔了将近三百页。

这位前辈在外游历时，又遇到了一群被困在悬崖下的狼。它们为了从崖底逃出，诱捕了一只大鸟。狼王砍下了鸟的翅膀，扎在自己的肋骨两侧，将身体扎得鲜血淋漓，之后尝试飞行，结果飞到半空，自高空坠落，摔得粉身碎骨。狼群受到惊吓，担心那只大鸟的哀鸣，会引来其他的大鸟，遭到报复，便将那只大鸟丢进了崖底的蛇窝……

姜拂衣不明所以，又掀到第三个折页，随后是第四、五、六、七、八……

将这些被燕澜标记的片段串起来，姜拂衣脑海里逐渐描绘出一个模糊的想法，虽不完整，仅是一点边角，已然令她脑袋里"嗡"的一声。她脊背僵直，抵住背后的软榻。软榻被她的脊柱骨顶撞得微微晃动，怕吵到燕澜，姜拂衣连忙重新坐直。

这寝宫似乎透风，夹着雨雾的凉风，吹得她浑身发冷。背后侧躺着的燕澜缓缓伸出手，按在她肩膀上，似乎在安慰她："不幸中的万幸，我不必为巫族所做的这些恶事而感到羞愧。"

姜拂衣转头,看向他紧闭的双眼,想详细问他是什么恶事,但又不敢问。

燕澜苦笑了一声:"我不是狼,是那只鸟。"

姜拂衣呆愣片刻,瞳孔紧缩:"你……"

"身为局中人,这几日我对杂记的理解,仅限于他们窃取神力,将神族封印在我的后灵境里。"这是燕澜对巫族最恶意的揣测,"今日大祭司告诉了我无名怪物之事,说我已是人造怪物,劝我杀人投诚,再留下子嗣,承诺放我离开……又联系父亲对待漆随梦的态度,我才逐渐明白杂记中这些隐喻的真正含义……"

姜拂衣默默听他讲述着前因后果,他声音平静,却如钝刀刮骨,令她不寒而栗。她颤声询问:"你去魔鬼沼,是找你爹确认?"

燕澜轻声道:"嗯。"

姜拂衣想问确认的结果,然而结果已经清晰地摆在眼前。她嘴唇翕动,想说点什么,却陷入良久的沉默。

之前在修罗海市,在枯疾的天赋影响下,燕澜双眼剧痛,姜拂衣以小医剑刺他睛明穴时,便曾感受过那种剜眼之痛。双眼是后灵境的大门,他们原本以为,剜出他的双眼,是为了往里面封印怪物。一直以来竟都猜反了,并非塞东西,而是向外取东西。姜拂衣很少如此安静,甚至前所未有。即使燕澜疲惫至极,他也努力将疼痛的眼睛睁开,眼前模模糊糊。

燕澜认真地盯着她看了会儿,始终看不清楚她的表情:"阿拂……"

"害你的人里,我是不是也算一份?"姜拂衣心中自责,"你来人间,是为了处理封印,我却令你在不知情的情况下,将破解极北之海封印的办法写了出来。"

这与燕澜是巫族少君,意义完全不同,从简单的违背祖训,直接上升为"投敌"。他背叛了神族,巫族将他残害至此,若再被神族问罪,姜拂衣不敢去想。

燕澜并不在意:"问罪之事,你用不着担心,神族只能通过天灯降世,下一次点燃，是一千多年后，谁来问我的罪？"

姜拂衣太了解他善于自省的性格："你会问自己的罪。"

燕澜说了一声"不会"："这世间的一切是非对错，原本就存在，与我的身份无关，不管我是谁，救你母亲离开封印，我始终不认为是一件错事，哪怕因此对抗神族，我也会坚定地站在你这边，问心无愧，你莫自责。"

姜拂衣嘴唇微颤，胸口起伏不定，眼睛实在酸得厉害。燕澜终于慢慢看清楚，她的双眼蒙上了一层雾气。他抬起手，掌心试探着覆上她的脸颊，如在触摸珍贵的宝物，以拇指摩挲着她的下眼窝，本想安抚她，反而将她的眼泪揉了出来，扑簌簌落在他的指尖。燕澜心中一慌，很想安慰她，说自己没事。然而"没事"两个字在嗓子眼里滚了几遍，无论如何也说不出口。

最终，燕澜轻声呢喃："阿拂，实话告诉你，我今日才知道，自己并没有那么意志坚定，如果不是还有你，我可能已经彻底被击垮了。"

姜拂衣知道他不会，却也没有去鼓励他。因为她自己脆弱痛苦之时，最不喜谁在旁边讲大道理，听上去很像是风凉话。

"我一直在。"姜拂衣侧了侧身，趴在了软榻边缘，柔和却坚定地道，"燕澜，无论你是什么身份，无论我身在何处，只要你需要我，我都会披荆斩棘为你而来。你不必强撑，痛就喊出声，累就闭上眼睛，相信我，这一回，我死也会先将你背出万象巫。"

燕澜怕的正是如此，强撑着坐起身，垂眸真挚地看向她："你不懂我的意思，我如今万念俱灰，你是我心中唯一牵挂。你在，无论怎样我都会撑下去，你若不在，这世间，我就再也找不到重新站起来的理由了。"

姜拂衣深吸一口气，稳住自己的情绪，仰起头，抿唇一笑："你不必担心我，我有绝渡逢舟的契。而且我们有帮手，绝渡逢舟早就去夜枭谷找魔神了。"

说起魔神，姜拂衣回忆起之前见到魔神时的画面。

魔神说他年少时，曾救过一个人，岂料那人狼子野心，恩将仇报，将他残害之后，扔进了极北之海，幸好他命不该绝，遇到了她的母亲。

姜拂衣此时才知道，魔神并没有撒谎。他还说，他在她母亲手中重获新生，抛去前尘，改名姜韧，应该也是真的。只是不知，他说她必定是他女儿之事，是不是真的。

姜拂衣也理解了魔神掌控着夜枭谷，为何每件事都亲力亲为。他瞧着是个人物，却又喜欢使用一些坑蒙拐骗的手段。他已经不再相信这世上的任何人了，极端地殉葬了所有真诚，连带着亦孤行被魔神欺骗了将近四百年，知道真相之后，竟然还选择回去夜枭谷，姜拂衣似乎也理解了一些。

魔国，夜枭谷。

绝渡逢舟来见魔神，一路畅通无阻。亦孤行亲自领路，将他带去魔神闭关养伤的血池。

"师父，您要见的贵客到了。"亦孤行禀告过后，准备退出山洞。

血池里传出声音："你留下。"

亦孤行微微一怔："是。"站去了一边。

绝渡逢舟瞅一眼山洞墙壁上蛰伏的吸血夜枭，走到血池边："你知道我会亲自来？"

魔神笑了一声："我知道前辈担心我不肯去。"

绝渡逢舟冷笑："你要是还剩下一点良知，就去帮一帮燕澜。"

魔神却苦心劝道："世间因果，您已经插手得有些太深了，小心遭受反噬，因此折了您的不死之身。"

"你还有脸说？"绝渡逢舟望着血池内向上翻涌的气泡，厉声质问，"我会深陷其中，是谁害的？"

魔神并不否认："是我害的。"

绝渡逢舟愤怒地指着血池："救下你，是我第一次主动与人结契，也是我此生做过的最后悔之事！"他估算过魔神最多是堕魔，向巫族复仇。没想到魔神野心勃勃，不知打算做什么，竟然试图放出所有被单独封印的大荒怪物。

剑笙去开启大狱大门，本不该造成这般严重的后果，魔神肯定有从中作梗。并且，巫族的改造计划两次都没完全成功，对于第三次，他们原本非常害怕，担心被神族察觉，犹豫要不要再次下手。

绝渡逢舟指责道："是你通过某种途径，故意对他们透出消息，你们神族不会理会此事，是不是？"

魔神坦然承认："我并非撒谎，我族的确不会理会我们的死活。我族离开人间时，九上神曾经做过推演，叩问过天道，若不出意外，人间将有百万年的气数。为了避免意外发生，九上神决定彻底切断与人间的往来通道，以免堕神降世，祸乱人间。自此后，由人类自己掌控人间的命运。莫说我族无情，除了武神令候的伴生神剑，遭石心人所窃，不知下落之外，九上神几乎都将自己的伴生法宝留在了人间，交托给信任之人，上神们因此实力大减。"

巫族的天灯，正是长明神望曦的伴生法宝。有两盏，一盏留在巫族，一盏在神域的长明神殿内。而魔神，正是长明神殿内一名侍灯小神。

天灯乃神族下凡唯一的通道，且是长明神背着其他几位上神私自开辟的。

因为长明神担心封印有损，即使人间气数未尽，也不愿见生灵涂炭。但下凡条件极为严苛，需返璞归真，重化九天清气状态，通过两盏神灯之间传递，随后由巫族从灯芯中取出清气，放置入胎儿体内，重新孕育，以人类的身份为人间效力。只要这股清气中夹杂着浊气，便无法通过神灯。下凡者，不可能存在堕神。此举也是怕搅乱人间秩序，影响人间既定的命数。

在魔神之前，长明神座下数千名弟子，几万年间共计下凡十数人，仅回来三人，皆感叹人间苦，做人难。

以至于一千五百年前,天灯骤然亮起,长明神通过天灯感知极北之海的封印出现动荡,偌大神殿,一时之间,仅魔神一名侍灯小神立刻站了出来,请愿前往人间……

魔神沉默良久:"前辈的救命之恩,姜韧永世不忘。"

绝渡逢舟也陷入了沉默,当年五浊恶世的大门忽然开启,他恰好在附近,瞧见不少怪物往外跑,他心里痒得很,也跟着出去看热闹。出逃的怪物们都被困在万象巫里,小怪物被杀,大点儿的怪物被抓,唯独绝渡逢舟成功逃脱。他假扮巫族人,戴上面具,凭借天赋,愣是没人发现。

随后这失职罪名,落在了魔神身上。当时的魔神,身份还是巫族少君之子。因此次大门偶然开启,魔神和大荒怪物交手过程中,不知被哪个怪物的天赋刺激到,倏然恢复了记忆。

在对他失职的审判中,魔神当着全巫族的面,字字血泪地控诉族老会私自动荡封印,残害神族,夺取他的神力。然而族老说他已被怪物蛊惑,偶然开启的大门,也变成是他蓄意开启。失职罪,改为了叛族重罪。又因怪物出逃,造成巫族死伤无数,巫族众族民将这份恨意,都投射到了魔神的身上。

绝渡逢舟藏于人群,亲眼看见一个下凡救世的神族,遭受这般欺凌,心中实在于心不忍。哪怕见识过神魔之战,九天神族大量陨落,也从没有一个濒死的神族,令绝渡逢舟动过这样的恻隐之心。在魔神遭受酷刑之前,绝渡逢舟暗中和他结了一道契约,想保他一条性命。

身为神族,魔神当时还不曾完全被污染,仍保留着一部分神力,即使遭刑,也不会立刻要他的命。巫族的族老原本也不敢亲手杀他,将他扔去极北之海,是希望他死于海怪之手。而那一线生机,便是刚从沉眠中苏醒的昙姜。

魔神声音沉静:"我虽感激您,但我不能听您的话,去救燕澜。"

绝渡逢舟道:"为何不能救?你为巫族再点天灯助力,定是有所图谋,可后来你使用分身冒着风险前来巫族找我,着急要见还不到两岁的燕澜。

我将燕澜抱来,你见到他时,脸上震惊的表情瞒不过我,你肯定是认识他的。"

听他提及此事,魔神的声音略微出现松动:"因为我从未想过是他,他根本不是我们长明神殿的弟子。"

绝渡逢舟不问燕澜究竟是谁:"所以这二十年来,你原本的计划几乎全部搁浅,我看得出你有回头的打算,那为何不去救燕澜?"

魔神拔高声音:"尽管我本意不是想要害他,但我确实有助力巫族害他下凡,你告诉我该如何面对他?"

绝渡逢舟冷笑了一声:"姜韧,救不救燕澜随便你,在我离开你们这个旋涡之前,最后奉劝你一句,该面对的迟早都要面对,苦海无涯,回头是岸,不要一错再错,越陷越深。"

绝渡逢舟说完之后立刻转身,离开了山洞。一旁的亦孤行发着愣。

许久,魔神轻叹一声:"阿行,召回你的剑,去一趟巫族,燕澜不需要管,护住你恩人的女儿姜拂衣即可。"

亦孤行拱手:"师父知道我将苦海剑给了凡迹星?"

魔神反问:"你既知道当年救你的不是我,我骗了你那么多年,为何要回来?"

亦孤行垂眸:"我的目的是救出恩人,师父您的目的之一,也是救恩人。"

亦孤行被商刻羽他们指责助纣为虐,但魔神从未勉强他做过任何难以接受之事。

魔神:"去吧。"

亦孤行:"是。"他转身朝山洞外走。

魔神喊住他:"等下。"

亦孤行转过身,只见血池内旋转出一个旋涡。他瞳孔微缩,魔神此举是打算强行出关:"师父,您这样会折损修为……"

话未说完,一道身影已从血池跃出,逐渐在亦孤行面前凝结。

姜韧周身的皮肤，隐现斑驳的鱼鳞，待鱼鳞退去，露出一张过分苍白、五官却很温和的脸，唯独一对红眼珠较为诡异。姜韧极度畏寒，裹着厚实的黑色裘衣，踉跄着朝洞口走去。

"这是我最后一次心软，最后一次。"

因为对着燕澜，姜韧实在做不到硬下心肠。他是姜韧在神族最为崇敬的榜样，也是他不拘身份，和姜韧相谈甚欢。

故而听长明神说是极北之海出了问题，姜韧义无反顾地请愿。天知道在绝渡逢舟面前，姜韧见到燕澜，认出他时，内心的震惊和崩溃。燕澜应是发现他的失踪，才会去询问长明神。长明神瞒不下去，不得已告诉他天灯这条通道。然而，以燕澜的身份，完全轮不到他亲自下凡。

且燕澜不像长明神那般慈悲柔软，甚至可以说极端理智。燕澜非常认同决议，坚持认为既然封印了大荒怪物，人间就不该再存在凌驾于人类力量之上的势力，恐滋生新的"怪物"。

姜韧怎么想都不会想到他的身上去。也不知道燕澜此番决定下凡，究竟是打算做什么，应有许多目的：纠错、寻物、拨乱反正，重修连环封印，平定极北之海，惩治石心人，重新关闭两界通道……但一定有一个目的，是为了他。

姜韧才会又悲又喜又怕。

悲的是，自己竟然参与做局害了他。喜的是，他竟会记挂着一个小神的失踪，愿为自己刨根究底。怕的是，他不会原谅自己这些年在人间所做的错事。

绝渡逢舟并没有真的离开，而是站在夜枭谷的远处，通过契约和姜拂衣联络："现在万象巫的情况怎么样？"

——"燕澜说要重新调查三长老盗窃藏宝阁的事情，大祭司给他三天时间，三日后的早上，将会召开族老会，公审三长老……应该是打算公审燕澜，不知道会对燕澜做什么？"

和绝渡逢舟估算的一样，大祭司也想为燕澜争取一些时间，至少给他接受这一切的时间:"燕澜呢?"

——"他的眼睛应是极痛,闭得很紧,意识浑浑噩噩,不知是睡,还是昏。"

绝渡逢舟叹气:"眼睛痛,是他的心魔造成的,燕澜此时心境大乱,心魔力量不断激增,妄图从后灵境冲出,眼睛当然会痛。"

——"魔神之前也生出了心魔?"

绝渡逢舟道:"不然你以为他是如何堕魔的?巫族那些人,一边胆大包天,一边又诚惶诚恐,将刚出生的婴儿剜眼取血,并不是他们亲自动手,利用的是从大狱里逃出的小怪物,这样万一神族有感知,能够推到怪物头上。选择生剜,目的也是让他们生出心魔,觉得心魔一出,就能斩断他们和神族的感应。哪怕处决他们,也要选择残忍的方式,逼出他们的心魔,让神族知道堕神该杀。"

比如姜韧,最后的最后,还要将他扔进极北之海里,不敢亲自动手终结他。

"其实全是自己吓自己,人间和神域之间的通道已经彻底切断,神族通过天灯下凡之后,会在人间发生什么,连天灯的主人长明神都感知不到。但正是由于他们的畏惧之心,姜韧才能捡一条命,只可惜啊,他最终还是彻底堕了魔。"

——"我相信燕澜控制得住。"

绝渡逢舟劝她不要掉以轻心:"燕澜的确是比姜韧强很多,但这意味着,他的心魔也比姜韧的心魔更加强悍。而且燕澜比姜韧更重感情,已经比姜韧伤得更重。"

姜拂衣半晌没说话。

绝渡逢舟听见动静,朝夜枭谷的方向望过去,心中绷紧的那根弦,终于逐渐松弛下来。

"姜韧强行出关了,以他的状态,赶到万象巫,以及冲破万象巫附近的结界都需要时间,姜姑娘尽量拖延。"

——"前辈,魔神赶来,我们的胜算有多大?或者说,巫族那几位族老,究竟有多厉害?若这会影响到您的天赋,您可以不回答。"

绝渡逢舟沉默了一会儿:"坐镇巫族的三位隐世族老,基本都是人仙巅峰的秘法师,单独拎出来,没一个打得过剑笙,合起来却不容小觑,且万象巫是他们的地盘,手中应该还有小怪物……不过,最大的危机来自那位世外族老,不知道他会不会出现,此人已经突破正常人族的寿元极限,估摸着一千九百多岁了吧。"

——"他是不是得了魔神的血泉?大祭司口中的成功一半?"

绝渡逢舟说了一声"对":"虽不像漆随梦已经完全融合,却也不容小觑,如今他究竟变成了什么模样,没人知道,姜韧也是因为忌惮着他,才一直隐藏起来。"

——"我知道了。"

"孩子,我只能帮你们到这里了。"绝渡逢舟感叹道,"我不善武力,除了赠你一线生机,其他做不了什么。且为了天赋长存,生机不灭,我是时候自斩因果,继续去游戏人间了,咱们日后有缘再见。"

——"前辈大恩,我和燕澜没齿难忘,咱们有缘再见。"

话音落下半晌,绝渡逢舟还想再次开口,请她照顾好燕澜,最终还是咽了下去。一直以来,绝渡逢舟都认为燕澜遭遇的不幸,他是需要负责任的。若非他主动救下姜韧,巫族很可能因为畏惧,选择放弃他们的改造计划,也就不会有燕澜的下凡。

因此自燕澜幼年之时,他就对燕澜格外照顾。这心啊,一旦付出太多,就难免会对自己的"心血"产生情感。而世间所有的牵绊,皆由情感而生。情丝不单指男女之情,任何一种情感,都似丝线一般,最终丝线交缠,结成一张密不透风的网。

绝渡逢舟被这张网困住了十几二十年,对于他漫长的生命来说,不过是沧海一粟,却令他开始思考起人生在世的意义,多么可怕啊。

绝渡逢舟独自立在魔国的旷野之中,吹了许久的凉风。最终,他"破网"而出，逐渐变幻了一副崭新的容貌，唯独眉骨处的那一枝迎春花一如往常。他摇头晃脑，哼着小曲，朝着与万象巫相反的地方渐行渐远。

三日后，月色未退，黎明将至。

宫殿外，有人来报："少君，大祭司让我来告知您，半个时辰后对三长老的审判，将从刑罚堂，转到祭祀大殿，还请少君提早做好准备，注意仪态，莫要误了时辰。"

姜拂衣知道他们的祭祀大殿，是在二层的露天广场上，下方的巫族族民都能看得到。她扭头看向软榻上侧躺着的燕澜。

这三天，燕澜就这么平静地躺着休息。姜拂衣知道他在压制心魔，想帮忙，又害怕弄巧成拙，只在他身边陪伴着，从不曾出声打扰过他。

"少君？"

燕澜终于睁开眼睛："知道了，退下吧。"

报信之人："是。"

等他退下后，燕澜缓缓坐起身，穿靴下床。姜拂衣一眨不眨地看着他，观察他与心魔抗争的结果。

燕澜取下衣架上的长袍："阿拂，我想换衣裳。"

姜拂衣"哦"了一声，走到他面前去，帮他脱寝衣，近距离观察更好。

燕澜愣了一下，他是想告诉姜拂衣背过身，并不是喊她来帮忙。他回忆起来，自己身上这件寝衣，正是姜拂衣帮他换上的。

燕澜稍作迟疑，没有拒绝她的好意，只垂眸看着她头顶的发缝。姜拂衣没有从他身上感觉到异常，松了口气。等衣裳穿好之后，姜拂衣见他习惯性地戴上象征少君身份的面具，又取下来，扔去一边。她说："戴上你的面具，陪我去一个地方。"

燕澜微微一怔，听话地将面具捡起来，重新戴上之后才问："你想去哪里？"

姜拂衣拉着他迈出了寝殿："跟我走就是了。"

一路上遇到不少巫族护卫，他们满口恭敬地喊着"少君""圣女"，看得出来，他们的恭敬是真心实意的。这巫族内，知道真相，知道稍后将会发生变故的人寥寥无几，仍是一片岁月静好。

两人踏着月色走在游廊里，姜拂衣说道："一千年前，闻人氏找不到巫族作恶的证据，选来选去，竟拿巫族的宝物为名头发动鸢南之战，最终落下个贪婪的名声，你知道原因吗？"

燕澜如今再听鸢南之战，心中五味杂陈："因为唯有贪婪，才能得到云巅各大势力不遗余力的支持。世间无人不贪婪，然而碍于巫族声望，各大势力不愿意败坏自己的名声，但闻人氏既然站出来承担了骂名，他们求之不得，冲锋陷阵，力求能分一杯羹。"

姜拂衣不得不说，闻人氏的先祖是懂人性的，且还豁得出去。而姜拂衣从中得到的启示就是，若想对付不要脸的人，就必须比他们更不要脸。

姜拂衣仰头看他："燕澜，我认为咱们不能坐以待毙，不能老实地去大殿等待他们对你出招。"

燕澜："嗯？"

姜拂衣："必须化被动为主动，反客为主，打乱他们的计划。"

燕澜根本无法思考，一思考眼睛就痛得厉害，头昏脑涨，全部听她的："你想怎么做？"

姜拂衣先不解释："身为一条绳上的蚂蚱，从现在起，你我性命相连，荣辱与共，对不对？"

燕澜："对。"

姜拂衣："那我有没有权利为我们两个做决定？自作主张？"

燕澜点头："当然有。"

姜拂衣说了声"很好"："既然如此，接下来你要听我的话。"

燕澜应下："好，你说做什么，我们就做什么。"

两人说着话，走到藏宝阁门外。姜拂衣一把将燕澜推进了藏宝阁中。少君入内，门外的守卫无人敢拦。

姜拂衣曾经听柳藏酒讲过巫族的藏宝阁,一座高塔,内里的藏宝浩瀚得似海洋一般。今日亲眼瞧见,仍不免赞叹一声壮观。不说别的,单是极品剑石,堆得像是一座山。

姜拂衣指着周围环形的陈列架:"打破这些柜子的封印,我猜应该难不倒你吧?"

燕澜终于蹙起眉:"阿拂,你是想……"

姜拂衣冷笑道:"你不是想要证明三长老不是盗宝的人吗?咱们将宝物全盗了,族民自然知道三长老是冤枉的。他们不是想要安个叛族罪给你吗?反正无法辩解,不如先叛了再说,这样你一点都不冤枉,也就犯不着和这群无耻之徒生气,还能将他们气得自乱阵脚。否则争辩不过他们,还要看着他们成竹在胸气定神闲的模样,你心胸宽阔,能忍常人所不能忍,我可气不过,你难道想看我被他们气死不成?"

燕澜沉默。

姜拂衣继续劝他:"这些宝物多半都是神族留下来的,你拿走原本就是物归原主,何错之有?再一个,纵横道的成员并不知道背后的指使者是巫族,我们盗走巫族宝库的事情,肯定是会传出去的,我已经通过一个可靠之人,偷偷转告闻人不弃,让他散布消息出去,说纵横道的首领就是我们俩。有奶就是娘,你猜纵横道还会不会再听真首领的话?至少咱们逃出去之后,不必遭受纵横道的追杀,切断了他们一条后路。"

燕澜抿唇不语。

姜拂衣解下手腕上的同归:"谁都知道你做不来这种无耻的勾当,那几个老东西才不防着你。但他们错就错在不了解我的人品……"或者不相信燕澜竟然会看上这么一个道德败坏的烂人,姜拂衣摇着手里的铃铛,"你若不想看我被气死,就听我的话,打开封印,我来盗。"

燕澜摇头:"不用了。"

姜拂衣正想再劝,只见他解下腰间坠着珍珠的同归,向中空的宝塔上方一抛。

燕澜先封了藏宝阁的大门,随后闭眼掐诀。宝塔内部刮起一道旋风,一排排的环形陈列柜开始震动,幅度增长极快。

"嘭!"封印被冲开!

"丁零哐啷——"从下层至上层,陈列柜里的宝物纷纷飞出,被旋风卷入,有序地涌入同归之中。

姜拂衣手中的铃铛,重量逐渐增加,沉得她不得不施展术法。幸好同归是神族的储物法宝,若是换成普通的储物法器,早就爆了。但同归也不能盛放太久,逃离巫族之后,需要立刻取出来,重新找个地方存放。

藏宝阁的异动,如地震一般,惊醒了万象巫内所有尚在梦乡中的巫族人。附近的守卫慌忙拥来,却都被困在门外。众长老也纷纷赶至,本想破门而入,却从看守的护卫口中得知,方才入内的只有燕澜和姜拂衣,动静应是燕澜造成的。于是,众长老停下动作,先喊道:"少君?少君?"

无人应答,藏宝阁仍在剧烈震动。

久关的铜门轰然开启,族老愤怒的声音从铜门传递而出:"燕澜,你在做什么?"

燕澜收回同归,提着沉甸甸快要爆开的铃铛,开启塔门,面对一众熟悉的面孔,缓缓开口:"如您所希望的,我正在叛族。"

姜拂衣摩挲着手里的铃铛,心里总算舒坦了点儿。待在万象巫的这几天,她真的快要将自己给憋坏了,但照顾着燕澜的情绪,还不能发作。

她看向塔门。塔门虽被燕澜开启,但结界仍在。众人摸不清楚状况,多数处于愣怔的状态。

气急败坏的族老又警告道:"你有本事盗,难道认为自己还有本事逃出去?万象巫外,早将九道防御结界全部开启,想当年鸢南之战,结合整个云巅国最强的势力都攻不进来,而你所有的秘法皆为我们所授,你凭什么?"

燕澜置若罔闻,当着众人的面,在姜拂衣面前半蹲下来。他将手里提着的铃铛,系到姜拂衣的腰间:"阿拂,小心保管,我已经给同归施了秘术,铃铛若是损毁,里面的宝物也会随之损毁。"

姜拂衣垂眸看着他的发髻,明白了他的意图。话是说给族老听的,这两个铃铛,如今成了她的保命护身符。这或许才是燕澜盗宝如此干脆的原因。

系好铃铛,他抬头看向姜拂衣,虽不曾开口,心中的期盼全部写在了眼睛里。燕澜从来都将生死看淡,希望她不要太执着,且顾着自己的命,留着和母亲相见。姜拂衣目光微沉,等他站起身,倏然拉起他的手腕,想将自己那枚铃铛系到他的手腕上。

燕澜试图挣扎:"你……"

姜拂衣问道:"那支簪子你做好了吗?"

燕澜的声音顿住。

姜拂衣仰头看他一眼:"我认识的燕澜,从来不是个半途而废之人。"

燕澜原本僵硬的手臂逐渐放松,看着她将红绳系在自己的手腕上:"你知道?"

情感之事,姜拂衣是比较迟钝,但他表现得那么明显,不懂的是傻子。姜拂衣虽然觉得外公孜孜不倦,去寻找一个令他心动和心碎的人,纯属是闲得发慌,但又不否认,她对自身也充满了好奇。且她比外公幸运,不必主动寻找,身边就有一个不错的人选,一直在帮助她探索自身。

铃铛已经系好了,姜拂衣轻轻拨了下,根本拨不动:"我只知道有人想送我一支簪子,有话想对我说。"

燕澜微微抬起手臂,望着手腕上的红绳,说:"但那其实是巫族的习俗……"

姜拂衣轻笑:"赠送礼物全凭心意,和习俗有什么关系?你可不要用这种理由搪塞过去。"

"嗡……"

塔门结界为族老远程所破,但塔外的众人仍然不曾入内。

"少君?"大长老愁姑眉头深锁,纳闷着喊他一声,不明白一贯懂事的燕澜，为何突然和族老闹起矛盾。更不懂他和姜拂衣是唱的哪一出。在场只要不是瞎子，都能看出两人之间不简单，他们不是兄妹吗？

休容来得晚，站在后排，已然反应过来，原来燕澜之前说的，那惯会看碟下菜的女子，竟然是姜拂衣。她问身旁的猎鹿："燕澜和姜姑娘的事儿，你知道吗？"

猎鹿摇摇头。

族老的声音再次传出："你们没看清楚？姜拂衣并非我们巫族人，她是从神族封印里逃出来的大荒怪物，而我们的少君受她蛊惑，早已做出叛族之事。你们不将他二人拿下，夺回我族宝物，还愣着作甚！"

一片哗然，姜拂衣不是巫族人，一点儿也不奇怪。这位圣女原本就是半路冒出来的，剑笙一贯行事不着调，喜欢乱来。但大荒怪物混成了他们巫族的圣女，可真是匪夷所思。

姜拂衣嗤笑一声，她正是要将燕澜的罪名往自己身上引："你说我是怪物我就是怪物？不久之前，整个白鹭城各门各派那么多修行者，多少双眼睛亲眼看着我借用凤凰神威，将飞凰山引去了东海，你说我是怪物，问没问过同样身怀凤凰血脉的女凰大人？"

"族老。"六长老重鸣是位巫蛊师，白鹭城他也去了，俨然觉得族老在胡言乱语，"圣女……姜姑娘不可能是怪物。"

族老不与他理论，质问："姜拂衣，你敢不敢回答，你是不是石心人？"

姜拂衣坦然点头："没错，我是石心人。"

族老居高临下，指向她："那你还敢大言不惭地说自己不是怪物？"

姜拂衣摊手："为何不敢，九天神族留下的《归墟志》里，可有记载我们石心人了？哦，你说第一册内被撕掉的那几页？那不是无名怪物吗？"

当众说出"无名怪物"四个字，显然是踩痛了族老的尾巴。一道刺眼的光芒从铜门飞出，"轰"的一声，落在了藏宝阁的塔顶。

不等族老施展秘法，向塔内施压，燕澜已经扣住了姜拂衣的肩膀，念道:"遁!"

遁地术接瞬移术,两人离开了藏宝阁,去到外面空地上,出现在巫族众人的后方。众人纷纷转身,原本在后排站着的休容和猎鹿,变成了最前排。猎鹿紧紧绷着下颚线,脸色难看至极。

姜拂衣则仰头看向塔顶,那里站着一位包裹严实的男人,戴着诡异的面具,极标准的巫族装扮。巫族这三位隐世长老,分别精通法阵、蛊毒、妖兽。

眼前这个耐性最差,脾气比较暴躁之人,应该是精通蛊毒之术的族老封厌。封厌负手立于塔顶,目光在两人身上的铃铛之间流转,想直接动手,又怕损坏了宝物,不得不先按捺住心头的怒火:"我不与你做口舌之争,燕澜,你偷盗藏宝阁罪证确凿,从此刻起,你不再是我们巫族的少君!宝物交出来,我们会考虑从轻发落,否则这叛族之刑,除你之外,身为圣女的姜拂衣也要一起承担,希望你考虑清楚!"

万象巫的二层,没有巫族的平民,会集的都是贵族,二长老嵇武虽然搞不懂,却跟着族老的话说:"没错,不管姜拂衣是不是大荒怪物,燕澜已经受她蛊惑……"

"父亲!"猎鹿瞪了他一眼,示意他不要火上浇油。

嵇武向来听儿子的话,讪讪退了回去。一直以来,他对燕澜其实没有任何的不满,只是自己的儿子突然要和燕澜争,他自然要帮着儿子。

休容看向身旁的猎鹿,秘法传音:"都闹成这样了,叛族罪是什么刑罚你知不知道?还不肯告诉我究竟是怎么回事?"

猎鹿头痛得很。如今的场面,和他预想的不一样。几年前,大祭司将他领去族老面前,告诉他纵横道的事儿,以及这五千年来巫族抓捕无名怪物,改造巫族血统的秘密。猎鹿险些晕过去。

脑海中第一个想到的就是燕澜,求族老千万要瞒着燕澜。他太了解燕澜的性格,绝对无法接受此事,才不想让燕澜当这个少君。但猎鹿以为,燕澜若不肯接受,族老最多寻个理由,卸掉他的少君之位,将他给囚禁起来,以免燕澜太过正直,对外人泄露族中这桩丑事。

这几日,甚至包括昨夜,猎鹿都在想着该怎样劝服燕澜,先向族老低头。没想到一大早,燕澜就将事情闹成这般局面,甚至还将族中的丑闻,轻易告诉外族人。猎鹿发现自己不太了解燕澜了。他不禁看一眼姜拂衣,怀疑她是不是真如族老之言,给燕澜下了迷魂汤。

猎鹿面色凝重地上前一步:"燕澜,我知道你难以接受,但无论如何,我们都是巫族人,受巫族养育栽培之恩……"最重要的是,亲人、挚爱、挚友都在这里,不然猎鹿也想一走了之,"你可以置之不理,但盗走族中根基,和族中作对,是不是有些过分了?"

姜拂衣瞧见猎鹿瞥了下自己,并没有出声辩解。当前形势,直接在众人面前,指责族老残害神族,是非常不明智的行为。

燕澜的身份还是巫族人,是眼前这些长老看着长大的孩子。自家小辈被女人哄骗而盗宝,他们会有恻隐之心,认为燕澜没错,错在姜拂衣。但如果说出燕澜是被族老残害的神族,他们若不信,就会觉得燕澜已经疯了,想置他们于死地,从而下狠手。若是相信,实在无法预料他们的反应。

姜拂衣传音给燕澜:"从夜枭谷来万象巫,知道今晨审判,魔神应该快要到了,族老既想培养猎鹿,肯定希望看到他与你彻底决裂,你和猎鹿争执几句,尽量拖延时间。"

燕澜没有精力争执,也不曾回应。姜拂衣如今也不是很能理解他的心思。罢了,她自己想办法拖延。

燕澜抬头看向封厌:"族老,如果我将宝物还回去,你们会不会放过姜拂衣?"

姜拂衣皱了下眉。

封厌的恼怒之下,其实藏着一抹畏惧。他盯着燕澜的红眼珠,告诉自己燕澜早已是个寻常凡人,才敢说:"当然,我会做主放她离开。"

燕澜"嗯"了一声,没有继续说话。

广场上顿时变得极为静谧。

封厌："燕……"

姜拂衣故意撩着腰间的铃铛："嘘。"

封厌唯有闭上嘴。

又过去许久，封厌忍无可忍："燕澜，你究竟考虑好了没有？你自小有主见，说一不二，如今为何变得这般优柔寡断？"

燕澜道："此事根本不必考虑，你既知道我说一不二，选择盗走宝物，就不可能还回去。何况你放她走，她也不会走。"

封厌的火气又"噌噌"蹿了出来："那你半天不说话是在做什么？"

燕澜已经察觉到结界波动，如实回答："很明显，我在尽量拖延时间。"

第五章 各怀心思的合作

姜拂衣微微一怔,燕澜会这样直白地说出来,魔神应该已经抵达了。燕澜会比族老还清楚,是因为在九道结界之外,他从前布置了驱赶鸟类的法阵,恰好派上了用途。

至于魔神,他是从巫族走出去的。万象巫外那九道结界,对他来说,难度应该不算太大。且休容的父亲沈云竹,在巫族潜伏多年,正是为了拆解万象巫,他会帮忙。

封厌险些被燕澜这副态度给气死:"好得很,我也不会再给你留任何情面,猎鹿,你还不动手!"

猎鹿为难:"族老,能不能让我私下里再和少君聊一聊?"

封厌寒声道:"你顾念他,他可顾念过你?这几日你数次去寝宫求见他,他何时理你了?"

猎鹿以为燕澜怪他早知此事,却一直隐瞒,着急和燕澜以密语商量:"这世上的事情并不是非黑即白的,你能不能听我一次劝,就这一次,不要将事情闹越大了,不要让我难做……"

燕澜截断传音,直接开口:"你不必顾念我,猎鹿,无论任何时候,做你认为对的事情就可以了。"

猎鹿这次是真的动了火气:"你就非得刁难我?你的原则最重要,旁的都要靠边站了是不是?"

封厌催促:"都说了他已被怪物蛊惑,走火入魔,即使宝物损坏,今日也要将燕澜擒下,以免他在外败坏我族声誉。"

休容暗暗蹙眉,燕澜的金色天赋存疑,猎鹿的天赋,是在场众人中最优秀的。但猎鹿毕竟年轻,修为比不上她母亲等几位长老,族老为何非点名让猎鹿去对付燕澜?

休容传音:"猎鹿,不对劲,你先不要动手。"

猎鹿拳头攥得"咯吱"响:"可是我真想打醒他!"

休容不这样认为:"你该清楚,我比你更了解燕澜。我觉得他现在很清醒,终于有了防人之心,防备着我们所有人。"从前他们与燕澜为敌,哪怕将他逼迫得极为难堪,他也从来没对他们表现出防备之心,"你虽不告诉我,你究竟知道些什么,但我觉着,燕澜三天前知道的,和你三年前知道的,似乎不太一样。"

猎鹿微微一怔:"什么意思?"

休容回忆:"三天前,燕澜从魔鬼沼淋着大雨回来,问的是你知道多少,这说明他心中认为,你未必知道全貌。再瞧族老的态度,分明是故意在挑拨你们。"

猎鹿逐渐平静。或许休容是对的,燕澜不是反应过激,而是知道了别的事情?

封厌的声音压下来:"猎鹿,你打算等燕澜的救兵来了之后,族人死一片,才肯动手?"

猎鹿心中疑惑更深:"少君等的救兵,除了魔鬼沼那位还能是谁?魔鬼沼那位再离谱,也不会杀自己的族人吧?"

封厌解释:"燕澜的救兵不是剑笙,剑笙早知道他站在了大荒怪物的一边,已经和他彻底断绝了父子关系。"

燕澜双眸微黯。

姜拂衣挨近他一些:"不要听他胡说八道。"

燕澜摇摇头:"我没事。"

没事才怪,姜拂衣知道,和剑笙的父子之情,最能刺激到燕澜。巫族族老杀了燕澜在人间的父母,让他认剑笙为父,估计存的也是这样的心思。姜拂衣本想说些什么,忽然感觉背后似有异动,猜测是冲着她和燕澜的铃铛而来。正要出剑,燕澜已经掐起了手诀。

"嘭"的几声,周围结出熟悉的金色光盾,将他二人护住。突袭而来的黑影,撞在燕澜的光盾上,"刺啦"一声,在朝阳下冒出了烟。

封厌凝视那些金色光盾:"你既然叛族,与我们割裂,是不是要将我们的东西还回来?"他指的是燕澜手中的寄魂。除了点天灯,寄魂里封存着巫族先祖的金色天赋力量,能够当作法宝使用。这几面光盾,其中就蕴含了寄魂的力量。

姜拂衣哂笑:"你们的东西?你们的天赋难道不是神族赐予的?"话是这样说,她不安地望了燕澜一眼,不确定以他的性格,会不会将寄魂还回去。和藏宝阁内神族留下的财富相比,使用寄魂,确实有些像是窃取巫族人的力量。

燕澜并没有什么反应:"是你们亲手给我的,就已经归属于我。"

"回来!"封厌朝着寄魂厉喝,然而光盾一动也不动。

燕澜将寄魂唤醒之后,以意识与它沟通:"你可知道这些?"

寄魂还处于愣怔的状态:"什么?"

燕澜道:"巫族窃取神族血泉之事……"

寄魂初听个大概,受到的惊吓不小,战战兢兢地表忠心:"主人,我真不知道这事儿,我从前多数时间都在沉睡,他们又防着我,怎么会让我知道?我就说真奇怪,从前我寄生在历任少君的魂魄里,明明吃得很饱还整天犯迷糊,自从跟了您之后,无法寄生您,饥一顿饱一顿地吃兽魂,竟然精力充沛,原来您竟然是神族……"

燕澜不知在想什么,没有搭理它。

这时,从族老的铜门神殿里,又传出一个声音:"封厌,有一股力量正在试图穿透结界,别磨蹭了,先抓住燕澜再说。"

闻言，封厌骤然出手，一道黑气从他周身逸散而出，俯冲而下。这股黑气有着极强的腐蚀气息，下方不少人退后了几步，生怕被溅射到。不知燕澜的盾能不能挡得住，姜拂衣并拢两指，召唤出小医剑，从光盾穿出，飞向那股黑气。医克制毒，先化了他的毒再说。

"嗖！"不等小医剑对上黑气，一柄长剑破空而来，速度快到划出一道流火。剑气纵横，掀起罡风，不仅拦下了封厌的力量，还霸道地朝塔顶反攻，将封厌从塔顶逼退下来。众人对这突然闯入的剑，反应不大，因为不少人认出来："剑笙的剑？"

姜拂衣知道这是亦孤行的苦海剑，魔神来了，亦孤行当然会来。

之前这柄苦海剑被魔气腐蚀得看不出原本的样子，经过凡迹星的医剑洗剑，露出了本来面目，依然是熟悉的潦草外观。

他人未突破结界，剑先穿透而来。剑光掩映之下，亦孤行几个瞬移出现在封厌附近，握住剑柄，朝封厌横扫。剑气竟是波浪的形状，伴着海啸声音，涌向封厌。

巨力扑面而来，封厌心中一骇，迅速掐诀，原地消失。剑气掠过没有宝物坐镇的塔楼，如遭洪水冲刷，瓦砾翻飞。

塔下聚集的众人，轰然散开。此时才见到有外人入侵，与方才面对燕澜这个"敌人"完全不同，众长老迅速将亦孤行包围。

"何人擅闯？"

"夜枭谷——亦孤行。"

亦孤行持着苦海剑，灰白长发被剑气激得飘散，自半空落下，落在巫族众长老的包围之中。剑尖指向封厌的方向，与他形成僵持。

封厌脸色铁青："你是怎么进来的？"

亦孤行一语双关："不要将你们的结界，想得那么密不透风，毕竟这世上就没有密不透风的墙。"说完之后，亦孤行隔着人群罅隙，看向姜拂衣，"我们来晚了，没事吧？"

姜拂衣见到母亲的心剑，稍微舒了一口气："我们没事，您来得刚刚好,多谢。"随后,她朝向亦孤行赶来的方位望过去。瘦死的骆驼比马大,魔神应该也穿进来了才对。

然而,魔神颇为怅惘的声音,却从相反的方向传来:"一千五百年了,万象巫竟然还是老样子,一点进步也没有,只能叹一声物是人非,令人唏嘘。"

姜拂衣循声望向远处宫殿的屋顶,那座宫殿,似乎正是族老所在的铜门。姜韧披着厚实的黑色裘衣,踩在代表巫族权威的铜门屋脊上。

他本尊和姜拂衣想象中的不太一样,颀长清瘦,不只是相貌,连眼底都透着内敛柔和,没有一点儿魔修的样子,也难怪能骗得过温柔乡那么多年。但属于地仙中境的强势气场摆在那里,哪怕外强中干,是个纸老虎,也足够糊弄人。

"夜枭谷的魔神?"

"地仙?"

"听说他步入地仙很多年了。"

"咦,大祭司人呢?"

巫族众人只能等待族老指令,不敢妄动。

姜韧的视线,起初在燕澜和姜拂衣之间移动了好几次。燕澜捏着眉心,不知在艰难地思考什么,并未看他。

姜韧的目光,便落在了姜拂衣的脸上,瞧见她脸上有一些窘迫:"上次白鹭城外分别时,我曾经说过,你迟早都会理解我的,只是不曾想到,这一天来得这么快。"

姜拂衣是理解了一些,也颇感慨,但魔神这副欣慰的模样,怕不是有什么误会:"前辈难道认为我该对您道歉?"

姜韧道:"你对父亲那般无礼,难道不欠一个道歉?"

姜拂衣真无语了,剑都没有,从哪儿认定是她父亲:"我承认上次对您是有一些误解,但您以魔元洗剑四百多年,令我娘遭受反噬,疯癫加重,是不是事实?"

姜韧："是，但我告诉过你，我是为了救她。"

姜拂衣理解不了："我娘与您道不同，不愿意帮您，不肯赠剑给您，也是事实吧？"

姜韧沉默了一下："是。"

姜拂衣："那我之前数落您数落错了？而您今日会来，依照绝渡逢舟的说辞，是您先害了燕澜，自觉亏欠他，和我并无直接关系，凭这就想让我感恩戴德？"一码归一码，一句道谢简单，感恩就免了。

姜韧见她这副明算账的模样，笑了一声："你和你的母亲，真是毫无相似之处，也一点都不像我，挺好的，这样的性格，才不容易吃亏。"

姜拂衣皱了皱眉。

而此时，姜韧脚下的铜门宫殿里，一人踱步而出，站在殿前，转身朝屋顶行礼："前辈，您竟亲自来了？"这声音，正是方才提醒封厌尽快下手之人。他既然喊姜韧前辈，说明依然是三位族老之一，并不是窃夺姜韧神力的那个"半成品"。

姜韧微微垂眸看他："你们三个族老一贯形影不离，为何少了一个？"

姜拂衣扭头望向魔鬼沼，另一个族老，估计去给漆随梦洗脑去了，但剑笙应该不会轻易让他接近漆随梦。

姜拂衣和绝渡逢舟都认为，剑笙不会坐视不理，他这些年按兵不动，就是在等两个孩子长大。但剑笙会做什么，和漆随梦的选择有关系。而漆随梦的选择，比猎鹿重要得多。

这几日，姜拂衣通过沧佑剑，能感觉到漆随梦的心境非常混乱。她也曾想过前往魔鬼沼，和漆随梦谈一谈，却又不想影响他，或者说强迫他。

正如漆随梦所言，她劝他，他一定听。但他会憋在心里，迟早憋出心魔。不过，以姜拂衣对漆随梦的了解，即使他不帮忙，估计也不会出来捣乱。从前北境那个小乞丐，心中虽然充满怨愤，好像也没有无缘无故去做什么伤天害理之事。但姜拂衣不敢打包票，毕竟漆随梦以往做事的一切准则，都是为了活下去，过上好日子。

早知道，姜拂衣住在闻人府的那几日，该让闻人不弃尝试着敲她几尺子，看看能不能回忆起和漆随梦从前的过往。如今也就不会那么难猜。

这又令姜拂衣想起来另一件事。漆随梦自从恢复记忆后，面对她的疏远，即使黯然神伤，也从来没提过让她也去接受真言尺的敲打。大概是被真言尺敲打的滋味，真的很不好受。这小子也是懂得为别人着想的。所以被无上夷洗掉记忆之后，那个善良忠厚的漆随梦，未必都是被塑造出来的假象。

黑雀掠过魔鬼沼，剑笙接过传递来的信笺，展开看罢，又望向洞外。

漆随梦背靠一株枯树，独坐了三天。那枚能够令无上夷脱困的阵令，依旧摆在他的眼前。今天早上，漆随梦反复将阵令拿起来好几次，又犹豫着扔了回去。

剑笙从山洞里走出来："儿子，万象巫那边开战在即，留给你做决定的时间不多了。"

漆随梦气恼地站起身："你自己都无法做选择的难题，为何要来难为我？"

剑笙指着自己："因为我是个将人生搞得一团糟的窝囊废啊，你莫不是想要像我一样？"

漆随梦沉默。

剑笙又说："我这一生没做对过几件事，自认为最正确的一次，就是盗走你，丢掉你，交由天道来决定你的秉性，你确定想让我再替你选择一次？"

漆随梦闭上了嘴。

"剑笙。"一个温柔的女声从外围传了进来。此人乃是三族老之一的方陷微，法阵精通，然而剑笙在魔鬼沼设下的阵，三天了，她始终无法破解。

之前剑笙总是一拂袖，将她的声音隔绝，不准她来影响漆随梦。

今次剑笙回应了她："我说过，我在魔鬼沼一天，就不许你们踏足此地。"

方陷微笑道："可是你也违背誓言了，当初我们告诉你救治漆随梦的办法时，你曾发过誓，只要救活你的儿子，你永远不会说出我族的改造计划，不会对我们动手，否则，漆随梦将死无葬身之地。"

漆随梦看向剑笙。

剑笙冷笑："当时我并不知你们口中的无名怪物，竟是诓骗神族。"

方陷微说道："其实都一样，九天神族的命是命，大荒怪物的命就不是命了吗？"

剑笙懒得和她争执："不是我告诉燕澜的，是你们管理纵横道失误，被燕澜猜出来的。"

方陷微道："事已至此，暴露的原因已经无所谓了。关键是漆随梦到了该站出来表态的时候。"

漆随梦不禁齿冷："为何会有你们这般无耻的人？"他总觉得自小见惯了恶人，不承想，和这些人比起来，不过是毛毛雨。

方陷微叹息："没有我们行无耻之事，你早就死了。没有祖上的心狠手辣，我们也早就断了传承。"

剑笙忍不住想笑："这般可笑的传承，倒真不如早些断了好。"

方陷微反问："你怨我们无情，可我们谁不是这样走过来的？咱们那位窃了神力的祖宗还活着，小辈除了听话还能做什么？反抗得了？将他公之于众，外人会不会把祖宗的恶行与我族区分开，赞扬咱们大义灭亲？"

剑笙知道他们都是被迫上的这艘船，但真是为种族延续考虑，还是怕死才臣服，那就不得而知了。

方陷微道："我们这次点天灯，改造漆随梦，是被迫，也同样揣着私心。至少我很希望漆随梦能够成功，胜过那位祖宗，最终除掉他，我族才能逐渐回到正轨上，你说是不是？"

剑笙听出她尾音里的恨意，并不怀疑她是演戏。剑笙看向漆随梦："和她比起来，无上夷是不是优秀多了？不知情之前执迷不悟，一旦知错，不逃避，立刻要去纠正。而咱们这位族老，想要纠正一个错误，竟然不惜去犯下另一个更大的错误。"

方陷微不生气："我们都不过是被命运推着走的凡人罢了，不必以圣人的标准来要求自己，那样才能活得自在一些。漆随梦，无论你有任何想法，既被推到了这个位置，先接受，等有能力之后再反抗，才是明智之举。"

漆随梦听见"被推到这个位置"，心头像是被针扎过，想起剑笙数落他随波逐流。这两天，漆随梦冷静下来，总是很想反驳。他或许是很无能，但从来不曾随波逐流，自小憋着一口气，反抗命运待他的不公。不然，他根本无法从北境走到神都去。现在才知道，待他不公的不是命运，而是巫族的阴谋。即使巫族给他铺就的锦绣之路，和乞丐截然相反，实际上并没两样。从前无力抗争，时常遭人所伤。如今无力抗争，被逼着去杀人投诚，都是无能为力的结果。

唯有一样东西，可以真正由他支配，就是他的沧佑剑。漆随梦弯下腰，捡起那枚阵令，搁在掌心里摩挲。一无所有，卑贱如泥，和野狗抢饭吃的日子，他都经历过。还怕什么跌落谷底？更何况，大海的女儿，会永远守护他。

万象巫里。

自从魔神来到，场面就变得异常"和谐"。原先嚣张跋扈的封厌被亦孤行的剑远远指着，一动不动。另一个名叫温禁的族老，恭敬地立在铜门外。

姜韧仍站在建筑的最高处，看似神态悠闲，却不敢掉以轻心："我来了许久，逐影，你还不打算现身？"

无人回应，巫族人都在想这个逐影是谁。

姜韧继续道："你忘记我是谁了？要不要我提醒你？想当年，我还是你们巫族少君之子时，你就已经贵为族老，四百多岁，寿元将近，自愿成为试验品……窃夺我的血泉，将我处决之后，没多久，你也跟着销声匿迹。如今一千五百年过去，出来让我鉴赏一下，揣着我的神力，你本事如何？"

等他话音落下，巫族众人半晌反应不过来。反应过来的，也没当回事。魔神的话，哪里能信？

唯有猎鹿愣了片刻后，倏地想通了燕澜的症结所在。他瞳孔骤然紧缩，想看向燕澜求证，却又像是被定了身，动弹不得。身旁的休容瞧他这副模样，心头跟着一骇。

姜拂衣观察周围，一切平静。只要那个"半成品"不出现，他们离开万象巫应是很轻松的事情。

姜拂衣屈起手肘，碰了碰燕澜的手臂："有个问题我想问很久了，成功一半究竟是什么意思，如何判断的？"

燕澜恍惚回神："我不清楚。"

姜拂衣问："那你怎么知道漆随梦成功了？"

燕澜："凭感觉。"

姜拂衣："你从哪儿感觉的？"

燕澜猜测："从他的眼睛突然失去色彩。"

姜拂衣纳闷："九天神族看不到色彩？"

燕澜不知道："我只是觉得，这一处异常，应该是个转折点。"

姜拂衣听他一解释，心头忽然堵得慌："如此说起来，是我的沧佑剑踢出了他识海里的魔元碎片，帮他彻底融合了你的血泉。"

燕澜摇了摇头："他不融合，血泉我也拿不回来，与你无关，不要什么都揽在自己身上。"

姜拂衣自责也没用："说起来，那枚魔元碎片阻碍了漆随梦融合，肯定不是你爹放进去的，究竟是谁放进去的？"

燕澜抬头看一眼姜韧:"咱们最初的猜测应该没错,是魔神的手笔。绝渡逢舟不是说因为救了他,才害了我。巫族这次点天灯,他肯定暗中有出力。"

姜拂衣不懂:"他究竟图什么?"

燕澜:"夺舍。"

巫族会先编造个"剑灵下凡,等剑灵适应人间,没有风险之后,神君再下凡"的谎言,必定是有用意的。目的应是方便漆随梦中途被夺舍,而那枚魔元碎片,应该和姜韧身上的魔气同源,方便他夺舍。

燕澜望向姜韧,从传音转为直说:"如果漆随梦不曾被我父亲偷走,估计早已被魔神夺舍,你的沧佑剑将那枚碎片踢出去,确实是救了漆随梦一命,他将血泉完全融合之后,无法再被夺舍。"

姜韧不太敢和燕澜对视:"从漆随梦被丢掉那时,我就已经放弃了原本的计划。"

若不是绝渡逢舟请来的,姜拂衣真要怀疑姜韧此番赶来帮忙的目的:"你这是来猫哭耗子假慈悲呢?"

姜韧不知该如何解释,他不知道那是燕澜。但在燕澜眼中,无论是谁,应该都是不可原谅的事情。

燕澜明白姜韧只不过是顺势而为:"但这剑灵先下凡,神君后下凡的谎言是巫族编造的,巫族那位世外长老,你口中的逐影,原本也打算夺舍漆随梦?"

姜韧微微颔首:"必然的。"

燕澜凝眸:"既然想夺舍,他的肉身估计有问题,或者干脆没有肉身……"灵魂状态,力量体?姜拂衣正顺着他的话想,燕澜倏然一把将她推了出去。

姜拂衣险些摔倒,回头瞧见燕澜在周身布下一道禁制结界:"你做什么?干吗将自己封起来?"

燕澜一拂袖,寄魂被他甩出来,又拎着它粗短的脖子,将它拎至眼前。

寄魂先前已被唤醒，一直在听着外界的动静，此刻瞪大眼睛诧异道："主人，您不会怀疑我吧？"

燕澜不怀疑，寄魂千真万确只是个储存法力的容器："你从前寄生于历任少君魂魄，因为虚弱，时常长眠。自从跟随我，变得精神了许多？"

寄魂点头："是的呀，我在您身边这一年里清醒的时间，比从前几千年加起来还要久。"说着，寄魂突然反应过来，"您的意思是，大祭司将我给您之前，把逐影的力量体塞到我身体里了？我体内力量增多，才会精神？"

燕澜道："你不可能承载全部，还浑然不知，逐影应该能够分裂，只放了一小部分进去，算是他的分身……"

寄魂心里发毛，又很感动，主人竟然不怀疑它。

"我自小骄傲，认为自己必定觉醒金色天赋，一直不愿接受寄魂，是大祭司占卜说巫族将有灭族之灾，我才决定接受。我正想不通，为何要将自家宝物硬塞给我……"燕澜提着寄魂，环顾四周，心有戚戚，原来自己在巫族的每一步，背后都充斥着危机，"其实是夺舍漆随梦没了指望，逐影前辈想要试试借用我的躯壳，只可惜寄魂根本无法寄生我，反过来，我因为镇压寄魂，将您这道分身，给镇在了寄魂体内，不知道诛了这道分身，对您会有什么影响？要不要我来试试！"

寄魂吓得止不住哆嗦："主人……"它体内封存着许多力量，除了巫族那位老祖留给后世点天灯的金色天赋，每次寄生的少君，最后都会将法力留存在内，留给后代使用。作为一个容器，寄魂没办法分辨体内哪一部分的力量，才是属于那个坏家伙的分身。

燕澜若想诛杀逐影的分身，就得将它整个毁掉。

而姜拂衣望着燕澜手里小熊模样、抖若筛糠的寄魂，微微愣了愣。燕澜不说，她很难想到。姜拂衣对神族的了解，远不如燕澜。关于巫族的亡族预言，以及燕澜接受寄魂的原因，仅是一知半解。

因为燕澜是个喜欢将重担和压力都藏在心里的人，极少对谁倾诉。

姜拂衣也从没试过引导他倾诉出来。

她知道，燕澜并不是憋闷在心中，他有足够的能力去纾解大多数的负面情绪，从而维持内心的稳定。这是一种令姜拂衣非常羡慕的能力。

但此刻燕澜拎着寄魂逼问逐影的模样，显露出几分恼怒，眉眼冷肃，语气严厉，令她想起燕澜后灵境里的那个"怪物"。

姜拂衣慌忙朝他靠近，但燕澜在周围布下了结界，她只能紧张地提醒：“燕澜，你先冷静一下，终究是他们小看了你，并没有成功。”

燕澜摇了摇头：“不必担心，我没事。”他的恼怒不是被心魔激起来的。

燕澜之前所知道的一切真相，都只是他和巫族之间的恩怨。唯独选择接受寄魂，是姜拂衣从棺材苏醒，来到万象巫以后。而他镇压寄魂的过程，也是在护送姜拂衣前往神都的路上。倘若燕澜当时没能镇压住，被逐影控制了躯壳，那么陪伴在姜拂衣身边的人，就变成了逐影。当时姜拂衣和他还不熟，恐怕分辨不出来。逐影一旦发现姜拂衣是能够铸出名剑的石心人，不知会利用他的躯壳做些什么。燕澜不敢去想。

"逐影前辈，真不打算出来？"燕澜空着的那只手，逐渐凝结出光芒，笼罩在寄魂的头顶。

寄魂虽然很害怕，却没有喊叫或者挣扎。它和燕澜相处了这么久，相信燕澜不到万不得已，不会轻易牺牲它。它早说过，它这次的主人和之前的都不一样，从不做孰轻孰重的选择题。如此一想，寄魂又觉得自己不能太冷静，不然那个坏东西便会知道主人不过是吓唬他。

于是，寄魂开始蹬腿，大喊大叫："不要杀我啊，我从前也是为了生存，才会和巫族结契，为他们储存力量，他们做的事情，我一概不知！"

话音落下许久，没有任何动静。

姜拂衣不禁问："你确定他一定在这里？"

燕澜觉得他应该在："他的分身被我镇压后，直到刚才，始终没有任何动作，应该是怕我发现端倪，像现在这样，抓到他的把柄。由此可知，他是个步步谨慎的性格,不愿意承担任何风险,想等到万无一失之时,再将分身取回去。"

所以一定要将他逼出来,他藏在暗处,他们的处境会更危险。

姜拂衣戒备地看向附近一众巫族人:"逐影既然失了肉身,成为力量体,那他是不是能够躲藏在任何人的躯壳里?"

燕澜不知道,再一次抬头看向姜韧:"能吗?即使躲藏,恐怕也只能躲藏在族老及大祭司体内?"

姜韧说了声"不能":"神族最重要的两件东西,血泉和神髓,神髓印刻于魂魄,永远无法被剥夺,而离开神髓的血泉,力量衰减得不足一成,但人类的躯壳,依然无法承担。"

燕澜不是很懂,只知道魔神的言下之意,是说在场的巫族人都能够排除。难道藏身在了大荒怪物的体内?

姜拂衣有个疑问:"前辈,您自己的血泉,您一点都感应不到?"问完察觉自己的态度不对,至少在这件事上,魔神属于受害者,"我的意思是,燕澜虽然不知道自己的血泉在漆随梦身上,也会因为在他面前起妒心而眼睛痛,您对您的血泉,没有异常的感应?"

姜韧解释:"我以始祖魔元彻底洗过神髓,与血泉之间的感应已被阻隔,否则,逐影当年也能通过血泉感知到我还活在人间,对我同样不利。"

姜拂衣若有所思:"这也是您选择堕魔的一个原因?"

姜韧承认:"但不是什么重要原因。"他躲藏在极北之海的封印内,逐影是无法感知他的。向巫族复仇,才是选择堕魔的原因。

但等姜韧完成堕魔,阻隔与血泉的感应,与昙姜决裂,从极北之海出来时,人间已经过去将近三百年。除了隐匿无踪的逐影,他那些老仇人基本都已离世。亏欠了他的巫族族民,更是早已换了好几代,忽令姜韧恍然,有些想不通他一个神族,为何要和这些目光短浅的凡人斤斤计较?

但不知是被心魔、始祖魔元影响,还是身体无时无刻的剧痛,不断提醒着他对人间的仇恨。

姜韧开始想要放出所有的大荒怪物。在没有九天神族约束的情况下，人间的阴阳五行很快就会彻底崩坏。如此一来，神族与人间完全封闭的通道，便会自动开启。姜韧洗髓过后，夺舍漆随梦，就有办法重新回到神域。至于回去之后将会面临什么，姜韧根本没有想过。他这一千多年来，仅仅是着了魔、发了疯地想要回去……

姜韧迟疑了下，看向燕澜："堕魔，就能与心魔融合，心魔是下凡之初从神格里分裂出来的，我们可以从中获得一些力量，成为堕神，比成为凡人更……有用。"

姜拂衣立刻挡在姜韧和燕澜之间，毫不客气地警告道："你不要诱惑他。"

姜韧辩解："我只是如实相告。"

燕澜默不作声。

姜拂衣扭头看向燕澜："你听好了，我来是想保你全身而退，你若反过来为保我而堕魔，那我这趟才真是来错了。"

燕澜总是轻易被姜拂衣看穿，哪怕这个念头，还只是一颗不曾发芽的小种子。

姜拂衣厉声："说话！"

燕澜："我知道了。"

姜拂衣抓住不放："知道什么，知道我来错了？"

燕澜说："我知道你喜欢我做什么，你不喜欢的，我尽量不做。"

姜拂衣这才满意，她清楚燕澜从来都有自己的主意，不可能逼着他给出肯定的答复："你说的，记好了。"

燕澜点头："嗯。"

姜韧看着他们俩，脑海中回忆起昙姜当年劝他不要堕魔的场景，心里生出一缕怅惘："当初你母亲若是像你一样坚决，或许我也不会……"

姜拂衣一记冷眼杀过去："你和燕澜根本不是一回事。燕澜若是像你一样，我直接就将他杀了。你该庆幸我娘心肠软，竟然放任你离开了极北之海，不然，你也没机会在这儿埋怨她不够坚决。"

姜韧这莫名漫上来的一缕伤感，被她噎了回去，仔细一想，笑了笑："没错，你说得有几分道理。"

姜韧遂将注意力重新放回到逐影身上，嘴角勾起讥诮："逐影，看来窃了我的血泉之后，这些年，你过得并不比我强多少。我至少还有个人样，你却连个人样都没有了，根本不敢出现在太阳之下、众人面前了，是不是？"还真是被燕澜给说中了，若不彻底关闭神域和人间的通道，将会产生新的怪物。

再说巫族众人越听越心惊，他们先前还能当魔神是在胡言乱语。直到燕澜将寄魂扔出来，寄魂周身逸散出的金色光芒，他们颇为熟悉，那是巫族的金色天赋。

再听寄魂的求饶之言，休容恍然大悟："这就是燕澜忽然觉醒金色天赋的原因？"她原本就想不通，燕澜始终无法觉醒任何天赋，为何突然震惊族民，"我当他是自己作弊，原来作弊的法子，是从族里流传下来的。怪不得这几千年来，但凡觉醒金色天赋的少君都早逝，因为他们都被寄魂兽寄生，以魂魄喂养着寄魂兽，是这样吧？"

愁姑惨白着脸，怕女儿惹祸上身："休容，事关重大，你不要胡说。"
休容道："那诸位长辈给我一个解释？"她瞅一眼身旁的一众长老。
长老们的脸色可谓精彩纷呈。震惊、诧异、迷惘、惨白，各色皆有。他们之中没有蠢人，即使不知全貌，也隐约明白过来，族中早就没有什么金色天赋了。

祖上不知从何时起，点天灯请神下凡，是为了窃夺神力？夜枭谷的魔神，以及他们的少君燕澜，都是请下来的神灵？

难怪以燕澜的品性，竟突然盗走宝物，和族老作对。揣测归揣测，没有人敢就此事讨论，也没人敢去询问族老。这可是灭族的大罪名啊，倘若传出去，等待巫族的只能是灭顶之灾。他们惶恐不安地看向族老。

然而身为族老的封厌和温禁，在地仙中境的魔神手底下，根本不敢造次。再一个，那位祖宗只交代他们将寄魂交给燕澜，并没说分身和夺舍的事儿。甚至，他们根本不知道那位祖宗如今竟然只是一团力量体。

他二人心照不宣，都想看看燕澜能不能将祖宗逼出来，一窥他如今真正的状态。如今瞧见族民躁动，封厌又不得不说："你们相信叛族者的话？他们联合起来演一场戏，你们就信了？怀疑起咱们修炼到地仙境界的世外族老，是一位窃神者？"

"你们猜，咱们的世外族老迟迟不出来，是不是想看看你们在这种无稽谎言之下的反应？"

五长老第一个醒悟过来，指着休容喝道："燕澜勾结大荒怪物，背叛我族，意图污蔑我族，你也跟着添油加醋，是何居心！"

愁姑立刻将休容护在身后："她年纪尚幼，一贯骄纵，又和燕澜一起长大，一时间分不清是非黑白，还请族老饶恕！"愁姑手心捏着冷汗，族老这样说，分明是想拿休容开刀，用来震慑族人。

五长老当然是听懂了才会开口，毕竟休容的身份刚好合适，身为大长老的金枝玉叶，天赋不高，用处不大，自小追求燕澜，尽人皆知。五长老再接再厉："哼，我看不见得，你这闺女……"他话不曾说完，猎鹿一扬手臂，本命长弓入手。猎鹿不曾搭箭，但那一身骇人杀气，令五长老心里怵得慌。猎鹿修为不如他们，但他天赋高，且觉醒了很多种天赋之力。巫族的天赋乃神族赐予，潜能不可小觑。

"儿子！"嵇武满头冷汗，生怕猎鹿拎不清楚，赶紧传音劝告，"你不要犯傻，闹事儿的结果，要么一起被冠上叛族罪，要么是搭上整个巫族。爹知道你和燕澜的交情，但燕澜已经站在了咱们的对立面，生死之敌。休容护着他，是对他旧情难忘，也不值得你去替她出头。听爹的话，世上好女人那么多，大丈夫何患无妻，族里的你不喜欢，外面……"

猎鹿挽弓的手臂僵硬得如同石头，嘴唇绷得比弓弦还紧："若说我非得帮着燕澜，多少是我拎不清。但你们轻易接受祖上的罪恶，还想立刻将休容推出来，以杀族人来震慑族人，从而掩盖真相，实在令人寒心。"

都在说接受祖宗的烂摊子，是迫不得已，可是眼前这些人的表现，令猎鹿深刻认识到，这已经不再是被迫接手烂摊子，俨然逐渐变成了一种"传承"。

嵇武有什么办法，叹了口气："那不然呢？"

休容盯着五长老的嘴脸，不禁冷笑："没错，我从前是追着燕澜跑，但早就弃暗投明。你孙女以前和我争燕澜的纸鸢，直到现在还闹着非燕澜不嫁，对少君夫人之位势在必得呢！你要不要将她抓起来严刑拷打，问她是不是早就和燕澜串通着一起叛族了？"

五长老身后的少女早已被吓得面无血色，如今更是吓出了眼泪。少女紧紧抓住祖父的手臂："我、我没有！少君，不是，燕澜这几日回族里来，我去找他好几次，他都不肯见我！"

五长老真想捂住她的嘴："别说了！"休容将他的孙女拉下水，换作平时他只会生气，如今却是怕得要命。

寻思着族老并不制止，五长老便开始煽动其他人一起，势必要将休容推出去："你们怎么都不说话？"

还不表态？

众人面面相觑。

"休容，快向族老道歉求饶！"愁姑顶着压力，挡在女儿面前。

面对眼前的局面，休容说不怕是假的。原先实在看不下去，她忍不住替燕澜说句话，担心母亲和猎鹿难做，母亲让她闭嘴，她便没再说什么。休容也知道事关整个巫族，必须谨慎，不能只从她个人的好恶出发。可是让她道歉求饶，她办不到。她没做错，凭什么要向做错的人道歉？求饶更是想都别想。

"休容！"愁姑急得连声音都变得高亢起来，"这不是你当年和五长老的孙女抢纸鸢被罚，这是叛族重罪！我和猎鹿送了命也护不住你！"

休容心中一个激灵,因为她知道,母亲和猎鹿一定会为她拼命。

正心烦意乱,竟然听见她父亲的声音:"女儿既然不愿意,何必要勉强她?"不知道沈云竹何时来的,人群让出一条道。一身青衣的沈云竹施施然走上前来。一众长老看到他,犹如看笑话。

愁姑头痛:"你知道现在是什么处境?不要再来添乱了。"

休容则默默看着他走来自己身边:"爹……"

父亲站出来为自己撑腰,休容心中并不感动,只觉得惊讶。她这一贯忍气吞声,还要装云淡风轻的窝囊父亲,今天是搭错了哪根筋?

姜拂衣看着他们争执,传音给燕澜:"猎鹿和休容,还是可以信得过的。"巫族众多小辈,燕澜能和他二人自幼相处融洽,成为好友,绝非偶然。

燕澜"嗯"了一声,这几日与他们撇清关系,其实最怕的就是出现眼前这一幕。而他此时不能掺和,否则休容更难与他撇清关系。

"阿拂。"燕澜还抓着寄魂,将自己困在结界中,以免逐影突然出现,将分身召唤走,只能请姜拂衣帮忙,"如果他们真要对休容动手,恐怕得麻烦你看顾着点。"

不必他特意交代,姜拂衣当然知道:"不过,我觉得用不着咱们操心,休容的父亲不是一般人。"

燕澜蹙起眉:"沈云竹?"燕澜对沈云竹的印象,是个书呆子。从小到大每次见他,基本都是在藏书阁里。

姜拂衣还没来得及和燕澜细说:"沈云竹和闻人不弃是好友,当年闻人不弃为了破解神族封印的难题,潜入万象巫,在书楼里险些被发现时,是沈云竹掩护了他。见他在找寻封印、阵法相关的书,沈云竹还主动临摹了一些给他。之后闻人不弃被你父亲追杀,能捡回一条命,也多亏了沈云竹暗中相助,沈云竹的修为不低……"

闻人不弃回去之后,虽被篡改记忆,却还记得沈云竹,并且和沈云竹取得了联系,确定了沈云竹在巫族当上门女婿,是为了拆解万象巫的各种机关，一心想要搞垮巫族，原因并不清楚。但敌人的敌人，就是朋友。

姜拂衣其实并不是很喜欢沈云竹这种为达目的，利用感情的人。她母亲也做了类似的事情，但是总有差别。

"不过，沈云竹肯在这危难之际站出来，说明对妻女不全是利用，至少对女儿还是有些感情的……"

不对，有问题啊。

姜拂衣迷瞪了下，察觉到了异常。沈云竹这般善于隐藏之人，救女儿也该是暗中搭救。何况休容并未被逼到绝路，他太早站出来，不符合他处事的作风，且瞧他施施然的模样，也不着急。姜拂衣琢磨了许久，在众多可能性中，找出一个最危险的可能。

她看向燕澜手中的寄魂："小心一些，我怀疑沈云竹有可能被逐影附体了，此时出面帮助休容，没准儿一会儿就会来到咱们身边，想趁你毫无防备，打破你设下的结界，将自己的分身取回去。"

燕澜看向她："你也是这样想的？"他恰好和她想到了一起，毕竟以他们现在的处境，不得不以最大的恶意去揣度人心，"阿拂，我怀疑他是大荒怪物……"

因为逐影既然无法附身人类，附身大荒怪物是最有可能的。沈云竹几十年前就能神不知鬼不觉，从他父亲手中救下闻人不弃，这不是一般人能做到的。沈家世代经商，并不精于修行，家中老祖都没这样的本事。

燕澜道："如果是，那他应该是一千五百年前，和绝渡逢舟同一批逃出来的。"那么沈云竹恼恨巫族，想要拆解万象巫的机关，便能说得通。

姜拂衣越想越有可能，绝渡逢舟也说逐影手里有大荒怪物。她猜想："沈云竹应该一边受制于逐影，一边又暗中想要搞垮巫族，摆脱束缚？"

但沈云竹应该不是一个小怪物，即使没被单独封印，是从大狱里逃出来的，也定然不一般，不是甲级就是乙级。姜拂衣不认为他会受制于人，更倾向于他和逐影是合作关系，各取所需，又各怀心思。姜拂衣道："难搞了，他真是怪物的话，不知道天赋是什么。更不知道被逐影附体之后，天赋还能不能用。"

燕澜:"嗯,我看不出来,只能等他出招才能判断。"

"哎,不管了,先按照这个推测想一想对策吧。"姜拂衣低头沉吟,"试试看,能否将计就计。"

她正绞尽脑汁,额角青筋忽然剧烈跳动了几下,太阳穴有些痛。

燕澜注意到她的反常:"阿拂,你怎么了?"

姜拂衣想说没事,但她的头越来越痛,连视物都有些模糊。她佯装镇定,并未流露出痛苦的表情,强忍着说:"不太妙,被咱们猜中了,他应该真的是个怪物。而且,我好像知道他是谁了,防备着就好,绝对不要想着去对付他。"

燕澜确实还没去想,姜拂衣说过之后,他反而刻意去想。很快,他原本就痛的脑仁,更是一阵抽痛,甚至出现精神恍惚的情况,忙止住。

姜拂衣声音颤抖:"是他吧?"

燕澜提着寄魂的手,也微微有些发颤:"是,《归墟志》里排行乙级的怪物,思若愚。"

姜拂衣心道一声"糟糕"。思若愚,正是姜拂衣曾经问过燕澜的"慧极必伤"。他和温柔乡的怜情,都是脱胎于天地无极中的"极"。通俗来说,他们脱胎于"物极必反"的道理。

除了"情深不寿""慧极必伤",燕澜说还有一位"否极泰来",他们三位大概是师姐弟的关系。

"否极泰来"自始至终站队神族,战争结束之后,跟着神族去往了神域。怜情谁也不站,逮谁杀谁,被神魔联手囚禁在温柔乡。而思若愚站队魔族,战后被扔进了大狱。

思若愚的天赋之一,就是不能思考计谋去对付他,任何对他不利的图谋和盘算都不行。头痛仅仅是小问题,坚持对付他,最终将会失去自我意识,被他操控思想。难怪只剩力量体的逐影,会选择他来合作。

姜拂衣忍不住说道:"魔神的脑子也不笨,估计站不住,燕澜,咱们这次真的要自求多福了。"说完，她朝魔鬼沼的方向望去。姜拂衣感知到了沧佑剑正在向自己靠近。

没有用。不曾恢复记忆之前的漆随梦，勉强能去对付一下沈云竹，如今他也不行。可以在沈云竹面前站稳的，大概只有柳藏酒，姜拂衣后悔没有喊他一起来。

原本她是不想柳藏酒跟着涉险，他真要来了，没准儿能让他找回一些自信，体会一番"天生我材必有用"的道理。

然而仅仅是在沈云竹面前站得住，不被他影响头脑，用处依然不大，因为还有逐影。逐影的力量，在现如今的人间已是拔尖，莽冲和盲打，能胜过他的人几乎不存在。

姜拂衣无奈极了："他们两个合体，根本无解啊。打得过逐影的大佬，容易被沈云竹控制脑袋。不受控制的，又打不过逐影……"她的头越来越痛，牙齿紧紧咬着，腮帮子都略微鼓起来一些。

燕澜的不适感写在脸上，但他原本气色就差，并不明显，见她拼命装作若无其事的模样，劝道："不必伪装，当我们被沈云竹的天赋影响到时，他就知道我们想对他不利，伪装并无用处。"

姜拂衣抽了下嘴角："你的意思是，他已经知道，我们看穿了他？"

燕澜回忆《归墟志》里的描述："是的。"乙级怪物，原本并不在燕澜专注了解的范围。姜拂衣特意问过，燕澜从来不会敷衍她，立刻将《归墟志》里关于思若愚的内容认真背了下来。

姜拂衣羡慕不已："这种天赋，我也好想要。"都说人心难测，画人画虎难画心。沈云竹完全没有这方面的烦恼，任何人对他有所图谋，都能立马接收信号，不必活在猜忌中。

燕澜默然，沈云竹的这种天赋，如今的他也同样求之不得。

姜拂衣感慨过后，知道自己又说错了话，毕竟谁也没有燕澜被算计得那么惨。她本想安慰两句，又觉得安慰他是很多余的事情。

反倒是燕澜见她纠结的样子，主动岔开话题："他们合体也并非无解，至少沈云竹和逐影并不是左手和右手的关系，他们之间分歧极大，协同困难，这是他们的一个弱点。"

"分歧？"姜拂衣蹙眉，"你的意思是说，沈云竹可能是故意在向我们'自爆'？他并不想逐影将分身收回去？"

燕澜看向休容身边，被巫族人包围起来的沈云竹："毕竟以他们行事的谨慎程度，沈云竹众目睽睽之下站出来实在太突兀了，很像是在故意提醒我们……"

姜拂衣摩挲指腹："你还别说，真有这种可能。"

她忽然想起来一件事。她从闻人府离开之前，闻人不弃追出来，只告诉她巫族有个可信之人，并没有讲述沈云竹救过他的事儿。前两天，姜拂衣去找沈云竹帮忙，请他帮忙转告闻人不弃，散布她和燕澜是纵横道首领的消息。沈云竹主动说起来他和闻人不弃相识的经过。姜拂衣才知道原来他这么厉害。无论是能从剑笙手底下救走闻人不弃的本事，还是隐藏在暗处，几十年如一日的忍耐力，都绝非泛泛之辈。现在想来，沈云竹难道是有心在提醒她？

巫族人这边，沈云竹来了之后，其他人，包括愁姑也都无视他。

五长老还在抓着休容不放，而愁姑继续劝着休容当众道歉。其他人则还在消化族中做的这些恶事，究竟该如何选择。总之，无论哪一方都不敢擅动。

"糟糕。"沈云竹唉声叹气，对体内的逐影说，"难怪你强调要谨慎行事，这石心人幼崽和神族后裔真的好聪明，我这才刚登场，还没开始演戏，就被他们给看穿了。"

沈云竹又说："你得想新的计谋夺回分身了，他们原本开始盘算着对付我，又突然停下来，想来连我的天赋都一清二楚，真是后生可畏啊。"

逐影若还有肉身，此时定然要被他给气得吐血："后生可畏？究竟是他们聪明过人，还是你故意提醒？"

沈云竹喊了一声"冤枉"："你这说的什么话？"

逐影忍住怒意："什么话？燕澜正在逼我现身，魔神又当众说我无法附身人类，排除了在场所有巫族人。而你一个上门女婿，这么大摇大摆、气定神闲地走出来，在这个风口浪尖上，他们哪怕再笨一点，也会怀疑你有问题，可能是个被我附身的大荒怪物。"

逐影再三交代沈云竹，一定要等到长老动手，猎鹿出箭，场面完全失控之时再现身，到时候救走休容，立刻跑去燕澜身边。趁燕澜毫无防备，攻破他的护体结界，杀他一个措手不及，将分身抢回来。这样基本不会出什么乱子。

现在全砸了。

"明明轻而易举就能办到的事情，硬生生被你给搞砸了！"

沈云竹的语气中透着疑惑："可是，那石心人幼崽知道我曾经救过闻人不弃，知道我和他们是站在同一边的，不该怀疑我才对。"

逐影冷笑："不知道还好，像魔神和这群傻子，真以为你是为女儿撑腰。一旦得知你在巫族的图谋，以及你的本事之后，哪个蠢货还会相信你突然提前站出来，是为了替女儿说话？"

沈云竹感慨："话不要这样讲，我确实是因为担心女儿啊，你们都没有孩子，不会懂得为人父母的心情，你们人族不是有个成语，叫作关心则乱嘛。"

逐影语气森寒："我倒不知，你这一心想要毁掉我巫族，打破五浊恶世的怪物，竟还会心疼自己的巫族女儿？"

"巫族女儿？"沈云竹慢慢收起自己的"茫然"，声线中流露出不屑，"休容身上大多数都是我的血统，被我封起来了而已。"只可惜混了人类的血，导致怪物的天赋一般，但也比巫族的天赋强多了。至于休容觉醒的那点花草天赋，则是被沈云竹强行塞进去的。

逐影顺着他的话质问："所以呢，你说你关心则乱，你在担心什么？愁姑若真的护不住休容的时候，你只需要将她的怪物天赋解封，谁还能伤害得了她？"

沈云竹：……这下是真的无法辩解了。

逐影明知不该在此时与他撕破脸，却忍无可忍："沈云竹，莫要以为我不知道你怎么想的，你就是不想我收回分身，缺少这一部分力量，更方便你压制着我！"

沈云竹并不否认："你不也是一样？你想要新的肉身，我想要放出所有大荒怪物，咱们说好合作，你为我在人间提供身份，我借躯壳给你藏身，护你周全。除此之外，咱们互不干涉。结果呢，你处处在妨碍我。左担心怪物出来，先杀巫族，右担心我将神域的路重新打通之后，神族降世，你会死无葬身之地。整天给我使绊子，那咱们就只能彼此彼此。"

逐影道："反正都要死，我不如现在就离开你的保护，让魔神他们联合起来把我杀了。但你又该怎么办呢？没有我的力量支持，对付你也不是太难的事情，不要小看人间，能人异士数不胜数，而你心里最清楚，在绝对武力之下，往往不需要任何谋略，你难逃重新被关起来的命运，你的理想，终将无法实现。"

沈云竹眸光冷厉。

逐影忍住脾气："咱们究竟是要两败俱伤，还是继续合作，这次换你来选。我顶多向你保证，只要你帮我将分身抢回来，我再也不会阻碍你。究竟能不能放出大荒怪物，重开通天路，全凭你的本事。"

逐影算是让步了，因为眼下他确实需要沈云竹。这怪物还算好把控。

沈云竹："我还能信你？"

逐影："不然你还能信谁？"

沈云竹沉吟。

"爹。"休容的声音打断了他的思绪。

沈云竹收敛心神，看过去。

休容满眼狐疑："您不劝我道歉？"

沈云竹微笑："我不是说过了，你不愿意，为何要强迫？"

休容看一眼母亲额头急出的冷汗,想问他为何还能笑得出来:"那您站出来做什么?意义何在?"

沈云竹伸出手,想要揉揉她的头:"当然是想和自己的宝贝女儿共进退。"

休容却突然传音:"你究竟是我爹,还是我族那位先祖?"

沈云竹的手一顿。

休容眼中的疑惑逐渐转为戒备,父亲的举动实在太奇怪了,和他往常的行事作风完全不同。若说关心则乱,也没从他脸上看出任何担心,倒像是被那位先祖附了身,想利用她图谋燕澜手里的寄魂?但魔神又说,那位先祖不能附身人类。休容忍不住向后退了半步,父亲难道不是人类?拥有人形,又不是妖,难道是……大荒怪物?

沈云竹见她恐慌后退的样子,不生气,反而十分欣慰:"你猜出来了?比着那小石心人稍微慢了一步,但也还好,毕竟你知道的信息比她少了一点。"

很好。

同样身为大荒怪物和人族的混血,他的女儿不说像那小石心人一样顶尖聪慧,至少也不是讨厌的蠢货,不算给他丢脸。

沈云竹轻声安慰道:"休容莫要害怕,我就是你的亲爹,不是逐影,也没听他的话去利用你。"这是沈云竹故意破坏计划的另一个原因,"我希望你提前知道我是谁,而不是利用过你之后,一片混乱之中,由着别人告诉你,我的身份……"

休容瞳孔紧缩:"你、你真的是大荒怪物啊?"

沈云竹颔首:"不错,我属于大荒怪物的范畴,脱胎于极点、极限里的'极'。"

休容满脸茫然,显然无法理解。

沈云竹想了想:"该怎么说呢,那是一种天地刚形成之时的混沌之力。我以生灵的'脑子'为养分,当世愚者多,我则衰。智者多,我则盛。

或者说，这世上愿意动脑筋的人多，我就比较厉害，因为他们每次动脑筋，都会产生一些我修炼所需要的力量。"

休容今日听多了震惊之事，但都没有自己从来看不起的父亲，竟然是个大荒怪物更令她震惊，还是个吃脑子的怪物。

休容问："您也是二十多年前从封印里逃出来的？"再一想，父亲从沈家入赘到巫族来，都已经超过六十年了，"不，您是从五浊恶世里逃出来的？"

这像是触到了沈云竹的痛处："是的，始祖魔族战败之后，我被驱逐进了五浊恶世里。一千五百年前，巫族为了点天灯骗魔神下凡，打开大门，在他们合拢之前，我在大门施展了法术。又用了二十多年，在那虚假的大荒世界里，我召集了不少想逃出去的怪物，再次开启大门，逃了出来。"

其实沈云竹自己也能逃，但他不知神族早已离开，也惶惑外面陌生的世界，必须拉一些垫背的。事实证明，他是对的。神族虽已离开，魔鬼沼和万象巫的封印，依然能将他们困住，死了不少小怪物。

当时在魔鬼沼守门之人，正是魔神。沈云竹感知到他被封印了大部分的"慧"，觉得有些蹊跷，便帮他打开，没准儿会令他混乱，少一个敌人，才令魔神突然恢复了神族的记忆。

不远处的燕澜倏地开口："逐影前辈，既然计划已经失败，我们做个交易如何？放我和姜拂衣离开，稍后我将这道分身还给你，我燕澜说到做到，绝对不会食言。"

燕澜并未看向沈云竹，算是替他隐瞒。

休容还处于震惊之中，纵然满心的疑问，也没忘记如今最重要的是燕澜能否平安逃离万象巫。她上前一步，拉住沈云竹的衣袖："爹，您既然能控制住逐影，求求您放燕澜离开吧！"

沈云竹摇头："这事儿我说了不算，还是要听逐影的。"

休容质问："您难道受他钳制？您怕他？"

"我怕他？"沈云竹不禁发笑，"因为我们还要彼此利用呢，我需要借助他的力量，完成我自己的理想。"

休容不解："理想？"

沈云竹仰头望天，眸光晦暗不明："我想要打破所有怪物的封印，让这人间成为炼狱，令天翻地覆，五行崩塌，开启通天路，引九天神族重临人间。"

休容目露惊恐："为什么？九天神族重临人间，不还是镇压怪物，对您有什么好处？"

沈云竹又看向了燕澜："我们大荒怪物之间从来不攀比，但是神族将我们封印之后，非要写一本讨厌的《归墟志》出来。"

他那无情无义的师姐怜情，甲级怪物，在第一卷第一册。烂好人师弟也是甲级怪物，在第一卷第二册。三人明明同一个师父，唯独沈云竹被排在第二卷第九册，是个乙级怪物。且他们一个被神族单独封印，一个跟随神族去往了域外，只有沈云竹被随便扔进大狱里。神族凭什么如此看不起他？

五浊恶世之内，是个面积广阔的幻境大荒，虽然无拘无束，却全部是一群脑筋不会转弯的怪物，导致沈云竹得不到养分，变得越来越弱。继续待下去，他可能会提前化为虚无，也未免陨落得太憋屈了，才想着闯出来搏一搏。

"今时不同往日了。"沈云竹真是爱惨了现如今这个被人类主导，充斥着各种阴谋算计的美好人间。他要让九天神族看到他强大的破坏力，主动将他挪到《归墟志》第一卷第一册里去。

休容蒙住了，先怀疑自己的耳识，又怀疑父亲是在说谎骗她。但有什么骗她的理由？以往不太理解，大荒怪物绝大多数都和人类一个模样，又天赋异禀，为何会被神魔称为怪物？如今才明白，果然是怪物。休容猛地一怔，此时才反应过来，父亲既然是大荒怪物，那她也不是人类？

燕澜和逐影谈条件，没朝沈云竹望去，姜拂衣则一直注视着沈云竹。

因为沈云竹总是先看休容,又看一眼她,反而不太在意燕澜。

同为大荒怪物,姜拂衣估摸着,沈云竹是在对比她和休容这两个混血怪物。

姜拂衣也忍不住多看了休容几眼。确实,大荒怪物已经见过好些个,但都是原始怪物,和自己同龄的混血小怪物,第一次见,且还是老熟人。这种感觉有些微妙。

回想起之前刚来万象巫,险些被休容骗到的场景,姜拂衣说:"智慧怪的女儿,难怪聪明。"

燕澜却道:"休容聪不聪明,和她是不是沈云竹的女儿并没有直接关系。沈云竹脱胎于'极',并不是脱胎于智慧。"

"慧",只是他修炼所需要的养分,并且沈云竹吸收的也不是大智慧,更多是阴谋算计。大荒时代,欠缺的并不是真正的智慧,而是泛滥的钩心斗角。

真正脱胎于智慧的是神机族,《归墟志》第一卷第二册里记载着一个,名叫般若,当之无愧的甲级。般若神机在神魔之战中,为九天神族提供了不少对付怪物的良策。战后去往了神域,已获封神位。

沈云竹又坚定了一遍自己的信念,也做出让步:"逐影,我再相信你最后一次,若你往后继续阻碍我,咱们就一拍两散,各凭本事。"

"好。"逐影提醒道,"但我之前对你的要求依然作数。"

合作之初,沈云竹要求逐影在巫族给他安排一个身份。逐影知道他想阅览藏书阁的古籍,以及拆解万象巫的护城结界,为打开大狱大门做准备,当然不同意,将他安排去了世交沈家。

岂料,沈云竹竟趁逐影闭关休养,迷惑住那一代的圣女愁姑,入赘进万象巫。既说互不干涉,逐影出关之后也没辙,只能和沈云竹约法三章。

阅览古籍可以,暗中想办法拆解万象巫结界也行,但不经逐影允许,不得伤害万象巫内任何一个巫族人。不然以沈云竹强烈的报复心,这些年以言语羞辱他的人,早就尸骨无存了。

沈云竹先答应:"可以,但咱们丑话说在前头,你非要在今日杀死燕澜,抢回分身的话,我不能保证不会误伤到你的族人。"

逐影沉声道:"不能放燕澜离开,事情发展到眼前的局面,他必须死。"

燕澜出生以后,夺他血泉之时,逐影分辨不出来异常。但当逐影分出一些力量,藏身寄魂之中,尝试占据燕澜的肉身之际,才恍惚领悟,这次点天灯请下来的神族,似乎不太一般。

沈云竹重开通天路可能性不算大,即使成功,也需要很久。毕竟六十年过去,他连万象巫都拆不了。魔神也不行,一千五百年过去,几乎一事无成。燕澜却不一定,他或许能找到不破坏人间的方式,引神族再次降世。逐影不敢赌。

"我明白了。"沈云竹垂眸看向仍在拉着自己衣袖的女儿,"休容……"他的这声呼唤,如同头顶响起的炸雷,将休容惊醒。

休容脱口而出:"爹,我究竟是人还是怪物?"

沈云竹道:"混了人族的血,弱了不止一星半点,但勉强还算怪物。"

休容一瞬白了脸,松开他的衣袖,向后微微趔趄着退了两步,不太愿意接受的模样。但她极快又清醒过来,再度上前想为燕澜求情:"爹,神族看不看得起您,有什么重要,您之前不是还教导我,内心的强大才是……"

沈云竹笑道:"但你不是一直都不高兴你娘选错了丈夫,怪我拖累了你的天赋?"

休容后悔极了:"当时我年幼无知,不懂事……"

沈云竹打断:"不,你埋怨得好极了,就是要有这种不服气。"说着话,他弯起左手食指,在休容的眉心轻轻弹了弹。

"嗡……"休容听到一道厚重的"开门"声,一刹那,眼前的场景变得模糊,万物重新聚合。周身仿佛有无数星辰,在有序地旋转,而她陷入了旋涡之中,一阵头晕目眩。恍惚中,她听到父亲的声音:"你只需要稍微感受一下,就知道巫族的天赋不过是神族赐予的一些自然之力,根本称不上天赋。咱们怪物的天赋,才是正儿八经的天赋。"

"休容，你怎么了？"同处于混乱中的猎鹿，虽没在众人的争执中开口为休容说话，却一直在提防着谁对她出手。他见她推开沈云竹，不断向后仰倒，摇摇欲坠的模样，吓得赶紧跑过去。

休容被猎鹿扶住，歪靠在他肩头。猎鹿一手挽着弓，一手搂着她："休容？休容？"

休容尚未完全清醒，心头却涌上一股奇怪的感觉，好一会儿才领悟，那是五长老对她的恶意。不止五长老，还有几个人，也在朝她散发恶意。

五长老原本正在煽动众人尽快拿主意，推休容出来送死，以证明对巫族的忠诚，忽地有些头痛，"嘶"了一声，捂了捂头。

休容强撑着睁开眼睛，依旧模糊的视线扫过周围的众人，从恶意的大小，可以分辨出来究竟谁动摇得最厉害。而被她多看几眼的人，或多或少都开始出现头痛的症状。休容忍不住打了个寒战，这种感觉实在是太不可思议。

沈云竹在旁气定神闲地背着手："谁盘算着想要害你，就会遭受反噬，足够你自保了。除此之外，我族的天赋还有许多用处，稍后，你在旁边看清楚，爹仔细教你。"

休容反应过来，他可能是要大开杀戒，不知会怎样出其不意地去攻燕澜。她推开猎鹿，趁着沈云竹没有防备，掐了个诀，遁出巫族众人形成的防御环，跃到燕澜和姜拂衣身边。

猎鹿愣在原地，并不曾阻拦。原本，在巫族和从小一起长大的挚友之间，他难以抉择。但瞧着眼前一众咄咄逼人的可憎面孔，猎鹿的心实在是凉透了。只犹豫一瞬，猎鹿追着休容而去，并传音给自己的父亲："爹，您多保重，不要对我手下留情。"

愁姑被他二人这番举动吓得半死："你们在做什么！"

五长老知道燕澜离开后，猎鹿是少君的不二人选，只抓着休容不放："看到没有，我就说了她和燕澜勾结着一起叛族，如今罪证确凿！"刚说完，脑袋又是一阵剧痛。

沈云竹看着五长老痛苦的反应，颇为满意。

愁姑一转头，瞧见自己的丈夫竟然勾起了嘴角，终于察觉出异常："你是怎么回事？休容危在旦夕，你这是什么表情？"

沈云竹不去看她，好似自言自语："不错。"石心人幼崽不肯听自家父亲的话，敢孤身来巫族，他的女儿也是一样有主见。

逐影再次被气得吐血："才刚说好的合作，你又在耍什么花样？"

沈云竹不解："我怎么了？"

逐影质问："你此时解封她的天赋，不是在给我们添乱？"

沈云竹不屑："小丫头这点天赋能添什么乱？不为她解开，稍后打起来，燕澜光明磊落不会耍阴招，万一魔神抓了休容来要挟我怎么办？"

休容并不算意外产物。天赋越高的大荒怪物，想繁衍后代就越难。尤其是诞生来源不同的怪物，比如遮和纵笔江川，做了上万年夫妻，也没孕育出一儿半女。

沈云竹听说，怪物和人类结合，孕育出后代的可能性比较大。他一直都挺希望有个后代，不想自家优秀的天赋消失于岁月长河，只能记载在那本讨厌的《归墟志》里，哪怕是个混血也好。

这般风声鹤唳之下，姜拂衣见到休容突然过来，下意识地稍作防备。燕澜原本就在结界之内，仅是微微皱了皱眉。

休容挡在他们面前，背对着巫族众人，压低声音，焦急地道："我爹说会听逐影的话，估计要联合逐影对你们下死手了，小心！"父亲既说她比姜拂衣慢了一步，可见他俩已经知道父亲是大荒怪物，也就无须她多嘴解释。

燕澜捧她走："回去。"

休容摇头："你不用担心我，我爹解封了我的天赋。"从这一点，休容觉得父亲可能是在利用母亲，但对女儿是有几分真心的，可悲又庆幸。

姜拂衣看她惨白的脸色："你的怪物天赋恢复了？"

休容说了声"是"："但我只能被动感知，不懂得如何主动使用。我过来这边，只是担心他们突然对你们出杀招，而你们没有防备，其他的，我恐怕帮不上太多忙。"

休容原先是怕自己的行为，会连累父母和猎鹿。如今父亲成为最大的威胁，她反而没了顾虑。

"怪物天赋？"猎鹿提着弓刚跃过来，就听见这句话，表情一怔。

休容先拉着他解释："你应该懂吧？"

猎鹿不懂："什么？"

休容道："我会帮燕澜的原因。"

猎鹿沉下脸："我怎么可能误会？"

休容其实是问给姜拂衣听的："姜姑娘也不要误会。"

姜拂衣微微一愣，先是有点莫名其妙，随后才慢慢理解，休容是担心自己误会她对燕澜余情未了。她不提，姜拂衣压根儿没往这方面想，此刻忽然感觉到一丝尴尬。

燕澜没注意到她这罕见的难为情，看向猎鹿，无奈地微微叹气："你也不该过来。"

猎鹿如今不知该怎样面对他，紧紧攥着手里的弓，半响，双眸里浮现出歉意："对不起，我过来晚了。"

燕澜长睫微颤："还是那句话，做事之前先考虑清楚。"这是从小到大，他对猎鹿说过最多的话。因为与他决裂之前的猎鹿，性格张扬，行事冲动。

猎鹿从前只会敷衍着答应，如今却反驳："我之前就是想得太多，怕你接受不了，想出一个馊主意，故意和你抢少君的位置。如果我少想一点，直接告诉你族老告诉我的那些，以你的聪明，一定能想出来真相，就能少被利用三年。"他看向燕澜手中提着的寄魂，后怕又自责，"万幸你没被夺舍，否则都是我害的。"

"你若三年前告诉我，我恐怕真会走上魔神的老路。"毕竟那时候，燕澜远不如现在的修为，也还不认识姜拂衣，他很可能真的会崩溃垮掉。

"猎鹿……"

"放心。"猎鹿打断他，眼神从躲闪，逐渐变得坚定，"我知道我在做什么。"

燕澜没再继续劝他。看似平静，但姜拂衣望一眼燕澜起伏不定的胸口，知道他内心并不平静，挺为他庆幸。至少，燕澜在巫族将近二十年的人生，并不全是欺骗。

休容还在处理脑海里纷乱的恶意，这些恶意令她焦躁不安。但她依然强忍着，将在场的巫族人，都在心中分门别类了一遍："燕澜，从我的感知中，还是有不少人是站在你这边的，有的一时还没搞清楚状况，有的则是被家中长辈压制着。"

的确如此，自从猎鹿站过来之后，巫族有些人开始蠢蠢欲动。多半都是小辈，和猎鹿差不多年纪。终于有人低声问："咱们的世外族老为何还不肯站出来？"

随后，又有声音附和。

五长老想代替族老呵斥他们，但他头痛欲裂，根本无法开口。

铜门屋脊上，久不开口的姜韧淡淡地道："他已经出来了。"随后看向沈云竹，"大荒怪物，思若愚？"

沈云竹仰头望过去："你直到现在才看明白？"

姜韧不知沈云竹的来历，是慢了点，但也不是刚看出来的。他是在调整心态，赞扬道："逐影选择和你合作，实在非常明智。"

沈云竹同样赞扬："你也不差，知道逐影藏身于我，竟能控制住对我的态度，以平常心待之，不被我的天赋影响。"

逐影快要疯了："沈云竹，你为何要当众承认？"

沈云竹无所谓地道："你这些族人，现在谁心里不跟明镜一样，有什么关系？"

逐影道："但揣着明白装糊涂是一回事，当众说穿是另外一回事。"

他算是彻底看明白了,除了危难之际能助他躲藏,处理正经事,这怪物非但帮不上忙,还处处添乱。

果不其然,沈云竹和姜韧的话,顿时引起一阵轩然大波。众人纷纷向沈云竹投去诧异、畏惧的表情,下意识想要离开他周身范围。

愁姑的反应则是愣怔,待稍微清醒,并未看向沈云竹,而是骤然望向远处的休容。她似乎明白了女儿突然陷入反常的原因。休容有些于心不忍地朝她轻轻点了点头。愁姑如遭雷击。不等愁姑做出反应,也不等巫族人挪动脚步,沈云竹周身突然爆发出一股骇人的力量,不是怪物天赋,是一种秘术。

不知是谁大喝一声:"沉眠术?"巫族的沉眠秘术会令人陷入昏睡,并不伤身,也不是多高级的秘术,抵抗起来并不困难。

但这秘术是逐影施展的,他与血泉半融合,如今已经修炼到地仙高境界,距离巅峰期不差多少。

温柔乡柳家父亲陨落之后,他已是人族里年纪最大、修为最高之人,站在了人族顶峰。以沈云竹为圆心,肉眼可见的力量波纹,似海浪一般向四面八方冲去。愁姑就站在沈云竹身边,距离最近,第一个遭受冲击。

"娘!"休容虽知沉眠咒无害,也忍不住在远处紧张大喊。

沈云竹伸手扶了愁姑一把,没让她直接倒地,弯腰将她放下的工夫,周围已经趔趔趄趄倒下了一大片。

逐影再强,沉眠咒的效果也是逐渐递减的。波及远处的姜拂衣四人时,已经大不如之前。

姜拂衣手中始终捏着小剑,但用不着出手。姜韧原地站着,仅仅是一拂长袖,便替他们将秘术余威全部挡了回去。

像是分出一道分身,一个人影从沈云竹的影子里缓慢地飞了出来。逐影披着黑斗篷,裹得严严实实,帽檐直接遮住了脸。从外形看是人的模样,其实只是个虚假的凝结体。

此时,除了沈云竹周围倒下这一片巫族重要人物,万象巫第一层的巫族普通族民，也都陷入昏睡之中。且从姜韧闯入万象巫，族老示警鸣音之后，普通族民全部依照族规，回去家中，关闭好了门窗，不去窥探上层的状况。

不多时，如一座大型城市规模、雕栏玉砌的万象巫，似夜幕降临，陷入一片死寂。

天好像真的黑了下来。

姜拂衣仰头望着逐渐被遮挡的天空，想起一千多年前的鸢南之战，兵临城下，围困多时，却始终无法拆解这神族留下的万象巫，最终铩羽而归。原来偌大的万象巫竟然像一朵花，能够逐渐闭合起来，保护巫族。但对于姜拂衣他们来说，如今则是一个巨型的瓮。

万象巫早已无法使用任何传送，剑笙不能通过星启阵，将漆随梦送入内。

漆随梦只能御剑去往万象巫。远远望过去，竟看到古城边缘在不断向上方延伸，当延伸到空中之后，开始向城中心弯出一定的弧度。

知道万象巫即将闭合，漆随梦心头一跳："沧佑！"他原本是凭借沧佑剑的感应，朝着姜拂衣的方向飞去，如今只能挑选一个距离城墙最近的位置，先入内再说。

漆随梦又放出目视朝后方窥探，不知道无上夷跟上来没有。刚才族老方陷微去游说他，他反将无上夷从束缚法阵里放了出来。

方陷微见到无上夷，惊慌失色，立刻就想逃回万象巫。无上夷将她拦住，说落单的先打残了，以缓解万象巫内部的压力。也不知道等他将方陷微打残，还能不能赶得及入内。

"疾风！"漆随梦又施展了一道御风诀，加速前行。遇到外围的九重结界阻碍，他停下来，简单粗暴地以剑穿透。每穿透一次，便遭受一次反噬，依然不停歇。之前难以选择是真的，选择了就必须全力以赴，也是他一贯的性格。正如十一岁那年，他选择跟着姜拂衣，那么不管姜拂衣如何赶他走，他都不会放弃。

终于，漆随梦穿透九重结界，抵达最近的城墙，跃入城中。

剑笙从魔鬼沼一路尾随着他，直到亲眼见他破阵入城，才终于长长地舒了一口气。剑笙从袖中取出一张灵符，施展术法。

灵符上的符文飞出，搅动附近的万物之灵，在剑笙面前凝结出一个身影，长身玉立，衣袂翩翩，又因为两人相隔的距离实在太远，万物之灵凝结出的面貌有些模糊，唯独眉间的一道金色印记，较为明显。

——"看来漆公子已经做出决定，并且这个决定，并没有令你失望。"

剑笙弯了下嘴角，能看出他的百感交集："我知道，你想说我自私，搬救兵，还要先看漆随梦的决定。"

——"人之常情。"

剑笙收拾心情，和他谈起正事："况兄，你有几成把握？"

——"五成，我从未开启过祖上留下来的这件神器，而你寻我寻得太晚，时间太短，相距过远，我准备得并不充分。"

剑笙解释："飞凰山的事情，发生得太过突然，纵横道暴露，闻人不弃突然找上燕澜，发生得太快了……"

尽管他知道这一天早晚会来。他期盼着他们长大，希望这一天快些到来。真正来了，他又手忙脚乱，无法平静。何况，剑笙从前对况雪沉毫无了解，不敢轻易告诉他巫族的秘密。身为神族的仆人，他不确定况雪沉愿不愿意为了一个已经堕凡的神族，耗费寿元和修为，启动九上神留下来的神器。

也是燕澜自种善因，去往修罗海市救了被独饮擅愁抓住的况子衿。

——"你不必担心我反悔，我有太多必须出手的理由。而且我是长寿人，你该担心的是你自己，协助我开启神器，无论成功与否，你都会遭受影响。"

剑笙："只要他们都能够平安，这点付出不算什么。"

——"那好，我们开始吧。"

剑笙点头："开始吧。"

万象巫内。

姜韧望着逐影冷笑:"为何从他身体里出来了?忍不住了?和纯血的怪物合作虽然明智,却也没少受气吧?"

姜韧这二十年来经常和纯血怪物打交道,最清楚他们的脾气。

逐影叹了口气:"当年我就曾告诉过你,夺你血泉,我也是被迫的。第一个改造肉身的先祖,直接就爆体而亡了,你觉得我会是自愿?"

那时候逐影寿元将近,早已离开万象巫,去往十万大山之中闭关。不承想,另外两名族老点了天灯,诓骗姜韧下凡,剜了他的血泉。两人带着刚取出的血泉来山中找他,说他反正即将陨落,不如为族中做些贡献,再尝试一次。

"事已至此,我唯有答应……"

姜拂衣听烦了这种辩解:"不要将自己说得那么无辜,后面点天灯诓骗燕澜,可都是你一手促成的。"

沈云竹也听得乏味,扭脸看他:"你都决定将他们赶尽杀绝了,还浪费唇舌和他们辩解什么?你们人类真是好奇怪,总是喜欢给自己内心的私欲,寻一个无奈的理由,大方承认你寿元将近,不想死,想要搏一搏,谁会笑话你不成?"

若不是还要依靠沈云竹藏身,逐影第一个想杀的就是他。

逐影当时千真万确没有私欲,但沈云竹说得也没错,事到如今,何必浪费口舌。逐影周身爆发出光芒,朝站在最高处、俯瞰众人的姜韧攻过去。逐影似乎全无技巧,以力量体之身,直接强冲。

姜韧也不敢掉以轻心,凝结真魔之息,在周身结出保护盾。这两股力量尚未完全触碰核心,仅是边缘相触,便溅射出无数光点,掀翻了附近几座宫殿的顶端。姜韧脚下象征巫族权威的宫殿,逐渐爬满了裂纹。

而跟随他入内的亦孤行此时一挑二,被巫族那两位族老围困住。他的苦海剑被凡迹星清洗过之后,和他的魔气相冲,反将他掣肘。巫族的秘术令人应接不暇，亦孤行一时间根本脱不开身。

逐影和姜韧僵持住，见亦孤行也动弹不得，遂交代沈云竹："你去杀燕澜，夺回我的分身，强攻即可。"他看出来了，燕澜不舍得杀寄魂去毁他的分身。

"收！"燕澜将手里的小熊收回体内。他不是不舍得杀，而是没有任何理由杀。寄魂没有过错，且陪伴了他一年，帮了他很多次。

姜拂衣捏着小剑靠近他："护身！"一连串小剑飞出，将她和燕澜一起保护起来，"不要想着对付他，先防守。"

猎鹿虽然挽弓，面对休容的父亲，却显露出不知所措："他真的是怪物？"

休容则张开双臂，挡在他们面前，继续劝："爹，您为何那么在意神族对您的看法？一本书的排名罢了，真有那么重要吗？"

沈云竹慢慢朝他们迈去，不疾不徐，手中凝结出一团怪异的光芒："说了你也不懂。"

姜拂衣微微皱眉："排名？"

休容解释："他和逐影合作，是想打开通天路，让神族见识到他的本事，重改他的排名。"

姜拂衣这才想起沈云竹是乙级怪物。

姜拂衣连忙劝说："前辈，此事不难，燕澜就是神族，《归墟志》也认他为主，让他将你的排名改一改。"

沈云竹倏然动了气，指着上方被遮挡的天幕："我要的是整个九天神族真正认可我，尤其是负责编纂此书的武神令候。"又指着燕澜，"他又算个什么东西？"

燕澜却不生气，为了感谢他之前的故意提醒，告诉他实情："您就算开了通天路，神族也不会更改您的排名。"

沈云竹蹙眉："为什么？"

燕澜记得很清楚："因为您那一页特意有个备注，虽然您的能力会根据时代变迁上下浮动，但排在乙级，已是按照上限来制定的。"

沈云竹："胡说八道！"

燕澜一向不喜欢说废话，将《归墟志》取了出来，迅速翻到那一页，以秘术投射在他们之间的空中。

小字变成大字，让沈云竹自己看清楚。

——"思若愚，以吾目前观之，本应丙级最尾，窥其上限，位列于此，不得再做更改。"

落款是，令候。

燕澜在《归墟志》里见到过多次令候的名字。今日从沈云竹口中，才得知他的身份。

姜拂衣仰头望着那几行工整的金色大字，心道这武神做事真是严谨，排序时，连上限都推演了一番。倘若沈云竹忙碌多年，当真只是为了让九天神族看到他如今的本事，那还真是挺惨的。

休容看向父亲，小心翼翼："爹？"

沈云竹从愣怔中清醒过来，转头朝上空望去，厉声质问："逐影，这条备注你为何没有告诉过我？"

燕澜也望过去，逐影为了和他合作，果然没告诉他。根据巫族的族规，仅有少君才有资格开启《归墟志》。但巫族的规矩，对这些掌权者来说早已成为摆设，逐影肯定看过《归墟志》。

只不过，此时已经看不到逐影的影子了。他和姜韧都被裹在上空的雾气里，厚重的雾气似遮天蔽日的浓云，时不时有耀眼的电弧在浓雾中穿梭。偶尔还有闷雷般的巨响，震荡着下方众人的耳膜。

逐影的声音从雾气中压下来："我仔细看过你那一页，从未见过这行备注。"

沈云竹又倏然望向燕澜："你小子在搞鬼，想乱我心境？"

姜韧的声音也在头顶响彻："备注是给我们神族看的，你们凡人当然看不到。毕竟，只有神族才能更改《归墟志》，那句'不得再更改'，给你们看并无任何用处。"

沈云竹也算看着燕澜长大,对其秉性颇为了解。冷静下来,他相信燕澜不会撒谎。

沈云竹攥紧了拳头:"令候凭什么判断?"

燕澜合上《归墟志》,那行大字消失:"凭他是太初九上神之一的武神,是掌管力量的神明,自然对力量的衡量最为准确。"

沈云竹愤懑:"我与他从未见过,他凭什么衡量我?"

这燕澜就不太清楚了:"总之,您想怎么做是您的事,我只是告诉您,若您行事只为改排名,那是徒劳无功。"

姜拂衣忍不住道:"前辈,您的上限是乙级上流,在我看来已经很不错了,距离甲级一步之遥,排在您前面的,并没有很多。而我们石心人,甚至都不配被写进《归墟志》里,那位武神,直接将我们石心人除名了。"

第一册撕掉的那几页,虽然不是燕澜后灵境的怪物,也应该不是石心人。她外公花名在外,在大荒尽人皆知,完全没有被删除的必要。

沈云竹脸色铁青,闭口不语。

姜拂衣依然全神贯注地控剑保护自己和燕澜,继续劝:"何况那些甲级怪物,除了去往神域的,如今都被封印消磨得不剩几分法力,被慢慢磨死只是时间问题,而您呢,只要不惹事,可以继续留在人间过您的逍遥日子……"

休容忙跟着劝:"是啊,爹,您这些年想必都在苦心修炼,并没有做过什么恶事,燕澜不会再将您放逐回大狱里去,是吗,燕澜?"

燕澜模棱两可地道:"现如今能打开大狱大门的,只有我父亲,我没这个本事。"

沈云竹眸中反而涌出一抹戾气:"你们不必再浪费精力劝我,通天路,我势必要开,即使改不了排名,我也要让神族见识一下我的上限!"

休容头痛不已:"爹,您究竟何苦呢?"

姜韧的声音再次从云雾中透出:"你们的确不用劝他,他这是心魔,轻易破除不了……"

姜韧是在神域出生的,并未经历过神魔怪物之战。在长明殿时,听师兄弟说起贵为一方神殿之主的般若神机,提到过慧极必伤。

毕竟同为怪物,又和"智慧"相关,两人常常被拿来作比较。

沈云竹自小被他大师姐怜情看不起,在她的阴影下长大。年少时,他求娶诞生于智慧的般若,般若认为他只是为了从她身上获取力量,不仅拒绝,更当众将他羞辱一通。而传闻之中,般若仰慕令候,才会站队九天神族。

令候将沈云竹排在乙级,他不服气非常正常,甚至可能以为令候是在故意贬低他。以姜韧的了解,令候和般若,只不过是最简单的朋友关系,岂会去故意贬低他。可惜解释无用,心魔会抵抗理智,令人变得执迷不悟。

姜韧稍微一分心,逐影便快速施法,结出五雷轰顶咒。雷系法术,天克魔修。

数条雷链在姜韧身边凝结,他险些被锁住,极快跃出,而那些雷链似长蛇,对他穷追不舍。

姜韧寻一个稳妥的位置,转身的同时右手掐诀,一柄由黑魔气凝结而成的长剑,倏然被他握在手中,朝那些长蛇劈下!长剑激荡出长达十数丈的剑影,一剑斩下,沿途的长蛇受剑气激荡,悉数散去。

姜韧再度转攻为守,不知深浅的情况下,守比攻更有优势:"你比我想象中弱了很多,是因为有一部分力量被锁在了寄魂里?"

逐影虽然夺了他的血泉,但在人间的五行之下,血泉并不能发挥出太多神力。为逐影带来的最大利处,是令他突破了人族的寿元极限,使他修炼到了地仙高级境界。

但巫族人有个弱点,只善秘法,不善用剑。姜韧曾得令候指点,剑道上小有所成,不然也不会向昙姜求剑。且他如今修炼的,还是颇为暴戾的魔剑。

若三百年前不曾受伤,姜韧认为自己诛杀逐影并非难事,可惜他今日才知道后悔。

逐影周身被雷电环绕:"你强行出关,内伤未愈,能撑多久?"

姜韧淡淡笑道:"能撑多久是多久,我虽有内伤,但肉身仍在,也只是受些内伤罢了。而你没有肉身,一旦受了伤,神魂都得散掉吧?"又调侃似的"哦"了一声,"你不怕,你还能回去沈云竹体内,钻回你的王八壳里,便谁也奈何不得你了,无非是受些大荒怪物的气罢了,哪有性命重要。"

逐影看着他嘴角的笑容,以及脸上若有若无的鳞片:"若你当年也像如今这般良好的心态,便不会将自己置于万劫不复的境地,遭剥皮放血之刑。"

姜韧的笑容一瞬消失,明知逐影是在乱他心神,可此事是扎在他心口的一根针,无法忽视。

没有沈云竹影响,逐影的嗓音开始变得沉静冷漠:"听你方才和燕澜的对话,是你暗中给我透露了一些神族的信息,可见燕澜下凡,你也是乐见其成的,如今为何跑来救他?"

姜韧提着魔剑,并不回应他。

逐影道:"是为了姜拂衣?听你的意思,她是你的亲生女儿?我真好奇,你是如何判断的?"

姜韧无法从血脉来判断,因为他在和昙姜决裂之后,为了不被逐影感知到,用始祖魔元洗了神髓,与从前的骨血精气全部切断了联系。但听棺木隐说,姜拂衣在修罗海市对战枯疾之时,竟能临场突破,使出十万八千剑。她若是昙姜和人族的混血,哪里有可能。

大荒怪物和人类,是更容易有后代,但就像休容一样,天赋逐渐衰减。所以神族早就看明白了,这个世间迟早是人族的,怪物终将自行灭绝,只需封印即可。

逐影冷笑:"如果这是你冒险前来万象巫的原因,那我告诉你,姜拂衣和你一点关系也没有。我有你的神族血泉,她体内若有你的血脉,我不可能一点都感知不到,我若骗你,便让我无法获得新的肉身。"

姜韧催他出手:"少废话,浪费时间对你没好处。"

听着是不信,但逐影没有忽略姜韧握剑之手微微一颤。剑修虽然强悍,但魔修容易发疯。

逐影周身的雷电越聚越多,轻笑道:"你说沈云竹心魔难解,你这一千五百年来的心魔,难道完全解开了?何时解开的,发现自己有个女儿?发现不赠剑给你的石心人,并不是那么无情,感动了?一样的处境,你瞧瞧燕澜,既有小石心人舍命相护,又有猎鹿和休容为他叛族,你呢,我记得当年没有一个人站出来为你说话吧?不比不知道,你真是可悲……"

姜韧终于反守为攻:"闭嘴!"

上方突然爆发出比之前强数倍的巨响,震得姜拂衣眼皮一跳。

"珍珠,小心!"巨响之下,隐约听到漆随梦的声音。

姜拂衣能从沧佑剑感知到他的方位,仰头朝他望过去。

因为万象巫上空闭合,漆随梦是从高空落下来的,俯瞰之下,窥见一个黑影正在快速向姜拂衣和燕澜后方移动。两人虽有姜拂衣的小剑阵保护,但漆随梦还是横剑一甩,一道剑气光刃将那黑影拦截。

黑影原本若隐若现,被沧佑剑气波及之后,显露出形态,是只模样怪异的兽,像个长了腿的水母,脑袋上一圈的眼睛。异兽被拦截后,立刻转向,脱离剑气,又变得若隐若现,神出鬼没。像是在瞬移,偶尔出现黑影。

姜拂衣立刻和燕澜从肩并肩,转为了背靠背:"那是什么东西?"她不认识。

燕澜也不认识,掐起手诀,随时准备施展秘法:"好独特的气息,不像普通的魔兽。猎鹿?"猎鹿对妖兽魔兽之类最为精通。

"没见过。"猎鹿同样和休容背靠着背,四人挨得近,各自面向一个方位,"这个气息,感觉和之前白鹭城里的水蛊虫有些像?"

沈云竹回答了他们的疑惑："这是大荒时代的异兽，奇怪，早就灭绝了。"大荒异兽的种类比怪物还多，他忘记了名字，只隐约记得一些，"休容，这种异兽浑身是毒，还会近距离吐毒汁，小心被溅射到，快过来我身边！"

姜拂衣听沈云竹这样说，异兽不像是他召唤的，且他似乎也在防备。

姜拂衣提醒燕澜三人，以及停在头顶十几丈高的漆随梦："应该是在白鹭城水源里下水蛊虫的大荒怪物！"

这怪物当时和阿然里应外合，一个在地龙腹中搞事情，一个在白鹭城筹谋。

这怪物出手抓过柳藏酒，但被暮西辞打回了井里，再没出现过。暮西辞说，他一晃而过，也没使用天赋，认不出来是个什么怪物。

"唰！"漆随梦再出一剑，拦截住异兽的进攻，它的身形再度出现，又转瞬消失。

"上方！"姜拂衣原本仰头去看漆随梦，竟看到几十只怪鸟直掠而下，它们的嘴尖且细长，不像是鸟喙，更像是昆虫的口器。

姜拂衣有一种预感，这些怪鸟和沈云竹一样，也会吃"脑子"。

"漆随梦，你赶紧下来！"姜拂衣着急地喊他一声，并且召唤小剑，朝上空飞去。但猎鹿的长弓对付这些飞禽，显然更好用。不过都比不上燕澜这个职业猎鸟人，一个地火诀，火旋风冲天而起，连卷十几只怪鸟。

漆随梦听话地落地，犹豫片刻，没去燕澜四人身边，仍在专注对付那只若隐若现的毒物："你们对付那些鸟，这只毒物交给我！"

休容闭着眼，感知不到任何的恶意："爹，我们的天赋对这些异兽没用？"

沈云竹蹙眉："有用，是这些异兽没想攻击我们。"真奇怪，那只混迹在纵横道里的大荒怪物，之前和遮联手，想要救出纵笔江川，那他就不会选择和逐影合作。为何会帮忙对付燕澜？

"停！"姜拂衣倏然喊了一声，"防御就好，不要攻击它们！"

燕澜也发现了，那些怪鸟从火旋风里出来，体型竟然变大了一些，且瞧着更加凶猛。

姜拂衣召回上空出击的小剑，又将剑阵扩大，连外围的漆随梦也保护在内。

"嘭嘭嘭……"

成群结队的怪鸟攻在剑阵上，姜拂衣险些一口血吐出来："燕澜，能判断是什么怪物了吗？携带水蠹虫卵还算正常，神族将他封印时，为何会允许他带如此多的异兽？"

燕澜难以置信："按道理说，第一册的那几个怪物，封印是最牢固的，他竟然逃出来了？"

听见"第一册"三个字，姜拂衣心神一凛。

沈云竹知道是谁了："逆徊生？"

姜拂衣："什么天赋？"这才是最要紧知道的信息。

燕澜解释："逆转，溯徊，颠倒众生。"

姜拂衣若有所悟。

沈云竹微微扭头，目望一个长相秀美的年轻男人，从远处不断瞬移到他身边来。

休容打量此人："颠倒众生？"容貌是挺不错，若说颠倒众生未免太过夸张。

燕澜补充："逆徊生的'生'，指的是自然生长规律。颠倒众生，意味着他可以颠倒自然规律。这些异兽，原本都是高阶，被他逆转成为卵状，藏在体内，神族即使知道也无计可施，只能一起封印。"

原来那些水蠹虫卵都是大荒时代的高级异兽，被逆徊生以天赋退化成为虫卵。再度孵化之后，会认逆徊生为主人，听他号令。且成长速度和初次孵化不同，将变得非常迅速，越战恢复得越快。幸亏及时捕杀，不然后果不堪设想。

"嘭！"姜拂衣的剑阵被攻破，怪鸟俯冲而下。

"你为何要杀他们？"沈云竹问身旁的清秀男人，"因为他们杀了你的水蠹虫，害你没能救出纵笔江川？"

"兽卵我多的是。"逆徊生浑不在意地摆了下手，笑道，"我听你说，你想放出所有怪物，重开通天路，咱们目标一致，不妨合作。"

沈云竹从前和他打过多次交道，因为逆徊生和自己师姐是旧相识："你被封印削弱成这副模样，怎么和我合作，配吗？"换作从前的他，哪里用得着使用大荒异兽攻击，直接就能施展天赋，将面前的几个小崽子退回成婴儿状态。

逆徊生如今的确非常虚弱，但有必要解释："你别误会，我不对他们使用天赋，是因为这项天赋对人类暂时不起效果，你女儿和那石心人幼崽也不行，她们体内都混了人类的血。"

沈云竹看一眼休容，见她被保护得很好，才继续说："你在开什么玩笑，大荒怪物、异兽神兽，甚至有些神魔，你都可以施展，无法对人族施展？"

说起此事，逆徊生也挺无奈："兄弟你有所不知，我的逆转溯徊虽是天赋，但也需要先研究逆转的对象，不断精进啊。"

逆徊生特别喜欢养异兽，也专心养异兽，很少掺和外面的是是非非。

有一天，太初九上神之一的万木春神，忽然派了使者来，警告他不可再抓人类喂食异兽。

异兽最喜欢吃人，没有人吃，他的小宝贝们纷纷绝食。

逆徊生还是挺畏惧九上神的，赶紧换了个领地，且不再像之前一次抓一整个部落，分散着抓。没多久再次被神族发现，又是一通更严厉的警告。

逆徊生既烦且怒，当下抓住威胁他的神使进行研究，就这样逐渐和九天神族走向了对立。然而逆徊生研究过众多物种，唯独不曾研究过人族。毕竟谁会吃饱了撑地研究宠物的食物。不承想，破封印而出以后，大荒竟然变成人间，遍地都是人类，且人族如今的强大，远远超出他的想象。

沈云竹嗤笑："区区人族，你逃出来二十多年了，竟然还没研究清楚？"

两人也算旧相识，逆徊生不知他为何讥讽自己，抽了抽嘴角："哪有那么快？"

沈云竹："二十多年，对你来说还算快？"

逆徊生无语："你都出来一千五百年了，不是也没攻破万象巫嘛。"

"你我不同。"

"有什么不同？"

沈云竹声音冷冷，像是淬了寒毒的刀子："你是甲级顶流，我只是个乙级，就这，还是别人施舍的。"

半晌，逆徊生实在忍不住说了句在人间学会的粗话："你是不是有什么毛病啊，就这点破事也值当生出心魔？"难怪说慧极必伤，伤敌一百，自损三千。看样子天赋越是抵达上限，脑子损伤越大，得赶紧将怜情救出来治治他了。

"不对啊。"逆徊生骂完之后，又纳闷着微微皱眉，"你是个怪物，怎么会生出心魔？"

类似他们这种还算高等的怪物，不曾听说有谁入魔。哪怕始祖魔都没办法令他们入魔。逆徊生确定："你单纯就是吃饱了撑的！"

沈云竹狠狠瞪了他一眼："粗俗！"从前他就不怎么喜欢逆徊生，莫看相貌清秀，其实特别不爱干净，身上常年散发着一股子异兽的臭味。沈云竹曾好心提醒，他竟陶醉地说自己就喜欢这个味道。

逆徊生又摆了下手："不说这些了，你到底答不答应合作？"

沈云竹："你还不曾回答我，为何要杀燕澜？"

逆徊生只觉得莫名其妙："这小子是下凡来加固封印的九天神族，杀他还需要理由吗？"

"燕澜已经堕凡，如今就是个孩子……"算了，沈云竹知道和逆徊生说不通，"是逐影告诉你，请你来帮忙的？"

逆徊生摇头:"是我刚才蹲在墙角偷听你们说话,听来的。我不认识逐影,刚知道他的存在,胆子挺大,亏得从前神族那么器重巫族。"

沈云竹不解:"那你为何会来万象巫,是谁告诉你我在这里的?难道是哪个怪物认出了我?"

逆徊生故意卖了个关子:"你小子整天自负聪明,猜猜看?"

沈云竹冷笑:"爱说不说。"他仰起头。此时,万象巫上空已经彻底闭合。一千五百年前,他煽动一众怪物从五浊恶世里逃出来,就曾被困在这闭合的万象巫内。破解了这么多年,始终徒劳无功。正感叹着,沈云竹轻轻"咦"了一声,上空的气流似乎不太对劲?

姜拂衣的剑阵被食髓鸟攻破之后,燕澜咬破指尖,迅速在前方画符:"天罡护佑,盾起!"光盾以他为中心,在周围拔地而起,将几人护在盾中。食髓鸟每次撞击在盾面上,光盾便会显示出天罡星辰图案。

姜拂衣遭受剑阵反噬,向后趔趄,被瞬移而来的漆随梦从背后扶住手臂:"珍珠?"

姜拂衣借力站稳,咽下涌上喉咙口的血,得空喘了口气:"我没事。"

燕澜精通各种秘法,但他自小偏爱防御多过进攻,最擅长盾。哪怕如今状态不佳,他的盾也能撑一会儿。

燕澜以全部精力稳控着天罡盾,无暇回头看她:"阿拂,你之前搬山,是不是受了内伤?"她的十万八千剑,威力明显比之前弱了一半不止。

姜拂衣传音回复:"我们石心人的力量多数源于心脏,应该是新的心脏还没长出来,力量有些跟不上,你不用担心我。"距离摘下上一颗心脏铸造凤凰剑,还不到半个月,心脏再生,至少需要大半年。

燕澜岂能不担心:"你先前还说剜心毫无痛感,没有任何影响。"

姜拂衣无奈:"真没骗你,确实没痛感,至于剜心之后的影响,我也是现在才知道。"

漆随梦见她已能站稳,松开扶她的手,压低声音说道:"剑笙让我转告你们,只需要撑住,他有办法救我们。"

姜拂衣蹙眉："前辈告诉你时，知道这里有两个大荒怪物吗？逆徊生还是第一册里的顶尖怪物。"她早知漆随梦若是做出决定，剑笙前辈会有后招。但眼下面临的对手，绝对已经超出剑笙的预知。

漆随梦摇了摇头："剑笙是在魔鬼沼告诉我的，我不清楚他知不知道万象巫里的情况。"

越来越多的食髓鸟攻击着天罡盾，燕澜施法极为艰辛，身形微微一晃，喊了一声："漆随梦。"

漆随梦自从来到万象巫，一直避免和燕澜接触，包括视线，被他点名之后，不得不望过去。

燕澜说："他是你的亲生父亲，即使你现在不愿意认他，也请你保持对前辈最基本的尊重，莫要在我面前直呼家父的名讳。"

燕澜的语气稀松平常，姜拂衣不难听出其中压抑的情绪。燕澜一贯在意礼貌，但他只严格要求自身，从来不会去要求别人。

漆随梦知道燕澜故意针对自己，攥剑柄的手紧了又紧，忍不住道："我会选择来帮你，不是觉得我欠了你，想要补偿你。燕澜，夺你神族血泉的不是我，对不起你的也不是我，你要是……"

"行了。"姜拂衣头疼得很，出声打断，"有什么话，等我们能活着出去再说，否则争执是非对错，谁欠了谁，谁不欠谁，根本毫无意义。"漆随梦闭上嘴，挪开了视线。

燕澜却很想说，他根本不需要漆随梦来帮忙。至少对于燕澜而言，完全是帮倒忙。漆随梦只要一出现在眼前，他的双眼就疼得更厉害，被他强行压下去的心魔也在蠢蠢欲动，挑战着他原本就处于崩塌边缘的意志力。

怕姜拂衣担心，燕澜忍住没吭声，心神微晃，光盾的光影也随着他的情绪起伏而晃动。

这天罡盾，猎鹿和休容虽然没有燕澜修炼得精深，但从前全部跟着学过。两人不约而同地快步上前，一左一右站在燕澜身旁，同样以血画符，施展秘法，动作整齐。有他二人的力量注入，光盾要比之前耀眼了一些，燕澜的压力也相对减少。

猎鹿一手提着弓，一手在胸前吃力地掐着手诀，蹙眉问道："燕澜，这些鸟怪虽然是大荒异兽，但如今的人间早已不是大荒，它们受五行灵气限制，实力远不如前，诛杀并非难事，我们为何要躲着？"

休容道："但我们不知道逆徊生手里究竟有多少异兽，没准儿这些怪鸟只是饵料，他手里还有更厉害的，趁我们诛杀鸟怪时突然袭击。"

休容朝母亲昏倒的地方望过去，担心母亲遭受异兽殃及。但前方全是攻击天罡盾的食髓鸟，密密麻麻，遮挡住了她的视线。回想起母亲倒地之前，父亲曾经搀扶了她一把，休容又将担心稍微放回去一些。

姜拂衣走上前："燕澜，《归墟志》里有没有写对付逆徊生的办法？"

燕澜说了一声"没有"："第一册里的怪物，都只有介绍。"

那些被单独封印的怪物，除了兵火，应该基本都是被九上神有针对性分别降服。尤其是第一册里的顶尖怪物，九上神付出了惨重的代价，且那些代价大概只能付出一次，侥幸获胜，再也无法复制，写在《归墟志》中，也没有可供后世参考的意义。

"等吧。"燕澜说。

"等什么？"猎鹿扭头看他。

燕澜睫毛微垂："等我父亲出手。"

猎鹿并不想泼他冷水："魔神瞧着只能和逐影打成平手，胜负难分。咱们几个勉强能应付这些异兽，你觉得你爹能一挑二，打赢两个大荒怪物？"

燕澜继续加强天罡盾："我父亲若想凭借武力，早在漆随梦赶来之际，就该跟着来的。"

姜拂衣猜着也是，剑笙前辈的办法，应该是不需要动用武力的办法。

他知道如何打开万象巫的机关？他难道已经破除了外围的九重法阵？那也不可能从他们手中逃出十万大山，逃出鸢南地界。

姜拂衣想不出来，但她听得出燕澜对剑笙的信任。

姜拂衣再清楚不过，"父亲"对燕澜来说，一直是像神明一般无所不能的存在。

自从离开万象巫，一旦遇到难题，燕澜第一件事就是写信给父亲，询问父亲的意见。他自小崇拜父亲，相信父亲。他尽心尽力地护送姜拂衣去寻父，也是为了得到父亲的认同。所以才会在知道真相之时，伤得那么重。然而即便如此，燕澜对剑笙的信任依然没有完全消失。

姜拂衣摩挲着手里的小剑，垂眸沉思。她向来不喜欢将生存的希望，寄托在任何人身上，脑海里始终在盘算着该如何催生新的心脏，锻造哪种心剑来破局。如今她一边琢磨，一边期盼着剑笙前辈出手。因为剑笙救的不只是燕澜的命，还能缝补一些他碎裂的心。或者说，此番缝补燕澜的心，远比救他脱困更为重要。

此刻，剑笙正躲在万象巫一层的角落里。他盘膝坐在地上，面前摆着一盏银白色的雕刻着符文的灯。正是巫族的天灯。

剑笙怕被族老发现，不曾放出目视，不清楚燕澜此时的情况，也就不知逆徊生的存在。这些都不重要。

剑笙继续和况雪沉联络："况兄，你那边怎么样了？"

——"我还是感应不到，天灯已经熄灭太久，麻烦你朝天灯内再多注入一些灵气，令它的波动再剧烈一些。"

剑笙照着做："对了，为你护法的人来了没有？"

——"你问得很巧，她刚到。"

百万里之外，温柔乡。旷野草原，仿佛无边无际。

李南音一手提着逍遥剑，一手持着况雪沉寄来的阵令，穿过结界。刚踏上草原，轻柔又香甜的微风迎面而来，吹得她醺醺欲醉。

相比较修罗海市的喧闹，温柔乡总是恬淡静谧，像是一片世外桃源。

凭谁来到此地，都难以相信，在这片草原里，竟然封印着一个可怕至极的大荒怪物。

李南音如今位于温柔乡的边缘位置，还看不到英雄冢，只望见了不远处迎接她到来的况雪沉。

族规所限，况雪沉不能踏出温柔乡一步。不久前，他去往修罗海市，使用的是孩童模样的分身。温柔乡内，李南音再次见到他的真身。

和记忆之中并无差别，眉眼柔和，肌肤白得胜雪。弟弟和妹妹不在身边，他就和这天上的闲云差不多，浑身散发着悠然自得的气质。

况雪沉朝她走过去："你的修为多年没有动静，短短时日，竟就步入了巅峰。石心人铸的剑，果然不同寻常。"

李南音听到"石心人"三个字，微微一怔，是在说她姐姐昙姜？她也笑着朝他走过去："我答应了阿拂，要去救姐姐，当然拼劲十足。你呢，为何如此着急地喊我来？"

况雪沉已经拿定主意要转修无情道，上次分别时，便和她讲好，今后若非性命攸关的大事，两人不再联络。

这才过去多久，他就请她来温柔乡相助。收到信笺时，李南音险些被吓死，当即抛下一切飞速赶来。修罗海市和温柔乡相距不算太远，甚至可说比邻而居，连夜御剑狂奔，也令她几近虚脱。

她眉间的疲惫，况雪沉看在眼里："辛苦了，不过此事和你义姐的女儿有关，你同样是责无旁贷。"

李南音脚步一顿，随后加快步伐："阿拂怎么了？她不是在飞凰山吗？"

况雪沉道："她和燕澜一起，被困在了万象巫。"

李南音不理解："燕澜身为万象巫的少君，被困万象巫？"

况雪沉稍作解释："燕澜是二十多年前，巫族点天灯请下凡来救世的九天神族……"

李南音默默听着，寒毛直竖："此事非比寻常，谁告诉你的，消息可不可靠？小心是个陷阱。"

况雪沉："剑笙亲口所说。"

"既然如此，你喊我来这儿干吗？直接在信箭之中告诉我，让我去万象巫救人啊，现在去万象巫，至少要十几日。"话是这样讲，但李南音脚下步伐不停，况雪沉会这样做，肯定有他的理由。

况雪沉摇了摇头："赶过去根本来不及，整个鸢南地界所有的传送阵全被清扫，远水救不了近火。且，十万大山都是逐影的地盘，再去多些人，也未必能够带着他们安全逃离。"

两人终于碰面，相距咫尺，李南音微微抬头看他："你有什么办法？"

况雪沉指了下眉心的金色印记。

李南音："你的神通？"她只知道这是况雪沉家传的神通，并不清楚是什么神通。

况雪沉解释："神魔怪物之战后，神族元气大伤，离开人间之前，太初九上神将各自的伴生法宝，都留在了人间，交托给各自的信徒。我祖上得到的，是虚空神的伴生法宝，四方盘。"

李南音紧盯他的眉心："听上去是件能够割裂空间的宝物？"

况雪沉微微颔首："万象巫虽已闭合，但四方盘能够直接在内部开启一个传送门，将他们从万象巫接来我温柔乡。简单一点说，四方盘是一个不受距离限制，不受结界约束，不受人数影响，无视一切障碍的大传送门……理论上，怀揣四方盘，能够驰骋天下，遨游四方。也能从天涯海角，任意一处地点，将人接来自己身边。"

李南音道："实际上，人类根本控制不了神器。"

况雪沉说："是的，上神的伴生法宝，我们人类连开启都会遭受严重反噬，更莫说使用。九上神将法宝的力量锁住了一大半，才能让我们勉强使用一二……"

李南音见他眉间的金色印记倏然闪烁了下："你可以使用到哪种程度？"

况雪沉不知道:"我从来不曾使用过,也没见我父亲用过。"

况雪沉的祖上因为手持四方盘,觉得往返温柔乡非常容易,时常外出。英雄冢内封印动荡也不知,令众多族民被怜情吸食了寿元,死伤无数,酿成了大错。于是,祖上才立下家规,一旦接受四方盘,终生不得离开温柔乡。

况雪沉道:"我根本不清楚该怎样将传送门开到万象巫去,还是剑笙告诉我,可以通过同为神器的天灯来确定方位。"

李南音想了想:"巫族的天灯,不是献给了云巅国君?"

况雪沉朝云巅神都的方向望了一眼:"剑笙早有准备,已将天灯从云巅国库里偷了出来,他连五浊恶世的大门都能打开,区区国库大门,哪里能难得住他?"解释着,金色印记越来越亮,似乎捕捉到了天灯的气息。

况雪沉正要取出四方盘,一张灵符倏然从他袖中飞了出来。这是他和柳寒妆用来联络的传信符,此符会启动,说明柳寒妆已在温柔乡周边不算远的位置。

——"大哥,我和我夫君已经抵达乱云谷了,下午应该就能回家。"

他们从白鹭城出发之前,就给自家大哥递了消息。

剑笙找上况雪沉以后,况雪沉给柳寒妆递了一支令箭,让他们速速回来。

况雪沉收起传信符,看向李南音:"他们下午才能到,我二弟之前又被独饮擅愁打伤,正在闭关,稍后请你为我护法,我撑不起四方盘时,可能还需要向你借力。"

李南音一口应下:"好。"又有一个疑惑,"对面除了巫族族老,恐怕还有怪物,是不是也能通过传送门追杀过来?"

况雪沉说:"若能成功,在我们的地盘上动手,不比万象巫别人的地盘上轻松?"

李南音笑起来:"是这个道理。"

况雪沉稍稍侧身,面向万象巫,闭上眼睛。

慢慢地，他周身升腾起风团。

李南音被迫朝一旁退了一步，目望风团将他的长发搅动得四散飞舞。金色印记飞出，悬停在两人头顶上方。

名为四方盘，其实是个金色的环形太极盘。盘面缓慢转动，倏然朝上空激射出数道耀眼光芒。

李南音仰起头，四方也不是只有四个门，上空出现五个金色的气旋，分散在东、西、南、北、中五个方位。不大，应该是不曾开启的传送门。但已能从缝隙之中听到一些怪叫声，像是鸟类的鸣叫。

况雪沉被风团席卷着，双脚逐渐离开地面。他迅速结了一个繁复的印，朝四方盘毫无保留地注入全部法力："四象星罗，乾坤位移，天门，开！"